N&K

Susanna Tamaro, 1957 in Triest geboren, arbeitete zunächst als Dokumentarfilmerin für das italienische Fernsehen. Seit dem weltweiten Erfolg ihres Romans »Geh, wohin dein Herz dich trägt«, der in 40 Ländern veröffentlicht wurde, lebt sie als freie Schriftstellerin in Rom und Orvieto.

Barbara Kleiner übersetzt unter anderem Werke von Primo Levi, Italo Svevo, und Paolo Giordano. Sie ist vielfach ausgezeichnet, u. a. mit dem Übersetzerpreis der Kunststiftung NRW, dem Deutsch–Italienischen Übersetzerpreis und dem Johann-Heinrich-Voß-Preis für Übersetzung.

Als Edith und Andrea sich begegnen, sind sie noch jung. Sie verlieben sich und trennen sich wieder und verlieben sich ein paar Jahre später erneut. Sie verbringen ihr Leben miteinander, teilen das Glück und trotzen den Herausforderungen. Immer wieder gibt ihnen ihre Liebe zueinander Halt, finden sie zu einer Leichtigkeit zurück. Als das Schicksal jedoch mit aller Macht zuschlägt und sie auf die grausamste Probe stellt, droht ihre Liebe daran zu zerbrechen.

Susanna Tamaro

Geschichte einer großen Liebe

Roman

Aus dem Italienischen
von Barbara Kleiner

NAGEL UND KIMCHE

Die Originalausgabe erschien 2020 unter dem Titel
Una grande storia d'amore bei Solferino, Mailand.

1. Auflage 2023

© 2020 Susanna Tamaro

Ungekürzte Taschenbuchausgabe bei NAGEL UND KIMCHE

© 2022 für die deutschsprachige Ausgabe

HarperCollins in der

Verlagsgruppe HarperCollins Deutschland GmbH, Hamburg

Umschlaggestaltung von wilhelm typo grafisch

Umschlagabbildung von natalia_maroz / Shutterstock

Gesetzt aus der Centennial

von Pinkuin Satz und Datentechnik, Berlin

Druck und Bindung von CPI books GmbH, Leck

Printed in Germany

ISBN 978-3-312-01287-9

www.nagel-kimche.ch

*Gewidmet meinen Eltern, die trotz ihrer
verheerenden Fragilität den Mut hatten,
mich auf die Welt zu bringen.*

*Eine große Anzahl von Weisen
ist Heil für die Welt.*

Das Buch der Weisheit 6.24

I

Schon zu lange

Zwei Tage lang hat es ununterbrochen geregnet. Tief hängende, gebauschte Wolken hielten den Horizont jenseits des Meeres verhüllt. Das Haus ist feucht, das Herz müde, die Zeit rinnt auf dem Sofa vor dem Kamin dahin, mit Büchern, die mich gleichgültig ließen.

Am Spätnachmittag raffte ich mich zu einem kurzen Spaziergang auf. Erst auf dem Rückweg bemerkte ich, dass sich im Westen, wo man an klaren Tagen die bläuliche Silhouette Korsikas sehen kann, die graue Wand auftat, zwei Kumuluswolken waren auseinandergetreten, und in dem Raum zwischen ihnen waren erst zaghaft, dann intensiver, Sonnenstrahlen hervorgekommen; hatten langsam und beharrlich immer weitere Schichten des Himmels für das Licht eingenommen. In der Zeit, die ich brauchte, um die letzten Dinge in Ordnung zu bringen und die Fensterläden zu schließen, hoben sich die Wolken wie ein schwerer Theatervorhang und ließen hinter sich die zartrosa Färbung erkennen, die bei Sonnenuntergang die Wiederkehr schönen Wetters verheißt. Vor dem Hintergrund dieser Hoffnung erschienen die noch schwarzen und kahlen Äste und Zweige der Sträucher im Garten wie Sätze in der für mich geheimnisvollen Sprache, die du so gern entziffert hast.

Ich ging in die Küche: Es war kalt dort, zu lange schon hatte nichts auf dem Herd gebrutzelt. Ich machte mir einen Tee und einen Toast mit dem Wenigen, was im Kühlschrank war. Mit einem kleinen Tablett ging ich zum Sofa, das große Holzscheit war fast heruntergebrannt; ich legte noch eins darauf und fachte mit dem Blasebalg die Glut etwas an, dann ließ ich mich in die Kissen sinken, schaltete den Fernseher ein und aß zerstreut meinen Toast, während eine Reihe Politiker mit ihren belanglosen Reden die Stille des Raums erfüllten.

Bedeckt nur mit einem Plaid, schlief ich ein.

In der abstrusen Wirrheit der Träume erschienen irgendwann deine geliebten Bienenstöcke. Keine Biene flog hinein, keine heraus, es schien kein Leben mehr in ihrem Inneren zu sein. Wie lang waren sie jetzt schon sich selbst überlassen? Seit vielen Monaten, vielleicht zu lang. In den zahlreichen kurzen Wachphasen verspürte ich Gewissensbisse. Ich sollte mich um die Bienen kümmern, es wenigstens versuchen. Vielleicht morgen, dachte ich, wenn die Sonne scheint, wenn ... Dann mischte der unruhige Schlaf der Unglücklichen die Karten neu und überließ mich der Dunkelheit der Nacht.

Am nächsten Tag schien die Sonne. Der Regen hatte den Pflanzen und der Wiese im Garten gutgetan; noch war das Grau des Winters vorherrschend, doch schon brach sich das frühlingshafte Drängen der Erneuerung Bahn. Ein leuchtend grüner Grashalm, an den Ästen das sichtbare Schwellen der Knospen, aus denen in Kürze die Blätter sprießen würden. Ich wartete bis zur Mittagszeit, wie ich es oft bei dir gesehen hatte, und achtete darauf, dass sich auch kein Windhauch regte. Mit einer gewissen Furcht dachte ich an diese Kästen mit ihrem bedrohlichen Inhalt.

In den letzten Jahren hast du fast manisch von deinen Bienen gesprochen. Wenn wir Gäste hatten, unterbrach ich dich nach einer Weile diskret, weil ich fürchtete, sie könnten sich bei deinen begeisterten Schilderungen der Welt der Hautflügler langweilen. Wenn wir allein waren, fragtest du mich manchmal: »Hörst du mir zu?« Und wenn ich mit ausweichendem Blick nickte, sagtest du wie eine strenge Lehrerin: »Dann wiederhole mir, was ich gesagt habe.« Da versuchte ich zu mogeln, und ich tat es so offenkundig, dass du lachen musstest.

Jetzt bereue ich das. Warum habe ich dir nicht zugehört? Vielleicht, weil in der Zerstreutheit, die mich oft überkommt, unter allen möglichen Gedanken dieser nie aufgetaucht ist: dass du gehen könntest und ich als Hüter deiner Bienen hier zurückbleiben würde.

Bruchstücke tauchten aus der Erinnerung auf, aber es waren konfuse Bruchstücke, ich hätte sie nie zusammensetzen können auf der Suche nach etwas, das Sinn hat. Nur ein Bild stand mir klar vor Augen: Wie du mit ruhiger Stimme leise summend zu diesen Kästen hingingst und sanft an die Holzwand klopftest wie an die Tür eines Kinderzimmers, bevor du mit einer langen Stange den Deckel abhobst.

»Darf ich?«, hast du immer gefragt und erst dann vorsichtig den Bienenstock aufgedeckt.

»Warum machst du das?«, fragte ich dich eines Tages.

»Weil das freundlich ist«, lautete deine Antwort.

»Freundlich, warum?«

»Wenn du in der Dunkelheit leben würdest, möchtest du auch gewarnt werden, wenn das Licht hereinbricht.«

Auf wie viele Arten kann der Wind wehen?

Und wie viel Stille kann in einem Haus sein, in dem die einzigen Schritte, die widerhallen, deine eigenen sind? Wenn auf dem Meer der Wind dein Boot herumwirft, hüllt sein Gebrüll dich ganz ein, und außer deiner eigenen Stimme hörst du nur das Klappern all dessen, was sich bewegt. Wenn dagegen starker Wind auf ein Haus trifft, sind es die Zimmer, die sprechen: Der klappernde Fensterladen, die ächzenden Tür- und Fensterrahmen sind Geräusche eines Lebens, die aus einem geheimnisvollen Winkel hervorbrechen und mit der beharrlichen Treue der Erinnerung um dich herumtanzen. Was ist dieses Summen? Etwa der Kühlschrank? Und diese Art düstere Klage, sind das die Angeln der Speichertür, die du schon längst hättest schmieren sollen? Oder vielleicht der eintönige Gesang eines Nachtvogels, das Knarren der Bodendielen im Zimmer nebenan? Du reißt

die Tür auf und rufst in barschem Ton: »Wer ist da?«
Aber die einzige Antwort ist wieder nur der Wind.

Werden die Häuser von Toten bewohnt? Oder nur von unserer Angst?

2

Es wird keine anderen geben

Als wir dieses Haus zum ersten Mal sahen, war es wenig mehr als eine Ruine. Es war die Zeit der ersten
Mobiltelefone, und diese Neuigkeit erfüllte uns mit den
schönsten Hoffnungen für die Zukunft. Eben vom Handy
aus riefen wir die Nummer des Maklers an, die auf einem bereits ausgebleichten Schild an der Haustür stand.

Mit der Gewissheit des Wünschelrutengängers riefst
du schon von Weitem: »Ja, das ist es. Kein Zweifel.«

»Wie kannst du dir so sicher sein? Vielleicht finden
wir in einer Woche eins, in das wir uns verlieben.«

Du hast den Kopf geschüttelt. »Es wird keine anderen
geben. Nicht zu klein, nicht zu groß, mit ausreichend
Grund, geschützt gegen den Nordwind und nach vor-
ne offen, stets bereit, die Sonne aufzunehmen. Es gibt
weise Bäume in der Nähe, und die Sträucher machen
fröhlich.«

Dinge zu sehen, die kein anderer sieht, war eine deiner einzigartigsten Begabungen. Ich erschauerte bei
der Vorstellung, dem Makler zu sagen: »Wir kaufen es,
weil es dort weise Bäume gibt.« Also brachte ich un-

ter Aufbietung all meines gesunden Menschenverstands vor: »Mir scheint, es verlangt ein bisschen sehr viel Arbeit.«

Aber du warst schon mit der Aufteilung der Räume beschäftigt. Hier dein Arbeitszimmer, daneben das Schlafzimmer, dort die Küche, das Bad. Und ein Eckchen im Garten, wo wir die Schaukel für die Enkel aufhängen würden, die bestimmt eines Tages kämen.

»Mach dir keine Sorgen«, sagtest du und riebst dir die Hände, als wären sie schon vom Staub der Umbauarbeiten bedeckt, »ich kümmere mich um alles.«

»Man sieht das Meer nicht«, bemerkte ich, mittlerweile fast schon resigniert.

Da bist du stehen geblieben und hast geschwiegen, ein paar Möwen flogen über unsere Köpfe hinweg; du hast den Finger in die Luft erhoben, als wolltest du die Windrichtung bestimmen oder ein Kind tadeln.

»Man sieht es nicht ... aber hör doch!«

Die Steine knirschten unter meinen Schuhen, die Möwen verschwanden aus unserem Blickfeld. Ich hob den Kopf: Von links kam aus der Ferne das Geräusch einer Motorsäge. Als sie verstummte, hörte ich von der anderen Seite schwach, aber unverwechselbar das Geräusch der Wellen, die sich an den Felsen brachen.

Wieder einmal hattest du recht.

Gegen deine Energie anzukommen war sehr schwierig, und so wurde diese verlassene Ruine mitten auf einer Insel unsere Heimstatt.

Die Umbauarbeiten waren langwierig und kompliziert,

weil wir noch nicht dort wohnten. Abwechselnd, je nach unseren Arbeitsverpflichtungen, fuhren wir auf die Insel und beaufsichtigten ein paar Tage lang die Baustelle. Als wir zwei Jahre später an einem kalten Märzmorgen einziehen konnten, war der Garten noch wild.

Sofort hast du an der Tür und an den Ecken des Hauses Glöckchen aufgehängt, die du von einer deiner Asienreisen mitgebracht hattest. Schon eine leise Brise bewegte sie sacht.

»Das ist ein kleiner Engelschor«, hast du gesagt, »ein Willkommenschor.«

Du hast die Tür geöffnet, und dort im Eingang, wo es noch nach frischer Farbe roch, haben wir uns umarmt. Ein dicker Mantel, mehrere Pullover, und unter all diesen Schichten du. Die Zerbrechlichkeit eines Vögelchens im Schutz seines Nests. Ich weiß nicht, was du in dem Moment von mir dachtest. Ich, der Große und Starke, der auch im Sturm den Kurs hält? Aber ich erinnere mich, dass du den Kopf an meine Brust lehntest, ich trug einen alten blauen Wollpullover.

»Wie viele Jahre sind das jetzt?«, fragtest du.

»Viele«, antwortete ich und streichelte dein Haar.

Der Wind hatte sich gelegt, tiefe Stille umgab uns. In dieser Umarmung spürte ich deinen Herzschlag. Vielleicht du auch den meinen. Das Glöckchen an der Haustür klingelte leise.

»Schwierig?«, fragtest du.

»Ja«, sagte ich, und wir verharrten noch ein wenig in dieser Umarmung.

Schlaflose Nächte in einem leeren Haus sind etwas schwer Erträgliches. Aufstehen, in die Küche gehen, etwas zu essen holen und wissen, dass es unnütz ist, die Ohren zu spitzen, weil da nebenan niemand ist, keine Atemzüge, keine abgerissenen Worte aus wirren Träumen; essen und wieder ins Bett gehen, sich zusammenkauern in der Furcht, aus der warmen Kuhle hinauszumüssen. Wenn man in der Stadt lebt, gibt es Ablenkung: die Wasserspülung von oben, der zu laute Fernseher eines anderen Schlaflosen, der Verkehr auf der Straße, ein Krankenwagen, ein Feuerwehrauto, zwei Betrunkene, die zu später Stunde ausgerechnet unter deinem Fenster ihren Streit ausfechten, aber in einem Haus zwischen Himmel und Meer, welche Zerstreuung, welchen Rettungsanker kann es da geben? Da ist nur dein Körper, dein Geist, die Gespenster, die das Haus und die Dinge um dich herum bewohnen.

Aus dem Haus voller Leben ist ein Geisterschiff geworden. Keiner lenkt es mehr, weil niemand dazu imstande ist. Im Bruchstück eines Traums habe ich den Sextanten in der Hand, ich drehe und wende ihn, ich sehe ihn an, und mir wird klar, dass ich ihn nicht mehr zu gebrauchen weiß. Das ist überholt, flüstert mir eine der geheimnisvollen Stimmen zu, die im Traum zu uns sprechen. Es gibt Bordcomputer, was willst du mit diesem Stück Metall anfangen? Das stimmt, sage ich mir, aber die Angst in mir wächst.

Vielleicht ist diese Verwirrung ein Zeichen des Alters. Beginnende Demenz, das Wissen um die Dinge verlieren; ich kann keine Route mehr zeichnen, auch weiß ich nicht, nach welcher Seite ich das Steuerrad drehen muss; der Horizont schwankt nach den Launen der Strömung. Zerrissene Segel, Holz und Messingbeschläge matt wegen mangelnder Pflege, driftet das Geisterschiff dahin in Erwartung des Felsens, der seinen Tagen ein Ende bereiten wird. Ich denke noch: Nicht einmal an den Sternen kann ich mich mehr orientieren, dann versinke ich in dem traurigen Schlaf, den Tabletten schenken.

Um sechs bin ich schon wach, mit einem völlig leeren Tag vor mir. Das Haus ist umhüllt vom Heulen des Maestrale. Ich versuche, den Kamin anzumachen, doch das erweist sich als unmögliches Unterfangen; bei jedem Windstoß strömt der Rauch in dichten und mächtigen Schwaden ins Zimmer. Um nicht zu ersticken, muss ich die Fenster aufreißen, dann fährt der Wind ins Zimmer, lässt die Bilder klirren und wirbelt die herumliegenden Blätter auf.

Ich gehe in die Küche und ergebe mich der modernen Technik des Pelletofens. Ich habe ihn gestern Abend vorbereitet, und er funktioniert mit Fernbedienung. Ein Timer schaltet sich ein, und die komprimierten Zylinder entzünden sich. Der Küchentisch ist voller Krümel und schmutziger Teller, die darauf warten, in die Spülmaschine gesteckt zu werden. Die Milch im Kühlschrank ist abgelaufen, also entscheide ich mich für etwas Warmes.

Die Spuren deiner Vorlieben sind noch überall sicht-

bar: Teedosen gibt es mindestens zehn; ich nehme willkürlich eine davon, der Tee ist sehr dunkel und hat einen rauchigen Geschmack.

Du hattest die Angewohnheit, schon abends den Tisch
für das Frühstück am nächsten Morgen zu decken.

»Warum machst du dir die Mühe?«, fragte ich dich,
als wir eben auf die Insel gezogen waren. »Es ist doch
nicht viel mehr als etwas Tee und Kaffee.«

»Weil das eine Übung in Hoffnung ist.«

»Was hat Hoffnung mit Keksen und Marmelade zu
tun?«

»Das hat mit Tag und Nacht zu tun. Angesichts der
Dunkelheit sind wir wehrlos, wir haben keine Sicher-
heiten, wir können nur hoffen, einmal mehr das Ta-
geslicht wieder zu erblicken. Sich auf den kommenden
Morgen vorzubereiten, bedeutet, das Licht zur Wiederkehr einzuladen.«

Diese Beobachtung von dir beeindruckte mich. Ich
hatte die Nacht nie als Moment der Ohnmacht gesehen.
Ich konnte mit dem Sextanten umgehen, ich konnte in
den Sternen lesen wie in einer Fibel: Da gab es Wolken,
sicher, aber da war auch der Wind, der sie vertreiben
würde. Ich hatte nie an die Dunkelheit wie an etwas
gedacht, das einen verschlingen könnte.

Erst heute Morgen, nach dieser Nacht, vor diesem
Tisch voller Krümel und der Spüle voller Geschirr habe
ich begriffen, dass du recht hattest. Die Hoffnung auf-
rechterhalten oder sich ergeben, weiterfahren auf der

Suche nach einem Leuchtturm oder die Ruder ins Boot ziehen und auf den Zusammenprall mit dem Felsen warten.

Bin ich oberflächlich gewesen?

Bin ich dumm gewesen?

Der Maestrale hat einen Fensterladen aus den Angeln gehoben, der nun in unregelmäßigem Rhythmus schlägt. Tock-tock, tock-tock. Wenn das eine Antwort auf meine Fragen ist, so bin ich nicht imstande, sie zu verstehen. Unterdessen hat sich das Pellet im Ofen von Braun nach Rot verfärbt: lauter winzig kleine Glutpünktchen. Ein gezähmtes, geordnetes Feuer, ohne das wütende Geknister und den beißenden Rauch eines noch zu feuchten Holzscheits.

Ist dies das Feuer, in welches sich unsere Liebe im Alter verwandelt hätte?

Und welches war das Feuer, das in unserer Jugend brannte?

Trotz des Maestrale habe ich für einen Spaziergang über die Insel das Haus verlassen. Ob man mit oder ohne Wind geht, ändert alles: Wenn du in der Stille gehst, sind die Gedanken in deinem Kopf vor dir hingebreitet wie ein geordnetes Feld, du lenkst deine Schritte und weißt, wohin du unterwegs bist; aber wenn du bei Wind gehst, braust alles in deinem Kopf, alles gerät durcheinander und verwirrt sich; du musst das Gleichgewicht halten, in den Beinen kurz abfedern, bevor die Bö dich trifft; du kämpfst unentwegt mit dem, was außer dir ist, und das bringt zum Vorschein, was in der Stille verborgen bleiben würde.

Kurz vor der Steilküste setzte ich mich. Die Wellen waren hoch, sie brachen sich mit großem Getöse. Für jemanden wie mich, der sein Leben auf dem Meer zugebracht hat, ist es merkwürdig, mitten im Sturm tatenlos zu sein. Wäre ich an Bord eines Schiffes gewesen, hätte ich bei diesem Wetter alle Hände voll zu tun gehabt, aber hier konnte ich einfach ruhig sitzen bleiben und den Wellen zuschauen.

Plötzlich tauchte in meiner Erinnerung ein anderes Pfeifen auf, das der Bora, die um das Haus meiner Kindheit wehte.

An einem Tag mit Bora war ich in die Bibliothek meiner Eltern geschlüpft. Ein bis an die Decke mit Büchern ausgekleideter Raum. Bücher meines Vaters, meines Großvaters, meines Urgroßvaters: Das papierene Gedächtnis meiner Familie war dort verwahrt. Ein großes Fenster ging auf den Garten, aber die Läden wurden nie geöffnet. Ein Schreibtisch, ein verstaubter Globus, ein Papierkorb, in den nie jemand Papier warf. Kein Ofen, kein Heizkörper. Die Wände verströmten die feuchte Eiseskälte des Winters, und diese Kälte setzte sich in den Büchern fest. Es war einer der unwirtlichsten Orte in dem großen Haus auf dem Hügel, und es sollte einer meiner Lieblingsorte werden. Ich nahm eine Decke und eine Taschenlampe mit und verbrachte dort ganze Nachmittage, wie ein neugieriges Mäuschen.

Bei einem meiner ersten Besuche, während der Wind durch die Ritzen und Spalten pfiff und die Vorhänge bauschte, als ob es Gespenster wären, hatte ich Marco Polos *Il Milione* aus einem der unteren Regale geholt. Da mein Vater mir sonntags ab und zu den »Corriere dei Piccoli« mitbrachte, hoffte ich, auf diesen Seiten weitere Abenteuer von Signor Buonaventura zu finden, des legendären Besitzers eines Eine-Million-Scheins. Welche Enttäuschung, als ich feststellen musste, dass da keine Zeichnungen waren. Ich kannte die Personen nicht, von denen auf diesen Seiten die Rede war, außer den Heiligen Drei Königen. So legte ich das Buch auf den Boden, hüllte mich in die Decke und begann zu lesen.

Aus anderen Gründen war auch in deinem Leben *Il Milione* ein wichtiges Buch.

Haben wir je über die Heiligen Drei Könige gesprochen?

Ich kann mich nicht erinnern.

Zum Mittagessen kehrte ich nach Hause zurück, und vor der Dämmerung hörte der Maestrale auf zu wehen, daher konnte ich endlich im Wohnzimmer den Kamin anmachen. Das Holz ist das der Strandkiefer, die wir in einer Windhose wie einen Stängel umfallen sahen; ich habe es mit der Motorsäge zugeschnitten, während du die Zweige und Pinienzapfen eingesammelt hast.

Jetzt brennt es in einem munteren Feuer, während Harzgeruch sich im Raum verbreitet. In den Flammen erscheinen wieder die Heiligen Drei Könige, erst die Hufe des Kamels von Melchior, dann Kaspar und Balthasar. Trotz ihrer prächtigen Gewänder wirken sie traurig.

Es war die Lektüre des *Milione*, die mir den Grund für ihre Melancholie enthüllte.

In Bethlehem angekommen, so erzählte Marco Polo, hätten sie zu Füßen des Kindes ihre Gaben niedergelegt, und dabei hätten sie sich gesagt: Wenn der Prophet nach dem Gold greift, ist er ein weltlicher Herrscher. Wenn er den Weihrauch annimmt, ist er ein Gott. Wenn er die Myrrhe ergreift, ist er ein Arzt und Heiler.

Und was hatte das Kind ihnen im Tausch gegeben? Ein verschlossenes Kästchen.

Sie hatten sich wieder auf die Reise gemacht und das Kästchen wie etwas Kostbares behandelt. Auf halbem Weg hatten sie der Neugier jedoch nicht widerstehen können und das Kästchen geöffnet.

Was für eine Enttäuschung!

Darin war nichts weiter als ein nutzloser Stein.

War das etwa eine Art, ihre Gaben zu erwidern, die extreme Mühe ihrer Reise zu belohnen? Vor lauter Enttäuschung hatten sie das Kästchen genommen und in einen nahe gelegenen Brunnen geworfen, doch kaum war es am Grund aufgetroffen, war etwas Außergewöhnliches geschehen. Ein helles Feuer war vom Himmel herab in diese Brunnentiefe gestürzt, doch statt im Kontakt mit dem Wasser zu verlöschen, war es nur umso höher aufgelodert. Es war an jenem Tag nicht erloschen, und auch am folgenden Tag nicht.

Vielleicht brennt es immer noch.

Dieses Feuer war in dem Stein verborgen, um den Kleinmut ihrer Herzen zu beleuchten. Sie hatten gesehen und nicht wirklich geglaubt.

Der Stein war ein Symbol für die Festigkeit des Glaubens, die von ihnen verlangt wurde. Er enthielt das Feuer, das nichts auslöschen kann. Wegen seines bescheidenen Äußeren hatten die Könige ihn verachtet und in den Brunnen geworfen. Sie hatten die Gelegenheit gehabt, wirklich reich zu werden, und waren extrem arm geworden.

Ich hätte sie trösten wollen, aber sie waren mit schlurfenden Hufen ihrer Reittiere schon aus dem Zimmer verschwunden.

Unterdessen haben sich die Scheite im Kamin in Glut verwandelt, ich kann nicht schlafen gehen, bevor das Feuer ganz erloschen ist. Die Flammen sind schnell und die Glut langsam. Sie scheinen mir zu sagen: »Hast du es eilig? Warte! Wir sind noch nicht heruntergebrannt.«

Während ich die Glut beobachte, wie sie grau wird, denke ich, dass eines Tages auch ich Gefahr gelaufen bin, mich so zu benehmen wie die Heiligen Drei Könige. Ich hatte ein Geschenk bekommen – das, dich kennengelernt zu haben –, und ich hatte es für einen solchen Stein gehalten, etwas Lästiges, ein Hindernis, von dem ich mich so schnell wie möglich befreien wollte. Ich hatte ein geregeltes Leben und Pläne für die Zukunft, die

nicht viel anders waren als ein Zug, der auf eingefahre-
nen Gleisen dahinfährt.

Dass bei einem Gleis die Möglichkeit des Entgleisens
besteht, war mir nicht im Entferntesten in den Sinn gekommen.

3

Adel verpflichtet

Was war meine Bestimmung, als ich auf die Welt kam? Anwalt zu werden, wie mein Vater. Was war deine Bestimmung? Ich habe dich das nie gefragt, aber ich glaube, sie unterschied sich nicht groß von der deiner Mutter. Lehrerin werden, heiraten, das Leben deiner Eltern durch das Geschenk der Nachkommenschaft glücklich abrunden.

Mein Vater war Anwalt, wie sein Vater und auch mein Urgroßvater es gewesen waren: ein kleiner Provinzadliger und Beamter des Habsburgerreiches, der in der zweiten Hälfte des 19. Jahrhunderts nach Cormòns gezogen war.

Eine herrschaftliche Villa mit der Annehmlichkeit von etwas Land rundherum, ein Stall mit Pferden und einer Kutsche, woraus im Lauf der Zeit das erste Automobil im Ort geworden war, die große Bibliothek, in der ich meine Zeit zubrachte, der Flügel, der von allen vergessen in einem Winkel des Salons stand, einige angeschlagene Porzellanteller, auf denen man den Schatten eines Adelswappens erkannte, das war es, was uns von den

Leuten im Ort unterschied. Der ehrerbietige Respekt der Umgebung bestätigte die genetische Gewissheit, einer anderen Welt anzugehören.

»Vergiss deinen Adel nicht!« Das ist einer der ersten Sätze meines Vaters, an die ich mich erinnere.

Das Bewusstsein des Adels ist schon mit sechs, sieben Jahren in mein Leben getreten: Mit Kindern spielen, die ich ausgesucht hatte und nicht er, herumtoben, zu laut sprechen, unartig sein, oder schlimmer, es in der Öffentlichkeit sein, all das waren Verhaltensweisen, die mit diesem Satz geahndet wurden.

Was Adel sei, war mir, der ich 1950 geboren bin, ein absolutes Mysterium: etwas, das uns von den anderen unterschied, doch der Grund für diese Verschiedenheit war mir nicht klar. Wir waren nicht reich, oder besser, wir waren es nicht mehr.

Dieses große Haus mit den eisigen Zimmern war wie das Skelett eines Dinosauriers, das traurige Relikt eines vor Zeiten erloschenen Lebens. Die Ländereien waren noch vor Ausbruch des Zweiten Weltkriegs verkauft worden, die Pferde waren verschwunden, und in der Garage stand eine Limousine, die nur mit Schwierigkeiten ansprang. Wir lebten von der Arbeit meines Vaters, von seiner Anwaltskanzlei in Görz. Meine Mutter hatte Geisteswissenschaften studiert und ein paar Aushilfsstunden in Griechisch und Latein gegeben, bevor sie heiratete.

Meine Eltern haben nach Kriegsende geheiratet. Ihre erste Begegnung hat in einem Zug stattgefunden, er war wegen eines Schadens stehengeblieben, und in der langen Wartezeit hatten sie Gelegenheit, Bekanntschaft zu machen. Ich habe sie nie gefragt, in welcher Jahreszeit das war, aber ich stelle mir vor, es war im Monat Mai: die erste Hitze, gerötete Wangen, diese subtile Erregung, welche die menschlichen Wesen erfasst, wenn ringsum das Leben üppig sprießt.

Wie hatten sie es angestellt, sich wiederzufinden? Sicher war nicht sie es, die die Initiative ergriff, das wäre unschicklich gewesen. Wahrscheinlich war er regelmäßig auf dieser Eisenbahnstrecke gefahren oder erwartungsvoll um die Schule herumgelaufen, in der sie unterrichtete.

Meine Mutter hieß Aldina, und für meinen Vater war dieser profane bürgerliche Name ein unüberwindliches Hindernis. So hat er in dem Moment, als er ihr den Verlobungsring schenkte und ihr den Antrag machte, eine eigenartige Bitte angefügt, nämlich die, ihren Namen zu ändern. In der Erregung des Augenblicks willigte sie ein und lachte über die Absonderlichkeit. In beiderseitigem Einverständnis haben sie über ihre neue Identität entschieden.

Sie würde Maria Vittoria heißen, für Freunde Mavi.

»Sind Sie, Aldina, hierhergekommen ...«

»Sind Sie, Maria Vittoria ...?«

In diesem Unterschied lag für meinen Vater die ganze Welt.

»Ich habe deine Mutter geheiratet, weil sie sehr schön war«, erzählte er mir eines Tages, als ich an der

Schwelle zum Erwachsenenalter war, wir saßen unter der blühenden Glyzinie vor dem Haus. Den Grund, warum sie ihn geheiratet hat, habe ich nie erfahren.

Mütter sind geschickter im Schweigen.

Über dem Zusammenfinden von Paaren liegen oft Abgründe des Schweigens, und mit diesen Abgründen müssen die Kinder es früher oder später aufnehmen.

Ich habe ein genaues Bild von diesem Moment der Erleuchtung: An einem schwülen Nachmittag bäuchlings auf dem kühlen Fußboden liegend, lege ich ein altes Puzzle. Ich kann das Bild zusammensetzen, doch dann stutze ich. Kein Teil passt in die leer gebliebene Lücke. Hartnäckig versuche ich es wieder und wieder, doch irgendwann reißt mir die Geduld, und wütend zerstöre ich mein Werk, ich springe auf und versetze der Schachtel einen Tritt, bevor ich das Zimmer verlasse.

Ein Mosaikteil fehlt, und es wird für immer fehlen.

Dasjenige, das unser Dasein in der Welt rechtfertigt. Wessen Kind bin ich? Der Konvention? Der Selbstverständlichkeit? Eines Missbrauchs? Eines Irrtums?

Jetzt, da alle das Wort »Liebe« im Munde führen, jetzt, da die Kinder vom ersten Tag an in eine allzu klebrige Wolke dieses Gefühls oder dessen äußerlicher Darstellung gehüllt werden, ist es unwahrscheinlich, dass Menschen sich der Nacktheit ausgesetzt sehen, wie das in früheren Generationen der Fall war. Umgeben von gut gekleideten und lächelnden Schaufensterpuppen, erwidern sie selbstgewiss deren Lächeln, überzeugt, dass das Leben in diesen Ausdrücken der Befriedigung seine Erfüllung findet.

Wir, die wir mit den rauchenden Trümmern des Zweiten Weltkriegs hinter uns und der wirbelnden Dynamik des Wirtschaftswunders vor uns geboren wurden, sind dem Betrug nicht zum Opfer gefallen: Wir haben das Drahtgestell und die Zelluloidmaske der Schaufensterpuppe gesehen, und dieser Draht und dieses Zelluloid haben uns schlaflose Nächte bereitet. Weshalb bin ich auf die Welt gekommen? Da das Wort »Liebe« nicht vorgesehen war, begannen wir schon bald, mit unserem Schicksal zu hadern. Verstehen, wer ich bin, verstehen, was ich will, wohin ich gehen will, auf der Stelle wissen, dass die Energien, die wir einsetzen können, nicht die der Ruhe, sondern die des Zusammenstoßes sind.

Ohne Zusammenstoß keine Eroberung.

Ohne Eroberung keine Möglichkeit, sein Schicksal zu gestalten.

Mein Vater war kein schlechter Mensch, eher ein in seiner Durchschnittlichkeit befangener Mann. Er spielte die Rolle des Vaters, wie sein Vater und sein Großvater es getan hatten, nur dass die Welt sich in der Zwischenzeit geändert hatte. Ein Jahrhundert war zu Ende gegangen, und ein neues hatte begonnen. Zwei Kriege waren ausgebrochen, der Friede war wiedergekehrt, und das Familienvermögen war zerronnen. Er aber hatte ein Rollenmodell erlernt und hatte es wieder verwendet, ohne sich nach der Rechtfertigung seines Handelns zu fragen.

So war es gemacht worden, und so musste es für immer sein!

Das ist eine der heimtückischsten Fallen, die sich im Leben der Menschen auftun: Die Schuhe eines anderen anziehen und damit laufen, damit weitergehen, auch wenn sie zu klein sind, auch wenn sie drücken, auch wenn man sich wund läuft.

Bis zum Alter von zehn Jahren betrachtete ich meinen Vater mit der stillen Verehrung des Welpen, doch im Sommer zwischen dem Ende der Grundschule und dem Beginn der Sekundarschule geschah etwas, das in mir zu arbeiten begann wie die unterirdischen Triebe des Unkrauts, die den Asphalt aufwerfen können.

Es war Juli, und aus gegebenem Anlass hatte mein Vater sich von einem Freund einen roten Sportwagen geliehen. Der Anlass war, dass er mich nach Görz mitnehmen wollte, um mir seine Kanzlei zu zeigen, mir die Leute vorzuführen, mit denen er arbeitete, und die wichtigen Freunde, die er in der Stadt hatte.

Die Hinfahrt war sehr schön, es war noch nicht zu heiß, und der Geruch der sommerlichen Erde strömte mir entgegen; vielerorts arbeiteten die Mähdrescher, und das Stroh leuchtete wie Goldstaub in der Luft.

»Das ist mein Nachfolger!«, rief mein Vater großspurig, als er in die Kanzlei kam. Er zeigte mir sein Büro, die Wände bedeckt von massiven, dunklen Bücherregalen voller verstaubter Bände, das Wartezimmer mit den durchgesessenen Ledersesseln und ein paar juristischen Zeitschriften auf dem Tischchen, ein Kämmerchen mit der Schreibmaschine und einigen gewöhnlichen Regalen, wo Signorina Nives arbeitete, seine Sekretärin. Er sprach voller Enthusiasmus, als ob er einen Saal im Louvre erläuterte, ich bemühte mich, denselben Enthusiasmus zu empfinden, während ich ein Pfefferminzbonbon lutschte, das Signorina Nives mir gegeben hatte.

Als die Besichtigung abgeschlossen war, stiegen wir wieder ins Auto und fuhren zu seinen Freunden, die sich in der Bar auf dem Hauptplatz versammelten. Dort wurde ich denen, die etwas zählten, vorgestellt, und nachdem ich einen Fruchtsaft und sie einige Gläschen Wein getrunken hatten, gingen wir in eine Trattoria in den nahe gelegenen Hügeln. Wir aßen im Freien unter Linden.

Eine Weile lang versuchte ich höflich, der Unterhaltung zu folgen, doch bald schon überkam mich diese Langeweile, die Kinder beim Essen mit Erwachsenen befällt. So begann ich eine kleine Spinne zu beobachten, die sich von der Linde herabließ und vor meinen Augen schaukelte, und Enten auf einem nahe gelegenen Weiher, die auf der Suche nach Nahrung den Kopf ins Wasser tauchten.

Mit fortschreitender Stunde und steigender Anzahl der Flaschen auf dem Tisch war die Unterhaltung immer geräuschvoller geworden; zuerst sprachen sie über die Probleme des Weinbaus, doch nach dem zweiten Gang kam die Rede auf Politik. Irgendwann geschah etwas, was ich mir nie hätte vorstellen können: Mein

Vater sprang auf und stieß ein absolut verpöntes Wort aus, wobei er mit der Faust auf den Tisch schlug.

»Rodolfo!«, hatte ein Freund ihn genannt und beim Arm genommen.

»Rudolf! Ich heiße Rudolf«, schrie mein Vater und machte sich los. Gleich darauf stimmte er, die Hand auf dem Herzen, mit geschlossenen Augen und einer Träne, die sich unter den Lidern hervorstahl, die österreichisch-ungarische Hymne an.

Am Schluss erhob sich von den Tischen ringsum Applaus.

»Bravo! Bravo!«

»Warum singen Sie nicht auch für uns?«, fragte ein junger Mann, der an einem Tisch in der Nähe saß, und mein Vater kam seinem Wunsch nach. Am Schluss brach der junge Mann in Gelächter aus und rief: »Du alberner Hanswurst! Warum scherst du dich nicht zurück ins Kartoffelland?«

Mein Vater stürzte sich wütend auf ihn, aber der Typ hielt seinen Arm fest und drehte ihn ihm auf den Rücken. Er ließ erst los, als er meinen Vater vor Schmerz schreien hörte.

»Hau doch ab, du alter Hanswurst!«

Ich war schon auf den Beinen.

»Schnell!«, rief mein Vater auf Deutsch, lief auf den Ausgang zu und setzte sich ins Auto. Wir waren bereit, mit quietschenden Reifen davonzufahren, aber er konnte die Schlüssel nicht finden, und so wurden wir weiter von Spott und Gelächter verfolgt.

»Faschisten! Faschisten!«, schrie mein Vater, sobald wir losgefahren waren. »Verfluchte Nationalisten!«

Er fuhr wie ein Verrückter. Ich saß neben ihm und war doch ganz abwesend. Statt die Landschaft anzuschauen, dachte ich an die Enten, daran, wie schön es sein musste, in einer Wirklichkeit zu leben und durch ein Biegen des Halses in eine andere einzutauchen. Vom Lärm der Welt in die Stille unter Wasser.

4

Unsere erste Begegnung

Ich musste für einen Tag geschäftlich nach Livorno. Der Maestrale hatte sich gelegt und strömendem Regen Platz gemacht: Einen Tag, zwei Tage; am dritten war ich wutgeladen, fühlte mich gefangen im Haus und auf der Insel.

Bei strömendem Regen bin ich aufs Schiff gegangen und bei strömendem Regen in Livorno ausgestiegen. Fabio, ein alter Kollege von mir, hat mich abgeholt, und wir haben den Großteil der Zeit miteinander verbracht.

Am Nachmittag regnete es immer noch, aber während ich auf die Fähre für die Rückfahrt wartete, erschien im Westen ein schmaler Lichtstreif: Anfangs war es nicht mehr als ein Goldfaden am Meereshorizont, die grauen Wolken wirkten wie ein Dickhäuter, der ihn zu erdrücken drohte, doch dann dehnte sich diese gleißende Klinge nach und nach aus und riss dabei immer größere Löcher in die darüber liegende Masse.

Als ich an Bord ging, glitten die Sonnenstrahlen schräg über die Wasseroberfläche hin. Ich schloss die

Augen, fast verärgert über diese plötzliche Wiederkehr des Lichts.

Genauso war dein Einbruch in mein Leben.

Unsere erste Begegnung war bestimmt nicht ideal.

Juli 1978, seit vier Jahren arbeitete ich als Offizier auf der Schifffahrtslinie zwischen Venedig und Piräus. In der Wintersaison beförderten wir hauptsächlich LKW, aber im Sommer wurde ein Großteil des Platzes von den Autos und Wohnwagen der Touristen belegt. Es gab auch etliche Passagiere ohne Auto, meist Studenten, und da sie kein Geld hatten, nutzten sie die billigste Übernachtungsmöglichkeit und schliefen auf Deck.

Deine Gruppe habe ich bemerkt, als wir schon recht weit vom Hafen entfernt waren. Mich beeindruckte, dass jeder von euch eine Zigarette in der Hand hatte, ich sah die kleinen Glutpunkte in der Nacht. Ich erinnere mich noch an den Gedanken: So jung, und schon rauchen sie wie die Schlote. In der Morgendämmerung sah ich euch in eure Schlafsäcke kriechen wie Raupen, die sich verpuppen. Später habt ihr euch im Kreis gesetzt, und einige von euch haben Panflöte gespielt.

Es war später Vormittag, und ich war unterwegs zur Messe, als ich dich neben der Treppe zur Kommandobrücke sah, du saßest im Schneidersitz am Boden und rauchtest eine Zigarette.

Ich blieb stehen.

»Signorina, hier ist Rauchen verboten.«

Anstatt die Zigarette auszumachen, hast du einen

noch tieferen Zug genommen und den Rauch durch die Nasenlöcher ausgestoßen wie ein chinesischer Drache.

»Wer sagt das?«

»Das Schild hinter Ihnen.«

Du hast dich umgedreht und die Aufschrift NO SMO-KING AREA über deinem Kopf betrachtet.

»Haben Sie das beschlossen?«, hast du provozierend gefragt.

»Das haben die internationalen Sicherheitsvorschriften beschlossen.«

»Warum?«

Ich war mit meiner Geduld am Ende.

»Um zu verhindern, dass wir alle in die Luft fliegen.«

Erst da hast du mit demonstrativer Herablassung die Zigarette auf den Planken ausgedrückt. Während ich die Treppe hinaufstieg, dachte ich: Wer soll ein solches Mädchen heiraten? Und ich spürte, wie mir ein Schauer über den Rücken lief.

»Wir haben Hexen an Bord«, rief ich aus, als ich mich zu Tisch setzte; meine Kollegen lachten, und ich habe dich und deine Freunde vergessen.

Zufällig waren wir auf der umgekehrten Route Piräus–Venedig wieder auf demselben Schiff. Ich bemerkte eure sonnengebräunten Gesichter und dass ihr entspannter wart als auf der Hinfahrt. Statt Panflöte zu spielen, habt ihr mit Inbrunst Lieder angestimmt. Ich sah, wie sich eure Münder bewegten, aber durch den Motorenlärm konnte ich die Worte nicht verstehen.

Ich nahm eure Gruppe wahr, wie man auf einem Spaziergang ein Akazienwäldchen wahrnimmt. Ich kümmerte mich nicht um dich, im Gegenteil, ich bemühte mich, die unangenehme Unterhaltung von zwei Wochen zuvor aus dem Gedächtnis zu streichen.

Als ich daher später in der Dunkelheit deine Stimme neben mir hörte, zuckte ich überrascht zusammen. Ich hatte meinen Dienst beendet, und bevor ich in meine Kabine ging, war ich stehengeblieben, um die weiße Gischt des Kielwassers zu betrachten, die das Dunkel der Nacht vom Dunkel des Meeres trennte. Das tat ich jeden Abend, es verlieh mir ein Gefühl des Friedens.

»Capitano!«

Ich wandte den Kopf und erblickte dich an meiner Seite.

»Ja?« Mein Tonfall war nicht eben herzlich.

»Capitano, wie fühlt man sich in Uniform?«

»Was meinen Sie?«

»Wissen Sie immer, was Sie zu tun haben?«

»Ich bin Offizier, dafür habe ich meine Ausbildung gemacht.«

»Um Schiffe in den Hafen zu steuern?«

»Ja.«

»Und wenn Sie an Land sind? Wissen Sie dann auch, was Sie tun müssen?«

Ich schwieg, bevor ich dir antwortete: »Im Allgemeinen schon.«

Wie weiße Gespenster flogen zwei Möwen über unseren Köpfen.

»Gibt es eine Ordnung in der Welt?«, fragtest du mich dann.

»Wenn es sie nicht gäbe, könnten wir nicht zur See fahren.«

»Darf man hier rauchen?«

»Ja.«

»Rauchen Sie nicht?«

»Nein.«

»Auch nicht Pfeife?«

»Nein. Ich bin schließlich nicht Popeye.«

Du musstest lächeln. Die von den Schiffsschrauben erzeugte Gischt wirbelte weiter in der Tiefe.

»Was, wenn einer da runterspringt?«, fragtest du dann weiter.

»Dann begeht er die größte Dummheit seines Lebens.«

»Würden Sie mich daran hindern?«

»Gewiss. Dafür werde ich bezahlt.«

Da bist du in Gelächter ausgebrochen.

Ich lachte ebenfalls und verabschiedete mich. »Ich muss gehen.«

Ich spürte deinen Blick auf mir, als ich die Treppe hinaufstieg, die zu den Offizierskabinen führt.

»Springen Sie nicht«, rief ich, wobei ich mich ein letztes Mal über die Brüstung beugte. »Überstunden bekomme ich nicht bezahlt!«

Kurz vor dem Einschlafen, in diesem Zwischenreich zwischen Schlaf und Wachen, fragte ich mich einen Moment lang, ob ich nicht unten bei dir hätte bleiben sollen oder ob ich den Offizier, der mich im Dienst ablöste, von deinen selbstmörderischen Absichten hätte in Kenntnis setzen müssen.

Dummes Gewäsch eines Teenagers, sagte ich mir dann und ließ mich mit dem reinen Gewissen dessen, der stets weiß, was zu tun ist, in Morpheus' Arme sinken.

Hatte ich im Leben stets gewusst, was zu tun war, oder hatte ich an dem Tag gelogen? Indem ich all die Jahre durchging, an die ich eine wache Erinnerung hatte, wurde mir klar, dass ich immer gewusst hatte, was ich *nicht* tun wollte.

Nach dem Ausflug mit meinem Vater nach Görz und seiner peinlichen Selbstdarstellung als nostalgischer Anhänger des Habsburgerreichs war ich mir schon am nächsten Morgen sicher, dass ich nicht Anwalt werden würde. Hinter dieser Weigerung stand keine Überlegung – ich war erst zehn –, sondern eine Art mysteriöse Ahnung, die mich trieb, andere Wege zu erkunden.

War mein Urgroßvater glücklich gewesen?

War mein Großvater glücklich gewesen?

Das konnte ich nicht wissen, aber mit Sicherheit wusste ich, dass mein Vater es nicht war: Man hatte ihm ein Päckchen zu tragen gegeben, und er hatte sich, ohne sich umzusehen oder nachzuschauen, was sich darin befand, in Marsch gesetzt, gehorsam wie ein Soldat, ergeben in ein Geschick, das andere für ihn festgelegt hatten.

Hätte er anders handeln können?

Gewiss stellte in früheren Zeiten die Rebellion gegen den von den Eltern vorgezeichneten Weg eine echte Herausforderung dar, daher musste man sich der eigenen abweichenden Wahl wirklich sicher sein, um einen Bruch zu riskieren. Die Eltern hatten noch die Macht, einen wegen einer nicht genehmen Lebensentscheidung zu verstoßen.

Obwohl die Welt 1960, als ich zehn Jahre alt war, in Wertvorstellungen und Lebensstil dem vergangenen Jahrhundert mehr ähnelte als der heutigen Zeit, war die Angst vor dem Unmut der Eltern nicht stark genug, mich auf meine Träume verzichten zu lassen. Träume, die sich im wunderbar fruchtbaren Humus der Übergangszeit zwischen Kindheit und Jugend entwickelt hatten. Drei Jahre in der häuslichen Bibliothek verbrachte ich mit dem Studieren des Globus und der fiebrigen Lektüre aller möglichen Abenteuerbücher. Und je mehr ich las, umso klarer wurde mir, dass ich mein Leben nicht innerhalb der vier Wände eines Büros verbringen wollte.

In jenem Sommer vor dem Übertritt aufs Gymnasium sprach ich mit meiner Mutter über meine Bedenken. In ihr fand ich eine Verbündete und eine kluge Strategin: Um mir den Besuch der Schifffahrtsschule zu ermöglichen, belog sie den Vater: Sich auf ihre Kenntnis der Schullandschaft stützend, klagte sie über die mangelnde Qualität des Görzer Humanistischen Gymnasiums.

Und nachdem sie diesen Samen im Geist ihres Mannes hatte reifen lassen, begann sie, das Dante-Gymnasium in Triest zu loben, zweifellos das beste in der Region, und so rang sie ihm ohne große Mühe die Erlaubnis für mich ab, die Triester Schule zu besuchen.

Die Lüge war natürlich viel größer, denn zwar stimmte es, dass ich nach Triest fuhr, aber um insgeheim die Schifffahrtsschule zu besuchen, sie dagegen würde mir die Grundkenntnisse in Latein und Griechisch beibringen, jenes Minimum, das mir erlauben würde, wenn mein Vater »*Tityre, tu patulae* ...« zu deklamieren anfing, flüssig mit Vergils Versen fortzufahren.

Als der Betrug im vierten Jahr aufflog – aufgrund eines Freundes, der mich die Schifffahrtsschule hatte betreten sehen –, war die Reaktion meines Vaters zum Verzweifeln ruhig.

»Was konnte ich sonst von dir erwarten?«

5

Erinnern Sie sich an mich?

Seit du gegangen bist, herrscht im Haus dieselbe Ord-
nung/Unordnung. Alles ist noch, wie es war. Ein Pan-
toffel auf dem Boden, der andere unter dem Bett, die
Zahnpastatube aufgeschraubt und ein Haufen Kleider
auf dem Sessel. Wie niemand sonst warst du imstande,
um dich herum ständig Unordnung zu verbreiten. Da
ich von Natur aus penibel und außerdem gewohnt bin,
auf dem beschränkten Raum einer Kajüte zu leben, gerieten unsere Universen ständig aneinander.

»Könntest du nicht ein bisschen ordentlicher sein?«,
schrie ich außer mir, wenn ich einen Kochlöffel mit
Sugo daran neben dem Drucker fand.

Fröhlich zucktest du mit den Schultern. »Ich mache
keine Unordnung, ich erschaffe Welten. Und jede Welt
erzeugt ihre eigene Ordnung.«

»Ich kann diese Ordnung nicht erkennen«, sagte ich
mit dem Kochlöffel in der Hand.

»Das macht nichts, ich sehe sie ja.«

Solange wir in der Wohnung am Lido wohnten, hielt
die Beschränktheit des Raums deinen schöpferischen

Elan im Zaum, aber der Umzug auf die Insel entfesselte deine Kreativität. Die Wohnung am Lido war dir schon seit vielen Jahren zu klein gewesen, es verging kein Abend, an dem du mich nicht, während du die Fenster zumachtest, fragtest: »Bist du sicher, dass du hier alt werden willst?«

»Alles hat seine Zeit«, antwortete ich dir, aber es war klar, dass die Zeit für dich schon abgelaufen war.

Wenn wir etwas gemeinsam hatten, dann war es das starke Bedürfnis nach offenen Räumen. Durch meine Arbeit hatte ich oft Gelegenheit, meinen Blick frei schweifen zu lassen, während du, eingeklemmt zwischen PC und Wörterbüchern, immer mehr Symptome von Klaustrophobie entwickeltest.

»Zwar stimmt es, dass bei meiner Arbeit der Kopf in anderen Dimensionen unterwegs ist, aber der Körper hat Bedürfnisse, die der Geist nicht kennt. Irgendwann werde ich mich langweilen«, murmeltest du, wenn du an Regenabenden im Sofa versankst.

Ich sah dich an und wusste, dass etwas Wahres in diesen Worten lag.

So haben wir uns eines Abends ein Limit gesetzt. Wenn du fünfzig wärest, ich sechzig. Du hast in die Hände geklatscht, denn so kindlich du in deinen Abneigungen warst, so sehr warst du es auch in Momenten der Freude.

»Wirklich?«

»Kapitänsehrenwort!«

Arm in Arm schliefen wir ein. Wegen deines Bedürfnisses nach Landluft verließen wir den Lido so oft wie möglich. Meistens fuhren wir nach Cortina d'Ampezzo in den Dolomiten. Im Herbst und im Frühling, wenn es noch nicht überlaufen war, wir machten einen Tagesausflug; manchmal blieben wir auch über Nacht.

Für mich waren die Berge eine ungewohnte Umgebung, während du dich dort ausgesprochen wohl fühltest. Schon als junges Mädchen, wenn die Ausdünstungen von Mestre dich erstickten, nahmst du den Bus und liefst stundenlang allein durch die Wälder. Es hätte dir nicht missfallen, in den Bergen alt zu werden.

»Man sieht keinen Horizont«, wandte ich ein.

»Natürlich sieht man ihn, man muss nur hoch genug hinaufsteigen. Und dann erscheint ein Horizont, den man sich mühsam erobern muss, viel weiter als einer, der sich ohne Herausforderung vor einem ausbreitet.«

»Auch das Meer hat seine Herausforderungen.«

»Die sind meteorologischer Natur: Stürme, Taifune. Im Gebirge ist das anders. Du beschließt, deine Kräfte zu messen. Du könntest zu Hause bleiben, aber du beschließt, hinaufzugehen.«

»Glaubst du nicht, dass das mit dem Meer auch so ist? Du könntest am Ufer bleiben, aber du willst entdecken, was der Horizont verbirgt.«

»Du denkst zu horizontal«, sagtest du.

»Und du zu vertikal.«

Wir schwiegen, du nahmst meine Hand.

Kleine Splitter fielen wie Schneestaub von der Buche,

unter der wir saßen, in ihren Ästen knabberten Eich-hörnchen an Bucheckern.

Das zweite Mal traf ich dich in der Nähe der Ca' Fosca-ri. Du trugst gelbe Gummistiefel und einen Regenhut in derselben Farbe. Dein Gesicht war von der breiten Krempe verdeckt, und wenn du mich nicht gerufen hät-test, hätte ich dich nicht erkannt.

»Capitano!«

Ich wandte mich um.

»Erinnern Sie sich an mich?«

»Also haben Sie sich doch nicht umgebracht!«

Eine leicht verlegene Stille machte sich zwischen uns breit.

»Es regnet nicht mehr«, bemerkte ich schließlich.

Du hast den Hut abgenommen und ein Schwall Lo-cken fiel dir ins Gesicht.

»Stimmt. Ich hasse Regenschirme.«

»Ich auch«, antwortete ich, und dann hörte ich mei-ne Stimme sagen: »Darf ich Sie auf einen Kaffee einla-den?«

Sofort bereute ich meinen Vorschlag. Ich hoffte, du würdest ablehnen, aber du hast geradezu begeistert an-genommen.

Als wir im Lokal an einem Tisch saßen, fragte ich dich: »Wie haben Sie mich in Zivil wiedererkannt?«

»Ich verstehe mich auf Physiognomien«, hast du ge-antwortet und die Getränkekarte studiert.

Obwohl es Morgen war, hast du eine *ombra* bestellt,

während ich mich auf einen Kaffee beschränkte. Du hast ganz unbefangen drauflosgeredet, vielleicht durch die Wirkung des Weins. Mit der Reise nach Griechenland hattest du das Ende der Schulzeit gefeiert. Du hattest im Juli das Abitur am Humanistischen Gymnasium abgelegt und warst nun an der Universität.

»Wenn Sie gefeiert haben, warum waren Sie dann auf der Rückfahrt so traurig?«

»Weil etwas schiefgelaufen ist. Nicht alle sind das, was sie scheinen.«

Abrupt hast du das Thema gewechselt. »Haben Sie studiert?«

»Ich hätte es gewollt, aber nein. Ich wollte von meinen Eltern unabhängig sein, aber ...«

»Aber?«

»Wenn ich heute die Wahl hätte, würde ich Philosophie studieren ...«

»Warum?«

»Weil ich gern Dinge hinterfrage. Vielleicht ist das normal, wenn man so viel Zeit allein unter dem Sternenhimmel verbringt.«

Du warst etwas nachdenklich, dann hast du gesagt: »Capitano, wir haben uns noch gar nicht vorgestellt!«

»Ich heiße Andrea.«

»Edith.«

»Wir können uns duzen, meinst du nicht?«

»Sicher, ohne Uniform ist das leichter.«

»Macht eine blaue Jacke dir so viel aus?«

»Es ist das, was darin steckt.«

»Das bin ich.«

»Ich rede nicht von dir, sondern von der militaristi-
schen Ideologie.«

»Aber ich bin Zivilist, ich lenke Fähren, keine Zerstö-
rer! Niemals könnte ich eine Waffe tragen und schießen.«

Du hast einen kleinen Seufzer ausgestoßen. »Umso
besser, denn ich bin Pazifistin. Ich bin grundsätzlich dagegen, dass einer den anderen sagt, was sie tun sollen.«

»Ein Schiff kommt ins Schlingern, wenn keiner Befehle gibt.«

An deinem Gesichtsausdruck erkannte ich, dass mein
Satz dir zuwider war.

»Darüber«, sagte ich, während ich die Rechnung be-
glich, »ließe sich ewig streiten.«

Deine Miene hellte sich wieder auf. »Stimmt.«

»Wohnst du in Venedig?«, fragte ich dich später, während ich dich zur Universität begleitete.

»Schön wär's. Ich pendle von Mestre aus.«

»Also ciao«, verabschiedete ich mich vor dem Univer-
sitätsgebäude von dir.

»Ciao, Capitano«, hast du geantwortet und bist hinter
der Tür verschwunden.

Am nächsten Tag schiffte ich mich nach Piräus ein.
Es war Oktober, abgesehen von ein paar vereinzelten
Passagieren aus dem Norden waren die Touristen verschwunden und hatten den LKW wieder allen Platz
überlassen.

Beim Aufbruch war ich ruhig, aber am zweiten Tag der Fahrt, mitten in der Adria, erwachte ich scheinbar ohne Grund mit miserabler Laune. Zuerst vermutete ich, ein böser Traum sei schuld daran, doch am Spätnachmittag, als ich meinen Dienst beendete, wurde mir klar, dass die schlechte Laune immer noch anhielt. Die Sonne war gerade untergegangen, und ihr orangefarbener Widerschein lag ein paar Augenblicke lang auf der Wasseroberfläche.

Was war es, was da in meinem Leben nicht stimmte? Objektiv betrachtet nichts.

Was also war diese nagende Unruhe, die mich erfasst hatte? Ich wälzte mich in meiner Koje hin und her, bevor ich endlich in den Schlaf fand. Wie dumm ich gewesen war, dich nicht um deine Telefonnummer oder deine Adresse zu bitten! Am nächsten Morgen war mir sonnenklar, dass in dem bis dahin perfekten Puzzle meines Lebens ein Teilchen fehlte.

Und dieses Teilchen warst du.

6

Die verborgene Natur des Steins

Aus wie vielen Schichten besteht das Leben?

Aus einer, zwei, zehn oder hundert?

Auf einem unserer Ausflüge nach Cortina mit Blick auf die Alpe di Fanes bemerktest du, dass wir im Grunde nicht anders sind als die Berge, zuerst waren sie nicht da, und jetzt sind sie da. Ihr Dasein geht häufig auf eine Eruption zurück, auf Feuer, das aus der Erde kommt und erkaltet. Wenn man sie betrachtet, versteht man die Evolution. Das Korallenriff hat sich in einen verschneiten Gipfel verwandelt, wo einst Fische waren, sind jetzt Steinböcke. Auch unser Leben unterliegt ständigem Wandel. Ständigem und geheimnisvollem Wandel. Aber Felsen und Berge bewegen sich nach präzisen und bekannten Gesetzen, während wir, was unser Leben angeht, im Dunkel tappen.

Als wir an jenem Tag ins Tal abstiegen, fiel mir die Geschichte der Heiligen Drei Könige wieder ein, die ich als Kind gelesen hatte. Ja, hinter der kalten Trägheit der Dinge verbirgt sich immer das Feuer. Und was ist die Erde anderes als eine Gaswolke, die um einen Feuerball herum feste Form angenommen hat? Gebirge, Ebenen, Hügel: Am Ende geht alles auf Millionen von Jahren andauernde Vulkanausbrüche zurück.

Es wäre vermessen, anzunehmen, wir wären von diesem Geschehen ausgenommen. Das dumpfe Leben, das ganz um sich selbst kreisende Leben, lässt sich vielleicht darauf zurückführen, dass die verborgene Natur des Steins vergessen wurde.

An jenem Tag, als wir schweigend dasaßen und ich deine erhitzten Wangen betrachtete, deinen Blick, der in dem Moment voller Licht war, begriff ich, dass die Unzufriedenheit, die mich damals vor vielen Jahren auf der Fahrt nach Piräus erfasst hatte, eben dies gewesen war. In meinem Leben war jedes Teilchen ordentlich an seinem Platz, aber diese Ordnung war in das monotone und schwache Licht dessen getaucht, der seine Tage fern vom Feuer verlebt.

Zurück aus Piräus, begann ich dich zu suchen.

In der Zeit vor den Handys war es eine Frage von Hartnäckigkeit und Glück, jemanden zu finden.

In meiner Freizeit strich ich ständig um die Universität herum. Das war die einzige Spur, die ich hatte.

Nach einem Monat der Frustration und der Enttäuschungen fand ich dich endlich: Zusammen mit einer Gruppe Gleichaltriger maltest du ein großes Transparent. Ich begrüßte dich mit lebhafter Begeisterung, du antwortetest mit einem Kopfnicken.

»Was ist das?«, fragte ich.

»Ein Plakat«, hast du erklärt, ohne den Blick von deiner Arbeit abzuwenden.

»Kennst du den?«, hat dich ein bärtiger Kommilitone gefragt und dir den Arm um die Schultern gelegt.

»Mehr oder weniger«, hast du mit einer wegwerfenden Geste gemurmelt.

Lag es an der Uniform?

»Frohes Schaffen«, sagte ich und ging mit raschen Schritten davon, ohne mich nach dir umzusehen.

Es war mir nie in den Sinn gekommen, dass der Platz an deiner Seite besetzt sein könnte. Ich hatte vergessen, dass das Feuer, außer zu wärmen und zu erleuchten, auch die Macht der Zerstörung besitzt.

Es gibt Tage, an denen die Abwesenheit von Wolken großen inneren Frieden schafft, und andere, an denen dieser blanke Himmel eine merkwürdige Euphorie hervorruft. Unter einem strahlend blauen Himmel erscheinen die Dinge als das, was sie sind, der einzige Schatten, den sie besitzen, ist der, den sie im Verhältnis zur Sonne werfen. Und doch gibt es Momente im Leben, in denen diese gnadenlose Klarheit unser geheimstes Inneres verletzt.

In deiner Jugend riefen die meteorologisch schönsten Tage eine unbändige Wut in dir hervor.

»Verstehen die denn nicht, dass das Betrug ist?«, hast du bei einer unserer ersten Wanderungen gesagt, als wir an einer Gruppe von Leuten vorbeikamen, die die Sonne genossen. »Verstehen die denn nicht, dass dieser Schein nicht die Wirklichkeit ist?«

»Und was wäre die Wirklichkeit?«

»Die Wirklichkeit ist, dass die Welt vom Schatten beherrscht wird. Er ist es, der alles verschlingt.«

Den ganzen restlichen Winter und den Frühling hindurch gab ich mir redlich Mühe, dich zu vergessen. Was ist denn schon passiert?, sagte ich mir in schwachen Stunden. Absolut nichts. Beim ersten Mal warst du unausstehlich, beim zweiten Mal war ich einfach freundlich, weil Freundlichkeit fester Bestandteil meines Wesens ist. Beim dritten Mal warst du distanziert.

Das war alles.

Diese Erregung, dieses zwanghafte Bedürfnis, dich zu suchen, war nicht mehr als eine jugendliche Schwärmerei gewesen. Musste ich meine Energie vergeuden und einer Person nachlaufen, die sich nichts aus mir machte und mit der ich mich wahrscheinlich ohnehin nie verstehen würde?

Absolut nicht.

Und dann, selbst wenn du ja gesagt hättest, welchen Sinn hätte das gehabt?

Seit drei Jahren war ich mit einer jungen Frau zusammen, die mich liebte und die ich liebte. In diesen schlaflosen Nächten, wenn ich mich im Bett hin und her wälzte, war ich zu dem Entschluss gekommen, der wieder Frohsinn in mein Leben bringen würde. Bald würde ich Erica bitten, mich zu heiraten. Ich würde bald dreißig, der richtige Zeitpunkt für einen Mann, die Phase der Jugend endgültig abzuschließen.

7

Der Garten

In der Nacht hat der Wind die Wolken hinweggefegt und dafür die erste prickelnde Herbstfrische zurückgelassen. Im Garten hat der Maestrale einen Zaun umgelegt und einige Gießkannen auf der Wiese hierhin und dorthin geschleudert.

Deine Bienenstöcke stehen zum Glück noch. Nichts fürchte ich mehr, als dass sie umgeworfen werden könnten, mit der daraus folgenden erschreckenden Szene von Tausenden wütender Insekten, die im Garten herumfliegen. Ein Gedanke, der vielleicht ein geheimer Wunsch ist. In diesen Monaten der Vernachlässigung könnten sie alle gestorben sein.

Ich näherte mich ihnen jedenfalls mit der gebotenen Vorsicht, um zu sehen, ob die Stöcke noch bewohnt sind. Nach ein paar Minuten ließen sich ein paar Bienen auf dem leeren Brettchen blicken; sie wirkten unsicher, zögernd, als würden sie abwägen: Lohnt es sich, auszufliegen? Dann schwangen sie sich ohne sonderliche Überzeugung in die Lüfte.

Wohin fliegen sie? fragte ich mich, da ringsum keine

einzige Blume war, doch ich wusste mir keine Antwort. Die Tatsache, dass die Bienen weder tot noch an einen besseren Ort gezogen waren, bescherte mir eine gewisse Unruhe.

Was muss ich bei Anbruch der schönen Jahreszeit tun, fragte ich mich, wenn sie außer Kontrolle im Garten umherschwirren? Ja, außer Kontrolle. Aber welche Art von Kontrolle brauchen die Bienen? Ich kann mich schließlich nicht in den Garten stellen und wie ein Verkehrspolizist den Verkehr regeln: da lang ja, dort lang nein, weiterfliegen bitte, weiterfliegen. Ich könnte sie verschenken, überlegte ich, aber mir fiel niemand ein, der imstande wäre, ein solches Geschenk mit Freuden anzunehmen.

In den Monaten der Vernachlässigung ist das Unkraut gewachsen, gelblich und von Regen und Wind niedergedrückt steht es da. Ich sah mich um. Der ganze Garten war in einem Zustand trister Verwahrlosung.

Wenn man ein ungepflegtes Haus traurig findet, was soll man dann von einem sich selbst überlassenen Garten sagen? Das Haus ist das Reich des Menschlichen, während im Außenbereich die Natur binnen Kurzem ihre unbesiegbare Kraft der Eroberung zeigt.

Denn was ist ein Garten anderes als die zwanghafte Durchsetzung unseres Willens? Wir wollen, dass die Tulpen an einer bestimmten Stelle wachsen, aber vielleicht behagt ihnen diese Stelle gar nicht, und sobald sie können, siedeln sie auf mysteriöse Weise um an einen ihnen genehmeren Ort. Wir stutzen die Sträucher, die

Glyzinien und die Bougainvillea, um sie in Form und zu kräftiger Blüte zu bringen, wir bändigen sie also, doch sie wünschen vielleicht nicht, gebändigt zu werden. Eine sich selbst überlassene Glyzinie flieht, sobald sie kann, aus der Pergola und rankt sich in den Wipfel eines Baums hinauf. Dasselbe tut eine Bougainvillea: Bei optimalen Bedingungen klettert sie nach oben, nimmt zu an Fülle, breitet sich aus und erreicht in kurzer Zeit das Dach des Hauses. Gärtnerei ist nichts anderes als eine extreme Form der Bändigung: Sobald der Bändiger abgelenkt ist, gewinnt die Macht des Lebendigen die Oberhand.

Sehe ich das gelbe Unkraut an, die abgefallenen Äste, das Gestrüpp der Rosenbeete und der Sträucher, die ich gepflanzt habe, vermag ich kein Gefühl der Harmonie zu empfinden. Die Vorstellung, dass die Natur an sich weise sei und von sich aus Harmonie hervorbringe, erscheint mir angesichts unseres traurigen, ungepflegten Gartens vollkommen trügerisch. Wenn das so weitergeht, wird das Unkraut immer größeren Raum einnehmen, wird in Mauerritzen und zwischen den Pflastersteinen rings ums Haus wuchern; bald schon wird es sie mit seinen kräftigen Wurzeln aufwerfen, während die Sträucher sich in alle Richtungen ausbreiten, die Kletterpflanzen sich an jedem möglichen Vorsprung hinaufranken; Wind und Vögel werden bald Brombeersträucher einschleppen, die mit primitiver und beharrlicher Kraft jeden Teil des Gartens mit ihrem undurchdringlichen, dornigen Gestrüpp überziehen werden. Ist erst einmal das Äußere erobert, werden sie sich durch eine zerbrochene Fensterscheibe oder eine Türritze rasch überall ausbreiten: Kurz, den Zustand des Hauses wiederherstellen, in dem wir es kauften. Wo jetzt die Küche ist, wuchs damals mit einem gewissen Vorwitz eine Pinie. Es war unsere Ankunft gewesen, das Projekt unseres Lebens, was da Ordnung hineingebracht hat. Wie willkürlich war dieses unser Eingreifen oder vielmehr die Vorstellung, die Kraft der Natur sei fähig, immer und in jedem Fall Harmonie zu schaffen?

Seitdem wir auf die Insel gezogen waren, hatten wir bei wiederholten Gelegenheiten darüber diskutiert und waren uns – ausnahmsweise einmal – einig gewesen: Die Vorstellung einer sich selbst generierenden Weisheit der Natur konnte sich nur in einer Zeit durchsetzen, in der die meisten Menschen in einer künstlichen Umgebung lebten. Als der Mensch mit der Erde kämpfen musste, um ihr sein Überleben und Nahrung abzutrotzen, hätte ihn der Gedanke von einer ursprünglichen Güte der Natur nicht im Entferntesten gestreift, das wiederholtest du oft.

Anfangs war ich dem Gedanken, mich um den Garten zu kümmern, ziemlich abgeneigt. Außer zum Rasenmähen – »Ihr Männer«, sagtest du, »habt alle einen Rasenmäher im Kopf« – taugte ich meiner Meinung nach zu nichts. Du warst es, die mir Mut machte, wenn du Online-Kataloge und Gärtner-Websites studiertest.

»Meinst du nicht, dass diese Blumen in der Ecke bei der Mauer gut passen würden?«, fragtest du mich.

»Und was, wenn wir einen Granatapfelbaum pflanzen würden?«

»Warum ausgerechnet einen Granatapfelbaum?«

»Weil er uns zu jeder Jahreszeit erfreuen würde.«

Anfangs heuchelte ich Interesse, um dich glücklich zu machen – das Land, die Erde, war nie meine Leidenschaft –, doch dann begann ich langsam eine gewisse Freude daran zu empfinden.

An dem Tag, als ich dich fragte: »Könnten wir auf dieses Beet nicht einen Phlox setzen?«, hast du mich ungläubig angesehen.

»Was hast du gesagt?«

In Wirklichkeit gingen meine Vorstellungen von Gärtnerei auf meine Kindheit zurück, wenn ich meiner Mutter bei ihrer ständigen Pflege der Blumen und Pflanzen rund ums Haus folgte. Die Weitläufigkeit unseres Gartens, fast ein Park, zeugte von der Zeit, als wir noch Gärtner hatten. Da die nicht mehr da waren, mühte meine Mutter sich ab, etwas Ordnung und Zier zu halten.

Mich faszinierten die Schneeglöckchen, die Anemonen und die ersten Narzissen; es schien mir eine unglaubliche Magie, dass plötzlich, während die Erde noch ganz im winterlichen Dunkel verharrte, zu Füßen der Bäume und auf den Beeten die zarten und eleganten Formen der Anemonen und Schneeglöckchen, das grelle Gelb der Narzissen sprießten; Vorboten einer Sonne und Wärme, die erst noch kommen mussten.

»Wo waren sie vorher?«, hatte ich meine Mutter einmal gefragt.

»Das sind Zwiebeln«, hatte sie geantwortet, und von dem Tag an waren Blumenzwiebeln für mich eine Art mysteriöse, in der Erde verborgene Essenz geworden, die jedes Jahr im Frühling aufs Neue ein Wunder geschehen ließ.

Es hat zwei Jahre gedauert, den Garten des Hauses zu bändigen. In der Dämmerung eines Maiabends hast du dich auf die Bank am Ende der Wiese gesetzt und mich zu dir gewunken; die Luft war mild und trug in sich den einzigartigen Duft des Frühsommers; im durchscheinenden Licht der Stunde schwirrten Dutzende und Dutzende von Insekten jeder Form und Größe geschäftig um uns herum.

Du nahmst meine Hand.

»Wie schön das ist!«, hast du gesagt.

»In der Tat.«

Dann hast du geseufzt. »Manchmal ist die Schönheit eine zweischneidige Waffe.«

»In welchem Sinn?«

»Man möchte sie mit den Liebsten teilen.«

»Ich bin hier.«

»Aber wir hätten zu viert sein sollen.«

Du konntest dich nicht damit abfinden.

»Nie konnte ich Marco zurufen: ›Geh mit dem Skateboard vom Weg‹, oder Amy meine Bienen zeigen. Gärten pflegt man, um sie jemandem zu hinterlassen. Wir aber werden sterben, und der Garten wird verschwinden.«

Ich habe den Arm um deine Schultern gelegt und dich an mich gedrückt. »Das Leben ist voller Überraschungen. Im Guten wie im Schlechten hat es immer mehr Fantasie als wir.«

In diesem Augenblick überfiel ein Hirschkäfer die Wiese, und sein schwerer Flug und sein lautes Brummen erfüllten die Stille rings um uns.

8

Dichter Nebel

Vor einigen Tagen ist die Zeit umgestellt worden, und ich habe mich noch nicht an die Geschwindigkeit gewöhnt, mit der sich die Dunkelheit über das Haus herabsenkt. Sie erinnert mich an das Staunen, das ich bei meinen ersten Seereisen zum Äquator empfand. Dort, wo die Dunkelheit mit der Geschwindigkeit eines alten Rollladens hereinbricht, wurde mir klar, dass die Betrachtung der Farbschattierungen des Sonnenuntergangs ein Privileg derer ist, die in den gemäßigten Klimazonen leben. Zwischen Gelb und Orange, zwischen Orange und Rot gibt es eine fast unendliche Zahl an Übergängen, und es ist das Wissen um diese Vielfalt, was uns vor der großen Feindin allen Lebens, der Starre, bewahrt.

»Auch ich war als junges Mädchen starr«, hast du einmal zugegeben. »Vielleicht ist das unausweichlich so, wenn man viel Energie im Leib und viel Unwissenheit in der Seele hat.«

»Ich bin nie starr gewesen«, entgegnete ich.

Du hast einen Moment geschwiegen, dann hast du genickt.

»Du hast recht ... Anfangs dachte ich das wohl, doch dann habe ich begriffen, dass du schlicht fest warst. Und zwischen Festigkeit und Starrheit tut sich ein Abgrund auf.«

»Wäre ich starr gewesen, hätte ich dir nicht nachstellen, dich nicht verfolgen können, schon gar nicht die Geduld aufbringen können, auf dich zu warten.«

»Du warst gewohnt, auf der Kommandobrücke zu stehen. Auch wenn du einen Sturm am Horizont heraufziehen sahst, wusstest du, dass du die Mittel hattest, ihm zu begegnen.«

»Nun ... manchmal hatte ich auch Angst.«

»Das mag sein, aber du wusstest immer, dass es deine Aufgabe war, das dir anvertraute Gut und Leben zu retten, das Schiff in den sicheren Hafen zu lenken.«

»Und im gegenteiligen Fall mit ihm unterzugehen.«

»Einen Grund zum Sterben zu haben heißt, einen Grund zum Leben zu haben ... Das fehlte mir. Deshalb habe ich den Erstbesten ergriffen, der sich mir bot.«

Unsere dritte Begegnung, die mit dem Transparent, ereignete sich kurz vor Weihnachten. Ich erinnere mich, dass dichter Nebel sich über Venedig ausgebreitet hatte und seinen wattigen Schleier über eine Woche lang nicht lüftete. In den schmalsten Kanälen hörte man kaum den regelmäßigen Ruderschlag, die Schiffe zogen langsam an den Zattere vorbei wie riesige Gespenster; vom Nebel gedämpft, klangen ihre Sirenen wie Schreie eines großen leidenden Tiers.

Ich hatte eine Woche Urlaub. Der Plan war, zu meinen Eltern zu fahren und Weihnachten mit ihnen zu verbringen, aber ich rief meine Mutter an, um ihr zu sagen, dass ich zwei Tage später kommen würde.

In Wirklichkeit war ich beherrscht von einer unbändigen Wut, und in dieser Verfassung hatte ich keine Lust, mich im Haus in Cormòns einzuschließen. Meiner Mutter wäre der Zustand tiefer Verunsicherung, in dem ich mich befand, nicht entgangen.

Wie sollte ich ihr das erklären?

Ich habe ein arrogantes Mädchen kennengelernt und tue nichts anderes, als an sie zu denken.

Um mich abzureagieren, lief ich mit schnellem Schritt durch die verlassensten Gässchen. Beim Gehen führte ich Selbstgespräche wie ein Verrückter; ich bemerkte, dass die Kontrolle über mein Leben im Begriff war, mir zu entgleiten. Angesichts dieser Haltlosigkeit fühlte ich mich machtlos; ich dachte an den Bärtigen, der dir so vertraulich und beschützend den Arm um die Schultern gelegt hatte, und ich wünschte nur, ihn mit einem Tritt in den Hintern in den Kanal zu befördern; dann wütete ich gegen mich selbst. Wie kannst du bloß mit so nutzlosen Dingen deine Zeit vergeuden? Irgendeinem dahergelaufenen Studenten erlauben, dich für Tage wehrlos und wütend zu machen?

Dann begann ich mir, um mich zu beruhigen, all die positiven Dinge in meinem Leben aufzuzählen: Ich hatte eine Arbeit, die ich mochte und mit Hingabe verrichtete; ich hatte eine Familie, die mir alles in allem eine heitere Kindheit beschert hatte; ich hatte einen ruhigen Charakter und das Glück, mich mit mir allein nie zu langweilen. In der Tat machte mir im Unterschied zum Großteil der menschlichen Wesen die Einsamkeit keine Angst, ja, ich suchte sie, weil sie mir erlaubte, über die Dunkelheit der Nacht nachzudenken und über das Geschenk der Sterne, über das Geheimnis, in das wir Lebenden beständig gehüllt sind.

Last but not least war ich seit drei Jahren mit einer ehemaligen Mitschülerin aus der Sekundarschule zusammen, Erica. Ich hielt sie für die richtige Person, den Rest des Lebens mit ihr zu verbringen. Sie hatte Pädagogik studiert, und da sie Kinder so gern mochte, hatte sie beschlossen, als Grundschullehrerin zu arbeiten. Schon seit zwei Jahren unterrichtete sie in Portogruaro. Wenn ich frei hatte, besuchte ich sie regelmäßig, oder sie kam zu mir nach Venedig. Sie liebte es, die versteckten Winkel der Stadt aufzuspüren, und ich begleitete sie gern. Da sie von diesen Anblicken bezaubert war, hatte ich ihr zum Geburtstag eine Schachtel Aquarellstifte geschenkt, und wenn die Zeit es zuließ, blieben wir stehen und sie fing ein schönes Motiv ein; sie malte mit dem Block auf den Knien, und ich setzte mich neben sie und erzählte ihr von dem, was ich in den letzten Wochen getan hatte. Häufig gingen wir Hand in Hand nach Haus.

Wenn ich diese Elemente rational abwog, schien mir eindeutig, dass die Verwirrung durch unsere Begegnung nichts weiter war als eine Schwärmerei. Offenbar hatte sich im festgefügten Gebäude meines Lebens an einer mir unbekannten Stelle ein Spalt aufgetan, und ein Irrlicht hatte sich eingeschlichen. Aber eben, es war ein Irrlicht, daher war es meine Pflicht, es zu löschen. Wenn der Bordcomputer kaputt geht, lässt man sich nicht treiben, sondern verwendet den Sextanten, bis der Computer repariert ist.

Am Heiligabend, auf der Zugreise durch die Winterlandschaft nach Cormòns, hatte ich beschlossen, zu meinem Sextanten zu greifen. Während des Abendessens – außer uns dreien waren die mütterlichen Großeltern und eine alte Tante meines Vaters anwesend – verkündete ich, dass ich Erica noch vor dem Sommer heiraten wollte. Bei dieser Mitteilung sprang meine Mutter auf und umarmte mich, mein Vater erhob sein Glas, rief auf Deutsch: »Prosit!«, und stürzte den Inhalt in einem Zug hinunter. Die alte Tante, die vermutlich nichts verstanden hatte, sah sich um wie ein verlorenes Vögelchen, während meine Großmutter fröhlich ausrief: »Wir werden Urgroßeltern!«

»So bald wie möglich!«, antwortete ich lächelnd, hob mein Glas und stieß mit allen an.

Am nächsten Morgen erwachte ich mit einem großen Gefühl des Friedens. Ich hatte getan, was getan werden musste. Die Glocken der umliegenden Kirchen verkündeten die Geburt des Erlösers. Raureif lag auf den Feldern und Weinbergen. Während ich mich anzog, um meine Eltern in die Messe zu begleiten, dachte ich: Bald wird die Sonne ihn zum Schmelzen bringen, und mir schien, auch mein Herz habe teil an diesem Befreiungsprozess.

Die folgenden Monate waren ausgefüllt von der Routine bei der Arbeit und den Vorbereitungen auf das große Ereignis. Am Valentinstag lud ich Erica in ein schönes Restaurant in Udine ein und überreichte ihr den Verlobungsring. Als sie das Schächtelchen öffnete, errötete sie.

»Auf diesen Moment habe ich schon lange gewartet«, raunte sie mir ins Ohr.

»Ich auch«, sagte ich und streifte ihre Wange mit einem Kuss.

Meine Mutter begann nun, oft nach Venedig zu kommen, weil sie überzeugt war, dass das Einzimmerappartement, in dem ich wohnte, für ein frisch vermähltes Paar nicht geeignet sei.

»Wohin mit den Kindern, wenn sie kommen?«

»Sie kommen ja nicht sofort«, wandte ich ein.

»Was weißt denn du? Kinder kommen, wann sie wollen.«

»Wir suchen etwas anderes, wenn es so weit ist.«

»Hochschwanger und alles drum herum? Nein, es ist besser, das gleich jetzt zu erledigen.«

Es begannen nervenaufreibende Maklerbesuche. Die Wohnungen, die uns gefielen, waren zu teuer für meine Verhältnisse, und diejenigen, die ich mir leisten konnte, waren zu klein oder schäbig.

»Da bleibe ich lieber, wo ich bin«, beschloss ich am Ende der x-ten erfolglosen Besichtigung.

»Ich denke, wir sollten in Mestre suchen, für denselben Preis können wir dort sogar eine kleine Villa mit Garten finden. Und für euch wäre der Bahnhof besser erreichbar, wenn ihr uns besuchen kommt.«

»Mestre nicht!«, rief ich mit zu viel Nachdruck aus.

Meine Mutter sah mich erstaunt an.

»Warum nicht?«

»Das Meer ist zu weit weg«, antwortete ich und wechselte abrupt das Thema.

9

Vielleicht ist man nie bereit

Ende März desselben Jahres.

Eine Wand aus Regen, der die Welt ertränken zu wollen scheint. Mit meinem Koffer in der Hand mache ich mich bei Dienstende auf den Weg nach Hause. Ich will nichts als Wärme und Ruhe; es war keine schöne Überfahrt von Piräus zurück. Der Regen, der fast wütend auf Gehwege und Kanäle prasselt, lässt mich den Schritt beschleunigen. Auch wenn nicht viele Touristen unterwegs sind, nehme ich aus Gewohnheit wie immer die weniger bekannten Gässchen und Brücken.

Auf der vorletzten Brücke bemerke ich etwas Gelbes. Eine sitzende Gestalt, in sich zusammengekauert.

Als ich näher komme, steht sie plötzlich auf.

»Capitano«, murmelt sie. Auf ihrem Gesicht vermischen sich die Regentropfen mit Tränen.

Was für eine widersprüchliche Gefühlsflut über mich hereinbrach, als ich dich da plötzlich vor mir stehen sah!

Ich hätte mit gleichgültigem Blick und Schritt weitergehen wollen, als wärst du ein Stein, ein Baumstumpf, etwas Lebloses. Ich hätte dich mit kühler Höflichkeit aus meinem Weg räumen mögen: »Entschuldigen Sie, ich bin spät dran«, in der Hoffnung, dass diese eisige Distanz dich verletzen möge. Ich hätte fliehen wollen, und doch konfrontierten mich die merkwürdige Wärme, die ich in meinem Körper aufsteigen spürte, und die Beschleunigung meines Pulsschlags mit einer ganz anderen Wirklichkeit. Als du daher »Andrea« sagtest und unsere Blicke sich begegneten, konnte ich bloß nicken.

Da geschah das Unvorhersehbare: Du hast mir die Arme um den Hals geworfen und bist in Schluchzen ausgebrochen.

Ich kapitulierte auf der Stelle.

»Komm, gehen wir an einen Ort, wo wir reden können«, sagte ich und nahm dich beim Arm.

Ich brachte dich in meine Wohnung und bot dir Kleidung zum Wechseln an, denn deine Sachen waren durchnässt. Zuerst hast du dich eigensinnig geweigert, aber als ich dich darauf hinwies, dass du eine Erkältung riskiertest, hast du einen Trainingsanzug von mir angenommen. Verloren in diesen zu großen Kleidern, wirktest du wie ein zu früh geschlüpftes Vögelchen.

Wo war deine Arroganz?

Wo war dein Sarkasmus?

Ich sah nichts mehr davon.

Vor mir hatte ich nur ein verstörtes kleines Mädchen, das in einer kosmischen Leere herumzurudern schien.

Ich zog mich ebenfalls um und machte einen Tee. Außer dem Pfeifen des Wasserkessels war in der Wohnung nur das Geräusch des Regens zu hören, der gegen die Scheiben prasselte. Ich hatte begriffen, dass Worte unnütz und irreführend sein würden, deshalb wartete ich, dass du sprechen würdest.

»Könnte man nicht ein wenig Rum hineingeben?«, fragtest du, während du auf die dampfende Tasse bliest.

»Sicher! Im Haus eines Seemanns fehlt Rum nie.«

Der Rum und der Tee brachten wieder Farbe auf deine Wangen.

»Er hat mich verlassen«, sagtest du, während du die Tasse abstelltest.

»Das tut mir leid«, antwortete ich mit geheuchelter Gleichgültigkeit.

Stille breitete sich zwischen uns aus. Erneut begannen dir Tränen aus den Augen zu laufen.

»Wegen einer anderen.«

»Wart ihr lang zusammen?«

»Seit dem Gymnasium.«

Bei der zweiten Tasse Tee mit Rum hast du begonnen zu erzählen. Ihr hattet euch gegen Ende der Schulzeit kennengelernt, du warst seit der ersten Begegnung von ihm fasziniert gewesen, aber jedenfalls am Anfang blieb diese Faszination einseitig. Er ging an dir vorbei wie an einer Straßenlaterne. Er war umgeben von Verehrerinnen, denn er war nicht nur schön, sondern auch sehr engagiert in einer linksextremen Gruppe. Bei den Versammlungen konnte keiner reden wie er, und alles, was er tat, war auf die Leidenschaft für die Sache zurückzuführen. Da war etwas Fiebriges in ihm, sein Blick war stets auf einen fernen Horizont gerichtet, der gewöhnlichen Sterblichen verschlossen blieb.

»Ivano«, sagtest du, »weiß genau, was gut und was schlecht ist, und ist bereit, es anderen beizubringen. Gut ist alles, was das Volk frei macht, schlecht ist alles, was es unterdrückt und in Knechtschaft hält.« Sein Leuchtturm war Mao Zedong. Nach Maos Tod deklamierte er in dem feuchten Kellerraum, in dem sich seine Gruppe traf, eine ganze Woche lang seine Maximen. Du warst zu ein paar dieser Versammlungen gegangen, und da hatte er dich bemerkt. Du besorgtest dir das rote Büchlein, und in den Weihnachtsferien lerntest du ein Gutteil davon auswendig; die Promptheit, mit der du fortan den Präsidenten Mao zitieren konntest, öffnete Ivanos Herz, und im Frühling wart ihr ein Paar.

Um seiner Leidenschaft zu folgen, hast du dich für Orientalische Sprachen eingeschrieben und begonnen, Chinesisch zu lernen. In der Tat waren in China Armut, Ungleichheit und Ungerechtigkeit für immer besiegt, allen wurden dieselben Möglichkeiten gegeben, und davon wart ihr begeistert. Die roten Garden waren euer Mythos, ihr hättet werden wollen wie sie, um die Revolution in unser klerikal-faschistisches Land zu tragen.

In den zwei Jahren eurer Beziehung, hast du mir gestanden, lebtest du für ihn und für eure Idee der sozialen Gerechtigkeit. Das war es, was dir die Kraft verlieh, es mit den langen nächtlichen Sitzungen, den Stunden am Kopierer, den Mahnwachen in Eiseskälte vor der Petrochemie in Mestre aufzunehmen. Ihr wolltet Funken sein, imstande, einen Brand auszulösen, der die Welt radikal verändern sollte.

»Ideale zu haben ist eine schöne Sache«, kommentierte ich ohne sonderliche Überzeugung.

»Ja«, sagtest du mit einem Nicken. »Nur schade, dass er das, was er predigte, dann nicht auch in die Praxis umsetzte. Da wir Genossen waren, hatten wir uns absolute Ehrlichkeit geschworen, es durfte keinen Schatten geben zwischen uns.«

»Aber?«

»Aber er hat seit Monaten eine andere.«

Eines Tages hattest du deine Tasche vergessen und bist in die Zentrale zurückgekehrt, und da trafst du sie eng umschlungen. Am nächsten Tag hattet ihr ein klärendes Gespräch. Er erklärte dir, dass in der Welt der Zukunft kein Platz für so verachtenswerte bürgerliche Gefühle wie Eifersucht sein würde: Die Negativität von Besitzansprüchen dürfe die Vielfalt der Beziehungen nicht beschneiden. »Und wenn ich mit jemand anderem gehen würde?«, hast du nach einer kurzen Pause gefragt. »Ich wäre glücklich darüber«, war seine Antwort, und er gab dir zum Abschied einen Kuss auf die Wange.

Diese Unterhaltung hatte dich beunruhigt.

In den folgenden Monaten wich er dir aus, er sprach mit dir, als ob du nicht da wärst; er verabredete sich mit dir und vergaß es dann. Nachdem du ganze Nachmittage mit Warten zugebracht hattest, hast du eingesehen, dass die vorgebliche Ehrlichkeit nichts anderes war als die höchste Form der Heuchelei.

»Ich war nicht bereit«, sagtest du schließlich, und deine Augen füllten sich wieder mit Tränen.

»Vielleicht ist man nie bereit.«

Vom Kirchturm der nahe gelegenen Kirche schlug es acht Uhr abends.

»Wollen wir etwas essen?«

Du nicktest.

»Ich bin allerdings kein großer Koch, meine Spezialität sind Nudeln mit Tomatensoße.«

»Wahrscheinlich mit fertiger Tomatensoße ...«

»Nun ...«

»Mach dir keine Sorgen, meine Spezialität sind Fertigravioli.«

Wir lachten.

So wurden Fusilli mit Industriesoße das erste Gericht unseres gemeinsamen Lebens. Dazu machte ich eine Flasche Cabernet del Collio auf.

»Ich komme aus der Gegend«, sagte ich, als ich dein Glas füllte.

»Ich habe es am Akzent gehört, dass du kein Venezianer bist!«

Da erzählte ich dir kurz von Cormòns und von meinen Eltern. »Der Adel« brachte dich wieder zum Lachen.

»Worin besteht er?«

»Ganz einfach: Bei einer Blutuntersuchung bleibt immer ein blauer Streifen im Rot.«

Wir leerten die Flasche. Draußen prasselte der Regen.

»Wie kommst du jetzt nach Mestre?«, fragte ich dich.

»Willst du bleiben und hier schlafen?«

Verwirrt sahst du dich um. Es gab nur ein Bett in meiner kleinen Wohnung.

»Nein, ich gehe besser.«

»Bist du sicher?«

»Nein.«

»Also bleibst du?«

»Nur, wenn eins klar ist. Du gibst mir eine Decke, und ich schlafe auf diesem Sessel in der Küche.«

»Nein, das machen wir andersherum. Ich bleibe hier, und du schläfst in meinem Bett.«

Du schwiegst. Dann fragtest du mich: »Ohne Hintergedanken?«

»Ohne jeden Hintergedanken«, versicherte ich dir.

Ich gab dir ein frisches Handtuch, und bevor du ins Bad gingst, ließ ich Ericas Zahnbürste verschwinden. In meinem alten Trainingsanzug bist du unter die Decke gekrochen und hast sofort die Augen zugemacht, als ob du schon ewig auf diesen Moment gewartet hättest.

»Sol ich dir etwas vorlesen?«, habe ich dich gefragt.

Du hast genickt, also nahm ich *Il Milione* aus dem Regal und schlug das Buch irgendwo auf, und in der Stille der Wohnung begann ich dir vom Wunder von Baudac und seinem Berg zu erzählen.

10

Der Mantel

Inwieweit sind wir in unserem Leben, ohne es zu wissen, Figuren in einem Spiel, das größer ist als wir? Um sieben ertönte der düstere Klang der Sirene, die Hochwasser ankündigt. Ich war schon wach, während du noch fest schliefst. Ich trat ans Fenster, um die Situation zu überprüfen, und als du die Augen aufschlugst, sagte ich zu dir: »Wir sind Gefangene des Wassers.«

Einen Moment lang sahst du dich mit verwirrtem Blick um. Hattest du schlecht geträumt? Oder hatte der viele Cabernet vom Vorabend dich vergessen lassen, warum du dich in meinem Bett befandst?

»Ich gehe Frühstück machen«, verkündete ich. Sobald du das Blubbern des Espressokännchens hörtest, erschienst du auf der Schwelle zur Küche.

»Ich bin deine Gefangene!«, riefst du.

»Ja.« Ich wusste nicht, ob ich mich freuen sollte, weil du noch bliebst, oder mir wegen des Hochwassers Sorgen machen sollte.

»Was machen Gefangene?«, fragtest du und tunktest einen Keks in den Kaffee.

»Kommt ganz darauf an. Entweder versuchen sie zu fliehen, oder sie vertreiben sich die Zeit.«

Du bist ans Fenster getreten.

»Willst du fliehen?«

Du hast den Kopf geschüttelt.

»Dann müssen wir etwas finden, um uns die Zeit zu vertreiben.«

»Kein Fernsehen!«

»Der Apparat funktioniert sowieso nicht«, versicherte ich dir. »Kartenspielen?«

»Finde ich unerträglich.«

»Dann müssen wir wohl still sein und dem Regen lauschen.« Du hast dich in den Sessel gesetzt und ich mich auf einen Stuhl dir gegenüber.

»Es wäre schön, wenn da ein Kamin wär«, sagtest du.

Dann begannst du vor den imaginären Flammen zu erzählen, ohne dass ich dir eine Frage gestellt hätte, von dir und deinem Leben.

Hinter der Verzweiflung über das Ende der Beziehung mit Ivano lag noch eine andere, viel größere Verzweiflung. Du warst Einzelkind, vertrautest du mir an, deine Mutter war Lehrerin an der Sekundarschule und dein Vater Chemiker in Marghera.

Ihr wohntet in einem der quadratischen Einfamilienhäuser mit etwas Garten rundherum, die zu Beginn des Wirtschaftswunders gebaut wurden. Dein Vater hatte den Kaufvertrag noch am Tag der Verlobung mit deiner Mutter unterschrieben und sich auf Jahre verschuldet.

»Man kann davon ausgehen, dass sie verliebt waren«, bemerktest du mit einer Spur Sarkasmus, die ich nicht einzuordnen wusste. Du bist nach zwei Jahren Ehe auf die Welt gekommen.

Eine deiner ersten Erinnerungen war eine Fahrt mit dem Dreirad auf dem Betonstreifen rund ums Haus, irgendwann war ein Rad von der kleinen Stufe abgerutscht, und du warst mitsamt dem Dreirad hingefallen; die Zeit, die du da in Tränen allein am Boden lagst, war dir endlos erschienen. »Ich war glücklich«, sagtest du, »so glücklich, und auf einmal war alles vorbei. Der Schmerz hatte Einzug gehalten.«

Als endlich dein Vater zu dir kam und dich auf den Arm nahm, war dein Körper von Schluchzen geschüttelt. Er untersuchte deine Arme, die Beine, den Kopf, um zu sehen, ob da eine Wunde war, fand aber nichts. »Es ist nichts passiert«, versicherte er dir, »beruhige dich«, aber seine Worte waren wirkungslos.

»Ich weinte, weil ich verstanden hatte, was für ein Betrug das Leben ist«, hast du resümiert und dich im Sessel zusammengekauert.

In dem Moment wurden deine Augen extrem klar, und die Durchsichtigkeit und das wechselnde Farbenspiel in ihnen, ein Changieren zwischen Grün und Blau, erinnerte mich an die Meeresgründe rund um die Kornati-Inseln.

»Warum Betrug?«

»Das Glück ist eine Chimäre.«

»Nicht immer.«

»Ein weiser Mensch erliegt nie dieser Illusion.«

Ich hätte einwenden wollen, dass das eine traurige Sicht auf das Leben war, doch ich wollte den befreienden Fluss deiner Worte nicht unterbrechen.

Dein Leben war für ein kleinbürgerliches Mädchen in den sechziger Jahren völlig normal: Piqué-Kleider für die großen Gelegenheiten, sonntags Mittagessen bei den Großeltern in Noale, Erstkommunion und heuchlerischer Kirchgang, Träume von einer glänzenden Zukunft, die die Eltern fast zwanghaft auf deine Schultern häuften. Besuch einer Ballettschule, obwohl du sie verabscheutest. Nach dem Tanz kam das Klavier, ebenso widerwillig. Ein Brüderchen war geplant, ein Junge, um die Symmetrie perfekt zu machen, doch er wollte nicht kommen.

Dann hingegen kam statt des Brüderchens der Tod.

Als die Tür zum Klassenzimmer aufging und die Direktorin mit ernster Miene deinen Namen rief, hast du sofort begriffen, dass etwas Schreckliches geschehen war. Ein LKW war auf der Umgehungsstraße von der Bahn abgekommen und frontal mit dem Wagen deines Vaters zusammengeprallt.

Drei Tage später war die Beerdigung. Die Kirche war voll mit Verwandten und Kollegen. Du neben deiner Mutter, versteinert. Am Schluss streichelten alle Anwesenden, als sie an dir vorbeigingen, dir über den Kopf. Das konntest du nicht ertragen, also fingst du an zu schreien.

Nach einer Woche brachte die Polizei die persönlichen Gegenstände, die im Wagen gefunden worden waren. Über einen Monat lang blieb dieser Plastiksack auf dem Sessel stehen, auf dem dein Vater gewöhnlich gesessen hatte; dann, eines Nachmittags kam die beste Freundin deiner Mutter, und sie öffneten ihn.

Du erinnertest dich noch ganz genau an die Stille, die sich breitmachte, als die Freundin einen mauvefarbenen Mantel mit Kaninchenkragen daraus hervorzog. Deine Mutter nahm ihn in die Hand, drehte und wendete ihn, roch an dem Fell, dann sagte sie, den Blick in ferne Welten gerichtet: »Das ist nicht meiner.«

Dieser lapidare Satz war für alle Zeit im Wohnzimmer hängen geblieben. So hatte sich das Zusammenleben zwischen deiner Mutter, deinem Vater und dir in das Zusammenleben zwischen deiner Mutter, dir und dem Mantel verwandelt.

Sie fragte herum, bei Freunden, Verwandten, Kollegen, bei denjenigen, die ihn zuletzt gesehen hatten, aber niemand wusste etwas über die Herkunft des Kleidungsstücks zu sagen. Es war ein Damenmantel, daran gab es keinen Zweifel, aber die Identität der Besitzerin war unbekannt. »Man muss verrückt sein, mit einem Mantel herumzufahren«, lautete das Mantra, das sich deine Mutter in der stillen Einsamkeit des Hauses vorsagte. Oder hatte ihn jemand getragen, der bei dem Unfall nicht ums Leben gekommen war?

Dass deine Mutter dem Alkohol verfallen war, bemerktest du ein paar Jahre später, am Ende der Sekundarschule. Sie redete wie ein Wasserfall oder redete überhaupt nicht; sie übertönte dich oder ließ deine Worte ins Leere fallen; sie war nachlässig geworden, und diese Nachlässigkeit hatte sich von ihrem Körper auf das ganze Haus ausgedehnt. Sie ging oft auf den Friedhof, als hoffte sie, dass der Grabstein ihr eine Antwort geben könne. Mit der Zeit war sie zu der Überzeugung gelangt, neben einem Unbekannten gelebt zu haben und dass dieser Unbekannte ein Ungeheuer gewesen war.

»So«, fuhrst du fort, »war ich mit dreizehn gezwungen, die Mutter meiner Mutter zu werden und die Trauer über den Verlust meines Vaters an einem unzugänglichen Ort abzulegen. Der strahlende Traum meiner Zukunft war zerbrochen, und ich war der lebende Beweis dafür.«

Du hast noch eine weitere Nacht bei mir geschlafen, und ich habe noch einmal mit dem Sessel vorliebgenommen. Da die Nudeln aus waren, habe ich zum Mittagessen einen Toast gemacht; ich war ja eben von Piräus nach Hause gekommen, und diese unvorhergesehene Begegnung hatte mich mit leerem Kühlschrank überrascht. Zum Glück hatte ich noch einige Flaschen Wein, den ich aus Cormòns mitgebracht hatte.

Wir sprachen noch weiter über deine Familie.

»Wie ist es möglich«, fragte ich dich, »dass ein schlichter Mantel ein Leben zerstört?«

»Ich weiß nicht, vielleicht gab es da bei meiner Mutter etwas, das irgendwo an ihr nagte.« Du seufztest. »Es ist ein bisschen, als ob es im Kopf der Leute einen Knopf gäbe, lang passiert nichts, bis jemand draufdrückt. Bei meiner Mutter war das die Eifersucht.«

»Aber dein Vater?«

»Ich weiß nicht, ich glaube nicht ... das sind Dinge, die Kinder nicht verstehen. Er war ganz Arbeit und Familie. Beim Militär war er bei den Gebirgsjägern gewesen, und einmal in der Woche sang er in deren Chor. Dort gab es bestimmt keine Frauen. Am Wochenende machten wir oft Ausflüge. Er war ein begeisterter Fossiliensammler, und er nahm mich immer mit auf seine Exkursionen. Meine Mutter wartete unten mit dem Picknick auf uns, und wir kletterten mit Hämmerchen und Bohrer über die Felsen ... Für mich war das ein Fest, ich kam mir vor wie auf Schatzsuche. Wenn er etwas fand, klatschte ich vor Glück in die Hände.«

In diesem Moment waren unsere Gesichter einander sehr nah, doch es geschah nichts. Die Federn des Sessels quietschten, als du den Kopf nach hinten warfst und dich mit einem Seufzer zurückfallen ließest.

»Glück ... Liebe ...«, murmeltest du, und dein Gesichtsausdruck lag zwischen Staunen und Bitterkeit. »Wir nehmen diese Worte in den Mund, aber wer weiß schon, ob es das das wirklich gibt?«

Mir wollte ein »Ja« entschlüpfen, aber zum Glück habe ich es bei mir behalten. Es hätte womöglich die ganze Intimität, die wir bis zu diesem Moment zwischen uns aufgebaut hatten, zusammenfallen lassen wie ein Lufthauch ein Kartenhaus.

»Deine Erinnerungen an die Ausflüge ins Gebirge scheinen mir aber voller Liebe zu sein.«

»Findest du?« Deine Stimme verlor das Kategorische der Heranwachsenden und nahm die Unsicherheit des Kindes an. Dann wurdest du plötzlich wieder erwachsen. »Das ist vielleicht alles bloß sentimentales Getue.«

Einen Moment lang dachte ich, dieser Ausdruck stamme wohl aus Ivanos Wortschatz.

»Was verstehst du unter sentimentalem Getue?«

»Nun, Dinge, die man tut, weil man sie tun muss, Konventionen, die man einhalten muss, um so zu sein wie die anderen, aber wenn man genauer hinschaut, sieht man, dass darunter nichts ist.«

»Nichts?«

Du wurdest nachdenklich. »Nein, nicht nichts ... In Wirklichkeit hat dieses Nichts einen Namen, man nennt es Konformismus.«

»Nennst du Nichts, was du für deinen Vater empfunden hast?«

Ein Zittern lief über deine Lippen. »Nein. Aber er hat mich verlassen.«

»Ich glaube nicht, dass er das absichtlich getan hat«, sagte ich und strich dir über die Hand. »Niemand scheidet gern aus dem Leben. Schon gar nicht, wenn er eine kleine Tochter hat.«

Eine Weile verharrten wir so, deine Hand in meinen Händen. Draußen hatte es aufgehört zu regnen, ein Sonnenstrahl warf schüchtern einen Lichtfleck an die Wand.

»Es ist Zeit, sich aufzuwärmen«, sagte ich und ging eine Flasche Wein holen. Länger als nötig hantierte ich mit dem Korkenzieher herum, hinter mir hörte ich kleine Seufzer, die mich vermuten ließen, dass du weinst. Ich wollte dich nicht in einem Moment der Schwäche überraschen. Um Zeit zu gewinnen, holte ich die Gläser, spülte sie sorgfältig aus, obwohl sie das nicht nötig hatten, nahm ein Tablett und stellte sie darauf, dann ging ich ins Zimmer hinüber.

»*Et voilà*!«, sagte ich.

»Mir scheint, ich kriege eine Erkältung«, hast du gemurmelt und dich geschnäuzt. Deine Augen waren leicht gerötet.

»Kein Wunder, bei der Feuchtigkeit ...«

Ich schenkte ein und setzte mich wieder auf den Stuhl dir gegenüber. Unsere Gläser klangen.

»*Chin-chin*!«, sagtest du mit einem Anflug von Lächeln.

»Worauf stoßen wir an?«

Du hast einen Schluck getrunken und mich angesehen.

»Auf unsere Begegnung.«

An diesem Abend, bevor ich mich wieder in dem Sessel einrichtete, streiften meine Lippen deine Wangen in einem keuschen Gutenachtkuss.

Am nächsten Morgen schien die Sonne, und das Wasser hatte sich aus der Stadt zurückgezogen. Ich bestand darauf, dir ein Paar alte Gummistiefel von mir zu geben.

Es war Samstag, ich begleitete dich zum oberen Ende der Treppe des Bahnhofs. »Ich bringe sie dir wieder«, sagtest du und wiest auf die Stiefel.

»Keine Sorge, ich habe noch ein Paar.«

Du bist verschwunden, verschluckt von der Menge Touristen, die in entgegengesetzter Richtung gingen, versunken in diesen zu großen Stiefeln, wie eine Märchengestalt.

Noch am selben Abend brach ich wieder auf nach Piräus.

Diese Reise, die ich seit etlichen Jahren machte, ohne irgendwelche Langeweile zu verspüren, kam mir plötzlich unerträglich vor.

Alles ging mir auf die Nerven, alles ärgerte mich. Auf der Höhe der Straße von Otranto gerieten wir in einen schlimmen Sturm, das war mir recht. So konnte ich gegen etwas kämpfen, das außerhalb von mir war.

Ich hatte kein Foto, kein Bild von dir, außer in meiner Erinnerung. Bei Dienstschluss mied ich die Gesellschaft der Kollegen und zog mich in meine Kabine zurück. »Edith«, wiederholte ich pausenlos bei mir, als ob das Aussprechen deines Namens dich herbeizaubern könnte.

Mitten in der Nacht wachte ich auf, geplagt von Zweifeln. Und wenn alles nur eine Illusion war? Es bestanden zehn Jahre Altersunterschied zwischen uns, im Grunde warst du bloß ein verirrtes Mädchen. An jenem Tag hattest du dich an mich geklammert wie eine Ertrinkende an die erstbeste Boje. Ich war vermutlich hauptsächlich dazu gut gewesen, deine erste Jugendliebe verrauchen zu lassen.

Das war alles.

Und dann war in diesen Tagen deutlich geworden, was für eine problematische Persönlichkeit du warst. Wozu sollte es gut sein, da alles in meinem Leben aufs Beste bestellt war, einen solchen Felsbrocken in meine Tage aufzunehmen? Ich war kein Psychologe und kein Sozialarbeiter.

Meine Schlafphasen waren kurz, heimgesucht von beunruhigenden Träumen.

»Stimmt was nicht?«, fragte mich ein Kollege auf der Rückreise.

»Pah«, antwortete ich ihm.

Da hellte sich sein Gesicht auf, und er versetzte mir einen Schlag auf die Schulter.

»Na klar! Die Hochzeit! Niemand lässt sich leichten Herzens in einen Käfig sperren.«

Ich zwang mich zu einer Antwort: »Ja, so ist es.«

In Wirklichkeit hatte ich in diesen Tagen an alles gedacht außer an die Hochzeit. In der Nacht vor der Ankunft in Venedig schüttelte ich unmutig die Decken ab, mir war klar geworden, dass es die Glut der Dinge um mich herum war, was mich verletzte. Es war, als ob die Brücke nicht mehr die Brücke wäre, die Bettlaken keine Bettlaken mehr, als ob sich alle Gegenstände um mich herum, statt in ihrer konkreten Materialität präsent zu sein, in einen einzigen flüssigen und kochenden Lavastrom verwandelt hätten. Ich war ein Mann des Meeres, angesichts dieses Feuers fühlte ich mich machtlos.

In Venedig angekommen, ging ich fast wütenden Schrittes nach Hause.

Du hast dich mir in den Weg gestellt.

Du tauchtest plötzlich vor mir auf, in der Hand eine Tüte mit meinen Stiefeln darin. Du bist auf mich zugekommen, hast mich umarmt und mir ins Ohr geflüstert: »Seltsame Gedanken ...«

II

Woraus besteht der Himmel?

Ich habe die Insel für ein paar Tage verlassen.

Während die Fähre ablegte, dachte ich einen Moment lang, dass mich im Grunde nichts daran hinderte, sie für immer zu verlassen. Weshalb sollte ich an diese Festung der Erinnerungen gebunden bleiben?

Unter meinen Händen würde der kleine Garten bald verwildern. Alles, was wir uns gemeinsam ausgemalt hatten, war eben gemeinsam gedacht gewesen. Allein habe ich nicht genug Energie, Fantasie und Willen, mich aufzuraffen und das zu tun, was du getan hast.

Wenn ich in den letzten Tagen in den Spiegel blickte, konnte ich sehen, dass ich in meiner Haltung nachlässig werde; statt mit geradem Rücken auf dem Sofa zu sitzen, immer bereit aufzuspringen, sacke ich in mich zusammen und nehme eine gebeugte Haltung ein. Zum ersten Mal ahnte ich, was es bedeutet, alt zu werden.

Seit deine Stimme und deine Schritte nicht mehr durchs Haus hallen, habe ich angefangen, mich zu vernachlässigen. Es ist schwer erträglich, wenn man sich nicht im Blick eines Anderen spiegeln kann. Für

Männer vielleicht schwerer als für Frauen. Wir Männer haben weniger Ressourcen; uns selbst überlassen, sind wir wie Schiffe ohne Vertäuung. »Man ist nie bereit«, hatte ich anlässlich des überraschenden Todes deines Vaters zu dir gesagt.

Man ist wirklich nie bereit.

Kann es eine größere Wahrheit geben? Zwischen dem, was der Intellekt weiß, und dem, was das Herz nicht hinnehmen kann, tut sich ein Abgrund auf, den nichts überbrücken kann.

Als der Landungssteg im Zielhafen schon in Sicht war, konnte ich nicht umhin, mich zu fragen, wie du dich verhalten hättest, wenn es umgekehrt gewesen wäre. Manchmal haben wir darüber gesprochen. Ich war zehn Jahre älter als du, und Männer leben durchschnittlich weniger lang. Wir stellten uns vor, wie es dir in dieser Situation ergehen würde.

»Was würdest du tun?«, fragte ich dich, während wir auf unserer Bank am Ende der Wiese saßen.

Du warst in Gedanken versunken.

»Würdest du das Haus verkaufen?«

Überrascht sahst du mich an. »Das würde mir im Traum nicht einfallen.« Dann lachtest du auf deine typische Weise: »Wenn ich dich hasste, würde ich verkaufen und meilenweit vor den Erinnerungen fliehen.«

»Schöne Sache, nach dreißig Jahren zu erfahren, dass du mich wenigstens nicht hasst«, bemerkte ich, um den leichten Tonfall beizubehalten.

»Ich wüsste nicht, warum ich dich hassen sollte.«

»Wegen der tumben männlichen Vorhersehbarkeit.«

Fabio erwartete mich am Hafen. Er bat mich, ihn auf einer Fahrt durchs Umland zu begleiten, auf der Suche nach einem Restaurant oder einem Agriturismo, wo man die Hochzeit der Tochter feiern konnte.

»Wie geht's?«, fragte er, während er den Parkplatz am Hafen verließ.

»Es geht.«

»Bist du sicher, dass du auf der Insel bleiben willst? Ich fürchte, du bist zu allein.«

»So ist es.«

»Denkst du noch viel an sie?«

»Was sollte ich sonst tun?«

»Vielleicht könntest du ein bisschen verreisen.«

»Ja, das habe ich mir auch überlegt, aber ...«

»Aber?«

»Ich hätte das Gefühl, sie zu betrügen.«

»Edith würde nur wollen, dass du glücklich bist.«

»Im Augenblick weiß ich nicht mehr, was mich glücklich machen könnte.« Ich schüttelte den Kopf. »Und außerdem, alles hat seine Zeit, und jetzt ist nicht mehr die Zeit für mich, zur See zu fahren.«

»Für was ist denn die Zeit?«

»Ich weiß nicht.«

Wir haben uns drei oder vier Restaurants angesehen, dann sind wir zum Abendessen zurück in das, das uns am geeignetsten schien.

»Was von Amy gehört?«, fragte er mich, während wir auf die Rechnung warteten.

»Nein, nichts.«

Zwei Tage später kehrte ich auf die Insel zurück.

Es fiel ein lästiger Sprühregen.

Beim Öffnen der Tür überfiel mich dieser modrige Geruch, den Häuser haben, wenn sie tagelang nicht beheizt wurden. Du hättest nicht gewollt, dass ich mich gehen lasse, ich wollte das auch nicht, Nachlässigkeit ist nicht Teil meines Charakters. Während ich Pellets in den Ofen schichtete, überlegte ich, dass man im Leben auch das akzeptieren muss: dass ein Tsunami einen von hinten überfällt. Du hast ihn nicht kommen sehen, keine Vorzeichen bemerkt, aber plötzlich liegt sein Schatten auf dir, seine Kraft wirft dich um, ohne dass du Zeit gehabt hättest, dich zu rüsten; er reißt dich aus deiner Welt, schleift dich weit fort, zusammen mit Autos, Bäumen, Tischen und Betten in den Häusern.

Wenn das wirklich geschehen war, musste ich etwas finden, woran ich mich klammern konnte. Nach dem anfänglichen Aufprall sog das Wasser mich wieder in Richtung offenes Meer. Dort, inmitten der Strömungen, würde ich ein Wrack unter anderen werden. Das musste ich verhindern.

Wo anfangen?

Äußere Ordnung schaffen, sicher.

Aber dann?

Die Tristesse des leeren Bettes, das Bein zur anderen Seite hin ausstrecken und nur Eiseskälte finden; am Morgen aufstehen und das völlig glatte Kissen daneben sehen.

Vor dem Einschlafen kam mir die Schaukel in den Sinn, die ich gleich nach unserem Umzug auf die Insel gekauft hatte. Sie war ein Sonderangebot in einem Kaufhaus gewesen, und ich hatte nicht widerstehen können.

Zu Hause zeigte ich sie strahlend vor, du aber bist sofort finster geworden.

»Warum hast du die gekauft?«

»Nun, weil ich hoffe, dass sich früher oder später jemand finden wird, der sich freut, sie zu benutzen.«

»Schaff sie weg!«, hast du kategorisch befohlen und bist ohne ein Wort aus dem Zimmer gegangen.

Oft hatte ich daran gedacht, sie wegzuwerfen, aber in Wirklichkeit war sie noch da, oben auf einem Regal im Geräteschuppen. Die Ringe werden verrostet sein, sagte ich mir, die Seile morsch, dann verfiel ich in einen schweren, scheinbar traumlosen Schlaf.

Als du zum zweiten Mal zu mir nach Venedig kamst, bist du drei Tage geblieben. In diesen drei Tagen hast du das Leben, das ich geführt hatte, bevor ich dich kennenlernte, mit einem Schlag ausgewischt. Deine Anwesenheit, die immer vertrautere Nähe unserer Körper, bewirkte das Wunder, dass sich vor mir eine Tür auftat, von deren Existenz ich bis dahin nichts gewusst hatte.

Nichts gewusst?

Vielleicht hatte ich mich bemüht, nichts zu wissen.

Da war die Wirklichkeit. Ein Mann und eine Frau entdecken ihre Welten. Aber zu dieser Wirklichkeit traten unendlich viele weitere hinzu. Irgendwann dachte ich, dass du bist wie Scheherazade: Das unbedeutendste Ereignis weckte in dir das Bedürfnis, eine Geschichte zu erzählen, und diese Geschichte mündete fast immer in eine Frage. Du ludst mich ein, gemeinsame Sache mit dir zu machen, und ich versuchte ungeschickt, dir zu folgen.

»Was ist über unseren Köpfen?«, fragtest du, während wir im Bett lagen.

»Die Zimmerdecke«, antwortete ich.

»Und über der Decke?«

»Der Herr vom Stock drüber.«

»Und darüber?«

»Darüber ist das Dach.«

»Und über dem Dach?«

»Was soll da sein? Der Himmel.«

»So einfach ist das nicht. Woraus besteht der Himmel? Aus Luft?«

»Aus Luft. Hauptsächlich Stickstoff und Sauerstoff.«

»Als ich Kind war, sagte mein Vater zu mir, die Erde bestehe aus vielen Schichten. Gilt das auch für den Himmel?«

»Mehr oder weniger. Gleich über uns ist die Troposphäre.«

»Was ist das?«

»Das ist dort, wo sich das Wetter bildet, die Wolken, der Regen ...«

»Und dann?«

»Dann kommt die Tropopause, und danach die Stratosphäre.«

»Was unterscheidet sie?«

»Je höher man kommt, desto mehr herrscht Frieden, keine Strömungen, kein Wind, keine Stürme mehr.«

»Frieden«, wiederholtest du, dann warst du eine Weile still und zogst an deinem Ohrläppchen.

»Warum tust du das?«, fragte ich dich.

»Das mache ich von klein auf, ich glaube, das ist eine Art, das Gehirn zu stimulieren ...«

»Glaubst du, das hast du nötig?«, fragte ich dich lachend.

»Wie kann man denn leben ohne den Versuch, die Dinge zu verstehen?«, fragtest du zurück.

Am Morgen des dritten Tages bist du unvermittelt aufgestanden und hast gesagt: »Es ist Zeit, dass ich gehe«, und während du ohne Umschweife den Mantel anzogst und gingst, brach für mich die Welt zusammen. Scheherazade verließ mich, und ich war gefangen in der traurigen Realität meines Lebens.

»Ich weiß nicht einmal, wo du wohnst«, sagte ich zu dir, als du in der Tür standst.

»Aber ich weiß, wann du von Bord gehst«, sagtest du und verschwandst mit leichtem Schritt über die Stufen.

Die Glut, die ich vor unserem letzten Treffen gefühlt hatte, gab einer entgegengesetzten Empfindung Raum. Da war kein Feuer mehr um mich herum, sondern Luft, und in dieser Luft schwebte ich. Da war ein Seil gespannt zwischen mir und der Zukunft, zwischen mir und der Gegenwart, und auf diesem Seil war ich gezwungen zu wandeln, doch obwohl ich mich auf einer von Wellen gepeitschten Kommandobrücke im Gleichgewicht zu halten weiß, war ich nicht ebenso sicher, das auf diesem über der Leere ausgespannten Stahlseil zu können. Ich ging das Risiko ein, weil ich keine Alternativen hatte, weil ich wusste, dass die einzige Art, zu dir zu gelangen, darin bestand, Seiltänzer zu werden.

Den ganzen Frühling machten wir so weiter. Du tauchtest auf und verschwandst wieder. Ich wusste nie, ob ich dich am Quai sehen würde oder ob an deiner Stelle eine öde Leere sein würde.

»Wir haben uns einen Monat nicht gesehen«, bemerkte ich einmal etwas gereizt.

»Ich hatte eine wichtige Prüfung«, hast du geantwortet.

Wir taten nichts von all dem, was frisch Verliebte gewöhnlich tun: ausgehen, ins Kino, spazieren. Ob es regnete oder die Sonne schien, wir blieben immer in meiner Einzimmerwohnung.

»Mir kommt es vor, als wäre ich in einem Walfisch eingeschlossen«, sagtest du einmal.

Ich musste dir recht geben. Denn was war dieses Zimmer im Halbdunkel, in dem das einzige Geräusch von außen das des darunter gelegenen Kanals war, anderes als ein geheimer Ort, an dem wir wie Pinocchio

und Gepetto einer neuen Phase unseres Lebens entge-
gengingen?

Unterdessen verflossen die Wochen, und vor mir bau-
te sich von Tag zu Tag ein Gespenst auf, das viel größer
war als der Feuerfresser. Die Hochzeit stand bevor, und
ich hatte alles damit Verbundene komplett verdrängt.
Wenn das Telefon klingelte, ging ich nur ran, wenn ich
allein und mir sicher war, dass meine Stimme keinerlei
Gefühle erkennen ließ. Jedes Mal, wenn Erica ein Treffen vorschlug, fuhr ich nach Portogruaro.

»Mir fehlen die Ausflüge nach Venedig«, wiederholte
sie häufig, aber ich ging nicht darauf ein.

Eines Tages zeigte sie mir Fotos von Möbeln. Ich betrachtete sie zerstreut und sagte: »Hübsch, aber man
könnte Besseres finden.« Von Mal zu Mal sah ich, wie
sich auf ihrem Gesicht der Schatten der Enttäuschung
breitmachte, und dieser Schatten verletzte mich im
Herzen, wie er sie im Herzen verletzte. Das Unausge-
sprochene wuchs an, es war, als gäbe es zwischen uns
eine dünne Eisschicht, die von Woche zu Woche dicker
wurde; die frische Luft, die uns anfangs umgeben hatte, hatte sich in Eis verwandelt, ein Eisberg war aufgetaucht; durch das gefrorene Wasser sahen wir noch
unsere Umrisse, aber unsere Körper in ihrer Wärme
konnten nicht mehr zueinander finden.

Es gibt Männer, die imstande sind, problemlos mehrere Beziehungen aufrechtzuerhalten. Ich gehörte nicht
dazu. Ich empfand tiefe Zuneigung für Erica, und das
Letzte, was ich wollte, war, sie zu verletzen. Mein Le-

ben hatte plötzlich eine unvorhergesehene Wendung genommen, und für diese Wendung konnte sie nichts. Ich war es, der beschlossen hatte, Seiltänzer zu werden, nicht Erica. Bei jedem Schritt hing ich in der Luft, und bei jedem Schritt hätte ich ins Leere fallen können.

Welche Garantien gabst du mir?

Keine.

Welche Garantien gab mir Erica?

Alle.

Leider lässt sich das Leben eines Menschen nur schwer in die beruhigende Dimension der Addition fassen. Ja, aus unerfindlichen Gründen fühlen wir uns im Gegenteil häufig geradezu magisch angezogen von der Kraft der Subtraktion.

Meine Mutter indessen machte Druck mit den Vorbereitungen. Beim letzten Mal, als ich sie besuchte, führte sie mir vor, wie weit sie bereits im Voraus plante, indem sie mir in einer Zeitschrift Modelle für Stricksachen zeigte, die sie in Angriff nehmen würde, sobald ein Enkel am Horizont erscheinen sollte.

Ich konnte nicht länger zögern.

An einem Wochenende Mitte Mai, als wir beide in Cormòns waren, lud ich Edith in ein Restaurant in den Hügeln zum Abendessen ein. Wir aßen im Freien unter einer majestätischen blühenden Linde; über unseren Köpfen ein hektisches Hin und Her von Insekten.

Als sich das Dunkel herabsenkte, senkte sich zwischen uns auch das Schweigen herab.

Auf unserem Tisch stand in einem Glaszylinder eine Kerze und neben der Kerze in einer kleinen Vase eine Rose. Sie war tiefrot, fast bordeauxfarben, und duftete stark. Das ganze Abendessen über sprachen wir über neutrale Themen; ich gab mir Mühe, mit Appetit zu essen, aber alles in mir war gelähmt von einem Angstgefühl, das von Minute zu Minute wuchs. Als das Dessert kam – zwei bombastische Tiramisu –, tunkte ich den Löffel in die Mascarpone-Creme und sagte: »Ich muss mit dir reden.«

Da war kein Erstaunen in Ericas Augen, sondern nur das stille Wissen dessen, der sich einem lang befürchteten Ereignis gegenübersieht.

»Sprich«, sagte sie, ohne ihren Blick von meinen Augen abzuwenden.

Diese Reaktion hatte ich nicht erwartet, und ich hielt zögernd inne.

Sie war es, die fragte: »Gibt es da eine andere?«

Das Seil unter meinen Füßen verschwand plötzlich, ich stürzte ins Leere, die Luft pfiff mir in den Ohren.

»Eine andere? Nein«, antwortete ich und versuchte, die Röte, die mir ins Gesicht stieg, aufzuhalten. Es ist schwer zu lügen, wenn man es nicht gewohnt ist. »Das ist es nicht ... eher ist es so, dass ich mich nicht bereit fühle ...«

»Wenn du dich mit dreißig nicht bereit fühlst, wann dann?«

»Genau das ist das Problem, vielleicht werde ich es nie.«

Ich begann von meiner Unruhe zu reden, von der Tatsache, dass ich genug davon hatte, immer meinen Dienst auf der Linie Venedig – Piräus zu versehen. Ich empfand ein Bedürfnis nach Abenteuer, und es stellte sich heraus, dass das mit einem ruhigen Familienleben unvereinbar war.

»Ich werde auf dich warten, es gibt viele Offiziere, die Familie haben.«

»Aber ich würde es nicht ertragen zu wissen, dass du dein Leben mit dem Warten auf mich zubringst.«

Erica legte ihre Hand auf meine.

»Ich bin sehr verwirrt.«

»Das sehe ich. Aber bist du sicher, dass ein Leben ohne wichtige Bindungen etwas Gutes ist?«

»Nein, das ist es nicht.«

Statt sie anzusehen, richtete ich meinen Blick auf die Flamme, die zwischen uns tanzte. »Ich kann nicht anders.«

»Das hätte ich mir niemals von dir erwartet.«

»Ich auch nicht.«

In eben diesem Augenblick fiel ein Blütenblatt der Rose auf das Tischtuch.

Wir aßen unser Dessert schweigend. Während wir auf die Rechnung warteten, kam eine lärmende Gesellschaft in das Lokal, die einen Junggesellenabschied feierte. Kurz bevor wir ins Auto stiegen, umarmte mich Erica im Dunkel des Parkplatzes. So blieben wir ein Weilchen stehen, mit den Geräuschen, die vom Restaurant hinter uns kamen. Ich fühlte die Wärme der Tränen, die ihr über die Wangen liefen. Ich streichelte ihr den Kopf. Wir sind wie zwei Schiffbrüchige, dachte ich, und in diesem Augenblick wurden ihr Brustkorb und ihr ganzer kleiner Körper von den dumpfen Lauten des Schluchzens erschüttert. Sie hätte mir alles vorwerfen können, stattdessen murmelte sie: »Ich liebe dich und werde dich immer lieben.«

In dieser Nacht träumte ich, an einer Vorlesung über Anatomie teilzunehmen. Erst als der Professor im weißen Kittel das Skalpell am Brustkorb ansetzte, bemerkte ich, dass ich keiner der anwesenden Studenten war, sondern die auf der Stahlplatte liegende Leiche. Ich wachte mit miserabler Laune und grässlichem Kopfweh auf. Beim Rasieren dachte ich an Ivano, an seinen perversen Mythos der Ehrlichkeit.

Wäre es besser gewesen, wenn ich Erica gesagt hätte: »Ich habe eine andere«?

Hätte ich ihr damit nicht einen Mühlstein umgebunden? Sie hätte gedacht, ich liebte sie nicht mehr, weil ihr etwas fehlte, darüber hätte sie sich gegrämt, aber das stimmte nicht. Erica fehlte wirklich nichts, sie wäre eine perfekte Ehefrau und Mutter gewesen. Ich war es, der von einem reißenden Fluss mitgerissen und weit fortgetragen worden war. Sie traf keine Verantwortung, keine Schuld.

An diesem Punkt war ich sehr verwirrt.

Gab es wirklich eine andere?

Du tauchtest auf, und dann schienst du hinter einer

Rauchwolke zu verschwinden, und ich tappte im Dunkeln auf der Suche nach dir.

Am Morgen begleitete ich meine Mutter in die Messe, und nach dem Mittagessen, als wir ins Wohnzimmer gegangen waren, um die Fernsehnachrichten zu sehen, verkündete ich: »Erica und ich haben uns getrennt.«

Meine Mutter wurde bleich und ließ sich mit vollem Gewicht auf das Sofa fallen.

»Bist du verrückt geworden?«

Mein Vater saß im Sessel und zündete sich wie gewöhnlich eine Zigarre an. »*Quod sequitur, fugio*«, deklamierte er, »*quod fugit, ipse sequor.*«

12

Ein kompliziertes Spiel von Spiegeln

Das Erste, was zu tun ist, wenn man fühlt, dass man fortgerissen wird, ist, einen Halt zu suchen: einen Ast, an den man sich klammern kann, während die Strömung einen fortträgt, oder einen Stern am Himmel, an dem man sich orientieren kann, um den Weg nach Hause wiederzufinden.

Heute Morgen lag das Zimmer noch im Dunkeln, als ich die Augen aufschlug. Ich blieb zusammengerollt unter der Decke liegen und wartete darauf, dass das Licht durch die Fensterläden fiele.

Wie spät mag es gewesen sein?

Zwischen sechs und sieben. Ein schwacher Lichtstreif kroch durch die Ritzen der Fensterläden; dann wurde aus dem Streifen ein Lichtschwert, das den Raum erbarmungslos ausleuchtete.

Wie hatte mir das nur bis dahin entgehen können? Die Anzeichen einer zu langen Vernachlässigung waren allenthalben sichtbar. Sobald ich mich bewegte, wirbelte goldener Staub von der Decke auf und schwebte ein wenig in der Luft. Der Sessel verschwand unter einem

Haufen Kleidungsstücken, und am Boden wirbelten Wollmäuse herum. Chaos machte sich überall im Haus breit.

Auch wenn du keinen Putzfimmel hattest, warst du doch die Erste, die bemerkte, wenn die Situation zu kippen drohte. »Alarmstufe Gelb!«, sagtest du dann und machtest dich unverzüglich ans Werk, um die um sich greifende Unordnung einzudämmen.

Während ich mich anzog, überlegte ich, Signora Pina zu rufen, die uns oft beim Großreinemachen geholfen hat, doch als ich mir den Zustand der Küche vor Augen führte, beschloss ich, das lieber sein zu lassen.

In diesen Schichten von Vernachlässigung spiegelten sich die Schichten meiner inneren Ödnis. Jemand anderen mit dem Aufräumen zu beauftragen würde bedeuten, eine bloß äußere Aufgabe an ihn zu delegieren; ein paar Tage lang wäre der Schein gewahrt, aber das wäre nichts als Schein, und bald würde das Chaos mit seinen stillen Bewegungen wieder die Oberhand gewinnen.

Es war ein schöner Tag, also riss ich alle Fenster auf, lüftete durch und erlaubte den Sonnenstrahlen, ihre reinigende Kraft zu entfalten. Als das Haus von Licht durchflutet war, kam mir eine deiner Maximen in den Sinn.

»Im Winter ist die Sonne Freund. Im Sommer Feind.«

In der Tat hast du in den Sommermonaten immer penibel darauf geachtet, dass die Fensterläden geschlossen und alle Vorhänge zugezogen waren, um das Haus nicht in einen Glutofen zu verwandeln.

Ich weiß auch nicht, warum ich heute so voller guter Vorsätze aufgewacht bin. Vielleicht war es ein Traum, an den ich mich nicht erinnere, der in meiner Düsternis einen Spalt geöffnet hat. Oder irgendeine geheime Bewegung der Sterne, die mit der Präzision eines riesigen Uhrwerks über uns hinziehen.

Auf einer Reise nach München sahen wir uns einmal das berühmte Glockenspiel am Marienplatz an, wo zum Stundenschlag bunte Figuren auftauchen, die eine Art Ballett aufführen, bevor sie wieder im Dunkel des Mechanismus verschwinden.

»Meinst du, wir sind auch so?«, fragtest du mich, die Nase in die Höhe gereckt. »Puppen, die dank eines Uhrwerks tanzen?«

»Nein, das glaube ich nicht«, antwortete ich, wobei ich an die Freiheit und Unvorhersehbarkeit des offenen Meeres dachte.

»Aber hinter uns, über uns, irgendwo wird es doch einen Uhrmacher geben?«

»Wenn es ihn gibt, wird es sicher ein verrückter Uhrmacher sein.«

Dann hakte ich mich bei dir unter, und wir gingen in ein Bierlokal essen.

Was auch immer, Traum oder Uhrwerk, jetzt ist es jedenfalls Abend, und das Haus sieht ganz anders aus als bei meinem Erwachen. Auch ich fühle mich etwas anders als in den vergangenen Wochen. Bei Sonnenuntergang stand ich mit einem Glas Whisky am brennenden Kamin und sah lang auf den Garten hinaus. Ja, sagte ich mir, sobald der Winter vorbei ist, werde ich auch dort Ordnung machen.

»Der Mikrokosmos spiegelt den Makrokosmos wider und umgekehrt«, das war eine der Ideen, über die du in den letzten Jahren oft nachgesonnen hast. »Am Ende«, fandest du, »ist das ganze Dasein nichts weiter als ein unendliches und sehr kompliziertes Spiel von Spiegeln. Jedes Ding verweist auf ein anderes.«

Vielleicht ist es wirklich so.

Als ich Erica verließ, ist ein Spiegel zerbrochen. In ihm spiegelte sich das Leben, das ich mit ihr geführte hätte, von unserer Hochzeit bis ans Ende meiner Tage. Die Geburt der Kinder, die Freude der Großeltern, die Kinder, die groß werden und in die Pubertät kommen, das eine oder andere Problem bei der Arbeit, der eine oder andere Seitensprung, um der Eintönigkeit des Alltags zu entrinnen, die sterbenden Eltern, die wachsenden Kinder, selbst Großeltern werden, die ersten Gebrechen des Alters, die unausbleiblichen kleinen Reibereien, und dann plötzlich, ohne Vorwarnung, ohne einen Fanfaren-stoß das sich über den Spiegel herabsenkende schwarze Tuch des Todes. Ende des Mikrokosmos. Wenn ein Ma-krokosmos existierte, war das Maximum, was man sich wünschen konnte, bei den Kindern, bei den Enkeln in guter Erinnerung zu bleiben. Die große Normalität des menschlichen Lebens.

Ich habe dir nie gesagt, dass ich diesen Spiegel be-rührt habe, weil ich dir, zumindest solange wir jung wa-ren, nie von Ericas Existenz erzählt habe. Nicht, weil ich deine Eifersucht gefürchtet hätte – ich ahnte, dass deine Mutter dich mit dem Mantel gegen dieses Gefühl immun gemacht hatte –, sondern weil mir Männer, die ihren Gefährtinnen das vergangene oder gegenwärtige Liebesleid gestehen und dabei womöglich eine Form der Komplizenschaft oder des Trostes suchen, immer erbärmlich vorgekommen sind. Erica war in meinem Herzen wie eine tiefe Wunde. Ich wusste, dass diese Wunde mit der Zeit, wie vom Wasser geschliffene Felsen, weniger brennen würde.

Was mir Angst machte und mir zugleich hochgradige Erregung verursachte, war das Wissen, dass du weniger ein Spiegel als ein Spiegelkabinett warst, wie man sie auf Jahrmärkten findet: Es ist leicht, hineinzugelangen, aber herauszukommen ist etwas anderes; die Spiegel spiegeln einander, du glaubst, du kannst da entlanggehen, und plötzlich siehst du dich selbst als monströse Kugel oder als fadenförmige Alge.

Ich hatte die Sicherheit für etwas aufgegeben, das überhaupt nicht sicher war. Es gab keinerlei vernünftige Erklärung für eine solche Verrücktheit.

Ich konnte ohne dich nicht leben, das war alles.

War das auch für dich so?

Das konnte ich nicht herausfinden, und durch diese Ungewissheit fühlte ich mich wie eine Bombe mit brennender Zündschnur, die jeden Moment explodieren konnte. Du warst zu zweihundert Prozent bei mir, und dann, auf einmal, gar nicht mehr da. Du hattest mich nie zu dir nach Hause mitgenommen, mich nie deinen

Freunden vorgestellt. Es war, als ob ich außerhalb meiner Einzimmerwohnung, der Küche und dem Bett für
dich nicht existierte. Du wartetest auf mich, wenn ich
von Piräus zurückkam. Wenn du es nicht schafftest zu
kommen, riefst du mich zu Hause an. Wenn ich dich
bei der Universität abholte, strahltest du manchmal,
manchmal wirktest du fast verärgert.

Standst du noch unter dem Einfluss von Ivano und
der Gruppe von Maoisten? Den Verdacht hatte ich. Im
Grunde war ich nichts weiter als ein dummer Bour-
geois, schlimmer noch, ein dummer Adliger. Zwischen
mir und den Roten Garden, die du damals verherrlich-
test, gab es keinen möglichen Berührungspunkt.

Die Vorstellung, dass das Ganze bloß ein Anfall von Verrücktheit gewesen sein könnte, stellte sich bei mir ein
an dem Tag, als ich deinen Personalausweis fand. Du
warst kurz zuvor gegangen, ohne zu merken, dass du
ihn verloren hattest.

Als ich ihn aufschlug, entdeckte ich, dass dein Name
nicht Edith, sondern Patrizia war. Wutentbrannt nahm
ich den Zug und fuhr nach Mestre. Das Häuschen war
genauso, wie ich es mir vorgestellt hatte. Ich klingelte,
und bald darauf erschien deine Mutter an der Tür. Sie
wirkte älter, als sie war, ihre Augen waren sehr traurig,
aber gutmütig.

»Ich habe den Personalausweis von jemandem gefunden, der hier wohnt. Da ich in der Gegend war, habe ich
gedacht, ich bringe ihn vorbei.«

»Danke, sehr nett von Ihnen. Patrizia ist so zerstreut. Studieren Sie auch an der Universität?«

»Nein«, entgegnete ich, »ich habe ihn am Hafen gefunden.«

Ich verabschiedete mich und ging.

Als wir uns im Schutz meiner vier Wände wiedersahen, hatte ich einen der heftigsten Wutanfälle meines Lebens.

»Patrizia? Edith? Darf man wissen, wer du bist?«

Ich schrie so laut, dass vom gegenüberliegenden Palazzo aus jemand ans Fenster trat und zu uns herüberschaute. Zum ersten Mal sah ich auf deinem Gesicht einen Ausdruck von Angst.

»Ich kann es dir erklären«, sagtest du und strecktest wie zur Verteidigung die Hände vor. »Patrizia ist der Name, den meine Eltern mir gegeben haben, aber ich habe mich nie wie Patrizia gefühlt. Warum soll ich ein Kleid tragen, das mir nicht steht? Ein Jahr nach dem Tod meines Vaters bin ich Edith geworden. Und weißt du, warum? Weil der Name Edith bedeutet, ›diejenige, die das Glück sucht‹.«

»Wenn du es auf meine Kosten suchen willst, dann täuschst du dich gewaltig!«

Du machtest einen schwachen Versuch, mich einzubeziehen. »Vielleicht passt dir dein Name auch nicht ...«

»Nein!«, brüllte ich. »Der Name, den ich habe, passt ganz genau.«

»Verzeih mir, ich hätte es dir sagen sollen. Ich dachte nicht, dass das so wichtig ist.«

»Ich kann alles ertragen, aber keine Lügen.«

»Ich habe dich nicht belogen. Ich habe nur vergessen, dir etwas zu sagen, das ich nicht für wesentlich hielt.«

Ich ließ mich mit vollem Gewicht in den Sessel fallen und merkte, wie die Wut langsam nachließ.

»Und wer bist du jetzt? Patrizia, Edith oder eine Rotgardistin?«

Langes Schweigen trat ein. In dieser Stille läutete das Telefon. Ich ließ es klingeln.

»Wer bist du also?«

Die Furcht war aus deinen Augen gewichen.

Bei deiner Antwort: »Ich bin Edith, die dich liebt und mit dir glücklich sein will«, schweifte dein Blick wie ein Fanal durch den Raum.

13

Die Antwort ist nein

Es war Ende Mai, als ich deinen wahren Namen entdeckte.

Den ganzen Sommer über ging unsere Beziehung ohne Erschütterungen weiter. Im Juli hast du deine Mutter zwei Wochen lang ins Gebirge begleitet. Es war das erste Mal nach dem Tod deines Vaters, dass ihr zusammen in Urlaub gefahren seid, obendrein an Orte, an denen ihr zu dritt glücklich gewesen wart.

In den letzten Monaten, erzähltest du mir, hatte deine Mutter dank einer Gymnastiklehrerin ein Medium kennengelernt: Einmal in der Woche kamen sie zu einer spiritistischen Sitzung zusammen, dazu nahmen sie stets wechselnde Hotelzimmer. Auf diese Weise, hatte sie dir erklärt, würde in dem seltenen Fall, dass ein böser Geist gerufen wurde und nicht weichen wollte, dieser keine Wohnung heimsuchen. Diese neue Aktivität schien den Druck von ihren Schultern genommen zu haben, der schon zu viele Jahre auf ihr gelastet hatte. Deinen Erzählungen zufolge konntest du dir nur mit Mühe das Lachen verkneifen. Du sahst solche Praktiken als Krücke für geistig Schwache und Verzweifelte an. »Vor der Wahl zwischen Alkohol und Geisterbeschwörungen«, kommentiertest du lachend, »gebe ich allerdings den Geistern den Vorzug. Die schaden wenigstens nicht der Gesundheit.«

Als du aus dem Gebirge wiederkamst, war ich von der Arbeit voll eingespannt, also konnten wir nicht viel zusammen sein. Daher bat ich im September um eine Woche Urlaub, und wir fuhren nach Wien.

Es waren wunderbare Tage. Wir schliefen in einer kleinen Pension in der Mariahilfer Straße. Wir liefen durch die Stadt; wenn uns danach war, gingen wir in ein Museum. Wir aßen in Beisln oder setzten uns im Park auf eine Bank, nachdem wir an einem Kiosk etwas gekauft hatten.

Oft sahen wir junge Leute, die auf der Straße Geige spielten. Anfangs hast du sie skeptisch betrachtet, sie kamen dir pathetisch vor, doch dann hast du dich mit ihren romantischen Melodien angefreundet, du wolltest zu einer bestimmten Zeit an einem bestimmten Ort sein, um einen Geiger noch einmal zu hören, der dir gefallen hatte, und wenn du ihn nicht finden konntest, warst du enttäuscht.

Ich sah, wie deine Gesichtszüge von Tag zu Tag entspannter wurden. Fern von Mestre, fern der Universität, fern von Venedig und der Schiffsanlegestelle, fern von deiner und meiner Welt lernte ich eine Person kennen, von deren Existenz ich nichts geahnt hatte.

Einen ganzen Tag brachten wir im Naturhistorischen

Museum zu, die Säle mit Fossilien und Mineralien begeisterten dich. Von vielen kanntest du die Namen. »Hier wäre mein Vater wirklich glücklich gewesen«, bemerktest du.

Fast die ganze Heimreise über hielten wir uns umschlungen. Durch die gemeinsam verbrachte Zeit, so mein Eindruck, war eine Barriere zwischen uns endgültig gefallen: dein Sarkasmus, dein Bedürfnis, gegen alle und alles zu sein, waren verschwunden; du gabst dich vertrauensvoll hin, und dieses Vertrauen hatte in meinem Herzen eine Tür geöffnet, die bis dahin nur angelehnt gewesen war.

In Mestre stiegst du aus dem Zug, ich trat ans Fenster, du winktest zum Gruß.

Am nächsten Tag brach ich auf nach Piräus.

Während der ganzen Überfahrt herrschte schlechtes Wetter. Gepeitscht von der dunklen Bora, die vom Balkan her blies, klatschten die Wellen gegen den Schiffsrumpf, die Böen machten es schwer, sicher auf der Brücke zu stehen. Ich hatte ständig eiskalte Ohren, wenn ich unter Deck ging, wurden sie glühend heiß.

Ungeduld bestimmte auch diese Überfahrt, aber sie war sehr verschieden von der vorherigen im Zeichen der Weißglut. Der Furor von damals hatte einem Gefühl milden Glücks Platz gemacht. Ich war ungeduldig, dich wiederzusehen. Ich wollte dir all die Worte sagen, die ich nunmehr seit Wochen immer wieder bei mir wiederholte.

Würdest du mich abholen kommen?

Würde ich dir alles am Landungssteg sagen?

Oder würde ich einen günstigeren Zeitpunkt abwarten?

Ich wollte keine Pläne machen und mir keine Grenzen auferlegen.

Am Hafenausgang warst du nicht.

Ich dachte, du wirst irgendeine wichtige Vorlesung haben.

Aber auch in den nächsten Tagen hast du dich nicht gerührt.

Ich saß vor dem Telefonapparat und wartete auf sein Klingeln. Hin und wieder hob ich den Hörer ab, um zu überprüfen, dass er noch funktionierte. Am dritten Tag rief ich bei dir zu Hause an. Deine Mutter war am Apparat. »Patrizia ist nicht da, sie ist in der Uni. Ich glaube, sie kommt am Nachmittag wieder.«

Da ging ich aus dem Haus und besuchte ein paar Juweliere. »Ich möchte einen Verlobungsring für eine wirklich ganz besondere Person«, sagte ich beim Eintreten. Schließlich wurde ich fündig. Ein sehr schlichter Ring aus Weißgold mit einem gefassten Aquamarin. Wieder zu Hause schrieb ich ein Billett.

Das Licht des Himmels und das des Meeres vermählen sich in deinen Augen.

Ich liebe dich.

Um sechs Uhr abends kam ich zu deinem Haus in Mestre. Die Atmosphäre war dunstig und drückend, die

schwüle Hitze noch sommerlich, das Licht schon herbst-
lich.

Ich läutete. Niemand öffnete.

Ich beschloss zu warten.

Nach einer Stunde hatte ich alle Details in dem kleinen Vorgarten gesichtet. Eine kleine verrostete Harke
in einem Beet, eine Rose mit welken Blättern, ein Betonpilz mit mittlerweile verblassten roten Punkten, ein
wahrscheinlich vom Wind hergetragener Putzlumpen,
ein Damenfahrrad mit plattem Hinterreifen.

»Sind Sie ein Zeuge Jehovas?«, fragte mich irgendwann ein Passant.

Ich schüttelte den Kopf.

»Besser so«, entgegnete er und ging, die Hände in
den Taschen, seines Wegs.

Zu meinen Füßen lagen etliche Zigarettenkippen, und
da du vor Zeiten aufgehört hattest zu rauchen, begannen diese Kippen mich zu beunruhigen. Konnte es sein,
dass jemand die Angewohnheit hatte, am Gartentor auf
dich zu warten?

Als ich schon in den schwärzesten Gedanken gefangen war, sah ich dich am Ende der Straße auftauchen.
Dein Haar war zerzaust und du trugst eine schwere Mi-
litärtasche, vermutlich voller Bücher.

»Was machst du denn hier?«, fragtest du, ohne eine
Regung des Erstaunens zu verbergen.

Die übliche Abwehr.

Ich versuchte witzig zu sein. »Ich bin zufällig hier
vorbeigekommen.«

»Aber wie bist du denn angezogen?«

»Wie ich mich in wichtigen Momenten anzuziehen pflege«, antwortete ich und sah mich dann um. »Wollen wir nicht hineingehen?«

Mit einem gewissen Widerstreben hast du das Gartentor aufgestoßen.

»Kommst du von einer Hochzeit?«

»Nein, aber ich würde gern auf eine gehen.«

Wir traten in den Garten, du vorweg, ich dahinter. Du sahst dich um.

»Edith, willst du mich heiraten?«, fragte ich dich da und zog ungeschickt die kleine Schachtel aus der Jackentasche.

Stumm und reglos bliebst du stehen, also machte ich sie auf und hielt dir auch das Billett hin.

»Was fällt dir ein?«, sagtest du streng, die Silben einzeln betonend. »Glaubst du, ich bin bereit, ein Leben lang Patrizia zu sein? Das Frauchen, das auf dich wartet, dich vergöttert und dir ein paar Kinderchen gebärt?«

»Patrizia ist mir egal, ich liebe Edith, nur Edith, und will mit ihr gemeinsam das Glück suchen.«

»Die Ehe ist ein Grab, in das ich keine Lust habe, hinabzusteigen.«

»Wer hat dir gesagt, dass die Ehe ein Grab ist?«

»Die Institution selbst sagt das. Ein Gefängnis, in dem notwendig einer der beiden unterliegen muss.«

»Aber es sind wir beide, Andrea und Edith, die heiraten. Es wird kein Grab sein, wenn wir uns weiterhin lieben.«

»Glaubst du wirklich an die ewige Liebe?«

»Zwei Menschen, die sich lieben, was sollten die Besseres wünschen, als das Leben miteinander zu verbringen?«

»Das monogame Paar ist ein Relikt des Patriarchalismus.«

»Aber wir lieben uns doch!«

»Ja, jetzt, aber in zwei Jahren? In drei? Zu glauben, dass die Dinge sich nicht ändern, grenzt ans Lächerliche.«

Das Wort »lächerlich« ließ mir das Blut in den Kopf schießen.

»Die Gefühle hängen von uns ab«, brüllte ich und warf das Schächtelchen von mir. Es traf auf den Betonpilz, sprang auf, und der Ring rollte am Boden bis zu dem alten Putzlumpen.

Ich sah dich ein letztes Mal an. »Die Antwort ist also nein?«

»Die Antwort ist nein«, sagtest du, und deine Stimme schien einen Moment lang zu schwanken.

Mit aller Wucht warf ich das Gartentor zu und ging davon, ohne mich umzusehen.

14

Hurrikan

Ich habe dich nicht mehr gesehen, auch du hast dich nicht gemeldet.

In den ersten Wochen hielt ich, wenn ich von Bord ging, den Kopf gesenkt, aus Angst, deinem Blick zu begegnen. Im November, als die venezianischen Gässchen in die Unwirklichkeit des Nebels gehüllt waren, begriff ich, dass da keine Gefahr bestand. Du hattest mich aus deinem Leben gestrichen, so wie ich versuchte, dich aus meinem Leben zu streichen, und dieser Versuch schürte in mir eine Form von Wut, die ich bis dahin nicht gekannt hatte. Die Möwen auf den Inseln reißen, um ihrer Wut Ausdruck zu geben, Grasbüschel aus und schleudern sie gegen ihren Rivalen. Eine Art, ohne Blutvergießen mit einem explosiven Gefühl fertigzuwerden. Aber ich, welche Grasbüschel konnte ich ausreißen?

Wenn ich in Venedig war, tobte ich mich durch Gehen aus. Ich verließ das Haus und umrundete die gesamte Insel, von den Zattere bis zu den Fondamenta Nuove; ich schlug verlassene Gässchen ein und solche, die von

Touristen bevölkert waren. Es war eine Befreiung, jemanden in der Menge anzurempeln und zu rufen: »Geh doch zum Teufel!«, und dann schnurstracks weiterzugehen.

Ich kam nach Hause und verbrachte einen Großteil der Nacht in unserem Sessel, ein Glas Whisky in der Hand und den Blick gebannt auf den stets eingeschalteten Bildschirm gerichtet.

Manchmal saß ich in der Morgendämmerung immer noch so da.

In diesen Monaten wurde mir klar, dass die Wut sich nicht so sehr vom Rost unterscheidet: Sie beginnt im Stillen und breitet sich nach allen Seiten aus, zerfrisst, was sie zerfressen kann. Morgens betrachtete ich mich im Spiegel und hatte Mühe, mich wiederzuerkennen. Das Gesicht war gedunsen, der Blick von einer glasigen Starre, die nicht zu Andrea gehörte.

Gab es noch etwas Lebendiges in mir?

Etwas, was imstande war, sich zu regen?

»Was ist mit dir?«, fragte mich eines Tages ein Kollege bei einem Spritz. Wir haben ein wenig geredet, und er empfahl mir einen Tapetenwechsel.

Wieder zu Hause, empfand ich ein Gefühl der Erleichterung.

Am nächsten Tag kündigte ich bei der Fährschifflinie, und am 1. Januar trat ich meinen Dienst bei einer Kreuzfahrtgesellschaft an. Zuvor verbrachte ich Weihnachten in Cormòns. Meine Mutter war bleicher als sonst, sie schien plötzlich gealtert.

»Wir werden uns nicht mehr wiedersehen«, sagte sie, als sie mich zur Tür begleitete.

»Du übertreibst!«, antwortete ich ihr. »Ich komme doch weiterhin, nur ein bisschen weniger oft.«

Sie umarmte mich, und in dieser Umarmung spürte ich, was ein Kind nie spüren möchte.

Das Herannahen der Gebrechlichkeit.

Zwei Tage später war ich in der Karibik, und dort, unter einer gnadenlosen Sonne, blieb ich Monate. Das Leben auf einem Kreuzfahrtschiff unterscheidet sich sehr von dem auf einem Fährschiff: Die praktische Zweckmäßigkeit des Transports ist durch ein flüchtiges mondänes Leben ersetzt. Nach dem Dienst gab es kein Kartenspiel oder Tischtennis mit den Kollegen, sondern das ständig gleiche Ritual der Galadinners, der Tanzveranstaltungen und Konzerte. Die Langeweile war das Gespenst, das über diesen Reisen schwebte. Paradoxerweise mieden die Passagiere das, was ich im Leben auf dem Meer suchte, wie die Pest. Das Schiff unterschied sich kaum von einem Wanderzirkus, und in diesem Zirkus mussten auch die Offiziere ihre Rolle spielen.

Während der ersten Kreuzfahrt war diese vollkommen künstliche Welt heilsam für mich. Da war eine ganze Reihe allein reisender Frauen, die sich gern mit den jungen Offizieren unterhielten. Anfänglich lauschte ich, in einem Sessel der Bar versunken oder an die Reling gelehnt, mit echter Hingabe den immer persönlicher werdenden Erzählungen dieser Damen. Wenn ich ihr

Gesicht oder ihre Hände ansah, konnte ich mir sogar vorstellen, mich auch in eine von ihnen zu verlieben, doch im Allgemeinen löste sich dieser Gedanke schon am folgenden Morgen in Luft auf. Sie erzählten mir von ihren Gefühlsangelegenheiten, von der Enttäuschung über ihre Ex-Partner, von der fehlenden Liebe in ihrer Kindheit. Gewöhnlich waren diese Bekenntnisse eng verknüpft mit Alkoholkonsum. Je mehr der zunahm, desto mehr ging es in intime Details, es war jedoch immer ein verschwommener Eindruck, nicht imstande, mehr in mir zu erwecken als das Interesse einer Nacht. Bevor sie von Bord gingen, hinterließen einige von ihnen glühende Briefe mit Angabe ihrer Telefonnummer und dem Versprechen, mich eines Tages in Venedig zu besuchen.

Die ersten sechs Monate lebte ich so vor mich hin.

Ich war krank und noch dabei, mich zu kurieren.

Doch auf der zweiten Tour begann sich eine gewisse Unruhe in mein scheinbar sorgloses Leben einzuschleichen. Ich betrachtete die älteren Kollegen, wie sie von einem Galadinner zum anderen gingen, von einer Kabine zur nächsten, betrachtete ihre immer dickeren Bäuche, die gedunsenen Gesichter derer, die zu sehr dem Alkohol zusprachen, und fragte mich, ob das auch meine Zukunft sein sollte.

Eines Abends vertraute ich diese Zweifel einem französischen Offizier an, mit dem ich mich gut verstand.

»Aber genieß doch das Leben!«, forderte er mich schulterklopfend auf.

Genieß das Leben, jawohl.

Was wollte ich mehr?

Ich hatte eine Arbeit, die mir Spaß machte, ich lebte das ganze Jahr über in der Sonne und an den Stränden der Karibik, es gab keine Nacht, in der ich Gefahr gelaufen wäre, allein zu bleiben, und doch war ich nicht glücklich. Ja, ich war nicht nur nicht glücklich, sondern je mehr Zeit verging, desto mehr verfiel ich einer subtilen Form der Melancholie.

Dann, eines Tages, fast am Ende des zweiten Halbjahres, gerieten wir in einen Hurrikan. Der Zirkus war gezwungen, seine Zelte abzubrechen, und das Schiff wurde wieder das, was es eigentlich war: eine stählerne Eischale in der Gewalt der Elemente. Die Bars waren leer, wie auch der Ballsaal und das Theater. Die Wellen schlugen mit Gewalt gegen die Bullaugen, die Passagiere waren alle in ihren Kabinen und kämpften mit der Seekrankheit. Die Wahrheit des Lebens hatte die Oberhand gewonnen über seine Repräsentation. Im Gang fiel eine Frau nahezu auf mich drauf. »Schaffen wir es?«, fragte sie mich, und ich antwortete, ungeachtet aller Regeln der Schifffahrtsgesellschaft, mit Genugtuung: »Hoffen wir es.«

Kurz vor Morgengrauen kamen wir aus dem Sturm heraus. Ein gleichrangiger Kollege löste mich ab, und ich konnte mich endlich in meine Kabine zurückziehen. In dem unruhigen Schlaf, den man schläft, wenn die Sonne hoch am Himmel steht, hatte ich einen Traum voller Feuer, mit vielen Menschen auf der Flucht vor

Rauchwolken. Als Junge hatte ich zu Hause in der Bibliothek die Beschreibung von Plinius dem Jüngeren über den Ausbruch des Vesuvs gelesen, in dem sein Onkel, Plinius der Ältere, ums Leben kam.

War das ein Stück dieser Erzählung, was ich geträumt hatte?

Bei diesem schrecklichen Vulkanausbruch waren die Körper der Bewohner von Pompei von der Lava in den absonderlichsten Stellungen überrascht und festgehalten worden; die gespenstische Stille des Todes hatte sich erbarmungsvoll über ihre zerbrochenen Leben gebreitet.

In meinem Leben war nun Stille.

Und in deinem?

Wo warst du?

Wo war dein Körper?

Zusammengekauert neben meinem?

War es deshalb, dass ich ein Gefühl von Ekel empfand, wenn eine andere Frau sich aus meinem Bett erhob?

Körper, die nicht vom Feuer versehrt waren und auch nicht von der Aschewolke verfolgt wurden, ließen leichte Falten zurück, keine Abdrücke im Stein.

Der Abdruck war deiner.

Nur du würdest diese Leere ausfüllen können.

Während ich auf dem Weg nach Hause zum zweiten Mal den Atlantik überquerte, war mir vollkommen bewusst, dass es diese Leere gab und dass es sie für immer in meinem Leben geben würde. Die Wut war verraucht, an ihre Stelle war eine melancholische Traurigkeit getreten. Gelegentlich hätte ich den Film meines Lebens zurückspulen, die ersten drei mit dir verbrachten Tage und den Abschied von Erica auslöschen mögen und in geordnete Bahnen zurückkehren, in dem Traum und der Hoffnung, dass es keine Entgleisungen mehr geben möge.

Ich war vor Kurzem dreißig geworden, und das Gefühl, das meine Tage immer öfter begleitete, war das einer zynischen Bitterkeit.

Ich hatte die wichtigsten Dinge weggeworfen, um einem Traum nachzulaufen.

Aber eben, es war nur ein Traum gewesen.

Sobald ich versucht hatte, ihn zu erhaschen, war er zerstoben.

15

Eines Tages erkläre ich dir alles

Bei meiner Rückkehr entdeckte ich, dass meine Mutter krank war. Sie hatte mir nichts davon sagen wollen, solange ich weit weg war, um mich nicht unnötig zu beunruhigen. Sie war operiert worden, und vor einer Torte, die sie anlässlich meines Besuchs gebacken hatte, sagte sie mir: »Mach dir keine Sorgen. Ich habe es hinter mir.«

Unwillkürlich musste ich denken, dass dieser plötzliche Zusammenbruch vielleicht durch die Entgleisung verursacht war, zu der ich mein Leben gezwungen hatte. Es gibt Leute, die beziehen aus Entgleisungen neue Kraft, andere werden außerhalb der Bahnen umgeworfen. Von Natur aus neigen wir dazu, ständig Bilder von unserer Zukunft im Kopf zu tragen. Und wenn diese Bilder sich auflösen, fällt uns nichts anderes ein, als die nun leere Projektionsfläche anzustarren. Meine Mutter hatte sich mit einem Enkelkind auf dem Arm gesehen. Das Enkelkind war verschwunden, und in gewisser Weise war damit auch sie verschwunden.

»Hast du mir etwas zu erzählen?«, fragte sie an diesem Tag.

Ich wusste, dass dieses »etwas« in Wirklichkeit bedeutete, »von jemandem«, weshalb ich den Kopf schüttelte.

»Noch nicht.«

»Mach keinen Unfug«, sagte sie am Tag meiner Abreise in der Tür.

»Oder lass es uns wenigstens nicht wissen«, ergänzte mein Vater.

Der Briefkasten in Venedig war voller Rechnungen. Dazwischen eine Karte vom Flughafen Frankfurt, die ein Flugzeug beim Start zeigte.

Sie war von dir.

Darauf stand geschrieben: *Eines Tages erkläre ich dir alles*, und unter der Unterschrift hattest du hinzugesetzt: *PS: Ich denk an dich.*

Ich wollte sie schon zerreißen, aber in dem Moment klingelte das Telefon, und ich legte die Karte neben den Apparat.

Aus mysteriösen Gründen sollte diese Karte uns im Lauf unseres Lebens von Haus zu Haus begleiten. Wir wussten nie, wo sie war, aber ab und zu tauchte sie an den unvorhergesehensten Stellen wieder auf.

»Unsere Karte!«, riefst du dann.

Manchmal glaubt man, es seien die großen Gesten, die die Wendungen eines Lebens bestimmen, aber oft sind es die kleinen, die unscheinbarsten, die das tun: Dieses eilig hingeworfene »Ich denk an dich«, das ich mit olympischer Herablassung gelesen hatte, setzte sich

in meinen geheimsten Gedanken fest wie der Schildfisch am Bauch eines Hais, und wie der Schildfisch dessen Haut nach und nach von Parasiten befreit, öffneten
deine Worte einen Spalt zu der künstlichen Welt, in die
ich mich geflüchtet hatte.

Nach einem Monat an Land brach ich wieder auf, diesmal in den Pazifik. Die heilsame Wirkung der Kreuzfahrten hatte sich erschöpft. Ich hatte gelernt, mich von
den allzu einsamen Frauen fernzuhalten. So zur See zu
fahren war schlicht zur Arbeit geworden, die Freizeit
verbrachte ich allein. Bei Landgängen schloss ich mich
manchmal einer Gruppe von Kollegen an. Eines Tages
begleitete ich sie bis zur Tür eines Tätowiergeschäfts.

»Kommst du nicht mit?«, fragten sie mich.

Ich lehnte die Einladung ab. Das einzige Motiv, das
ich mir hätte tätowieren lassen wollen, war das eines
Gehängten.

Die asiatische Welt entsprach mir jedenfalls mehr
als die der Karibik, und das Meer – vielleicht aufgrund
seines Namens, Stiller Ozean – war mir näher als der
Atlantik.

»Je kleiner ein Meer ist«, sagte ich eines Tages zu dir,
»desto größer die Wahrscheinlichkeit, sich einem Sturm
von Stärke 8 ausgesetzt zu sehen.«

Das verwunderte dich.

Wir sind gewohnt zu denken, dass das Kleine das
Prinzip der Ruhe in sich birgt. Aber das Mittelmeer, das
eingeschlossen ist zwischen zwei Kontinenten und von

der Meerenge von Gibraltar zugeschnürt wird, ist ein Meer mit großen Turbulenzen, während der Pazifik mit seiner enormen Ausdehnung seinen Namen völlig zu Recht trägt.

Oft, wenn ich seine langen und trägen Wellen betrachtete, dachte ich, dass diese Bewegung nicht viel anders ist als tiefe Atemzüge. Die Atemzüge eines Menschen, der schläft oder ruht.

Ein langer Atem, den ich gern gehabt hätte.

Während der Fahrt begleiteten oft Schwärme von fliegenden Fischen das Schiff. Diese merkwürdigen Geschöpfe an der Grenze zwischen zwei Welten hatten mich von Kind auf fasziniert. Sie sind im Wasser geboren, können aber fliegen. Welches Bedürfnis haben sie, das zu tun? Anscheinend gar keines, ihrer Natur nach sind es Fische, doch an einem bestimmten Punkt verspüren sie den Wunsch zu fliegen, an die Grenze zu stoßen, sie zu überschreiten, ihr Leben zu riskieren, um zu entdecken, was jenseits ist. Indem sie als Fische aus dem Wasser springen, entgehen sie der Gefräßigkeit anderer Fische, doch indem sie ihre glänzenden Leiber den Sonnenstrahlen darbieten, werden sie zur leichten Beute für Seevögel. Dieses Risiko hält sie jedoch nicht von ihrem Flug ab. Andererseits sind sie nicht die einzigen Geschöpfe, die imstande sind, in zwei Welten zu leben. Das ist auch bei den Amphibien so, bei den Tölpeln und den Kormoranen, die mit derselben Geschicklichkeit unter Wasser schwimmen, wie sie sich in die Lüfte erheben.

Ist das vielleicht auch beim Menschen so?

Oder nur bei einigen?

Wie viele Dimensionen lernt man im Lauf eines Lebens kennen?

Gibt es andere Wirklichkeiten, die uns nach dem Leben erwarten?

Ab und zu durchfuhr mich der Gedanke, es könnte dir etwas zugestoßen sein: ein Autounfall, der Zusammenprall mit einem Verrückten. Wer weiß, ob ich das je erfahren hätte. Ein Traum, eine Vorahnung, vielleicht ein Geist von denen, die deiner Mutter erschienen, hätten plötzlich an meine Tür klopfen können?

Und wenn verwandte Seelen vor der Geburt im Himmel mit einer Art Nabelschnur miteinander verbunden waren? Suchen sie sich deshalb ein Leben lang? Ist das der Grund, warum sie, haben sie sich einmal wiedergefunden, nicht mehr ohneeinander auskommen können?

Was war unsere verbindende Schnur?

Die körperliche Anziehung, sicher, aber die war im Grunde doch nur Ausdruck von etwas Tieferliegendem und Komplexerem. War es vielleicht das Syndrom der fliegenden Fische, was uns so unverzichtbar füreinander gemacht hatte? Sich nicht mit einer Welt begnügen zu können, ständig auf der Suche zu sein nach einer Art von Entgleisung? Aber diese Entgleisung, dieses Auslöschen des Gewesenen, hatte sich für mich nicht als wohltuend erwiesen. Ja, es hatte mich an den Rand der Vernichtung geführt.

Ich fragte mich, ob es dir ebenso erging. Womöglich lebtest du irgendwo glücklich vereint mit Ivano, die Mütze mit dem roten Stern auf dem Kopf. Vielleicht hatte ich mir nur eingebildet, dass wir durch diese unsichtbare Schnur verbunden waren. Vielleicht war das, was uns verbunden hatte, aus wesentlich profanerem Stoff, war etwas, was ein Psychologe in wenigen Sitzungen abhandeln würde, mit derselben Kraft, mit der Alexander der Große den Gordischen Knoten durchschlagen hat.

Auch wenn die Wut verflogen war, war es mir doch noch immer nicht möglich, mit derselben wohlmeinenden Großzügigkeit an dich zu denken, mit der Ivano vermutlich an dich dachte. Dich in den Armen eines Anderen glücklich zu wissen, hätte mich nicht eben glücklich gemacht, aber traurig machte mich der Gedanke, du könntest in Schwierigkeiten sein, könntest mich brauchen und ich wäre außerstande, dir zu helfen.

Bewusst dachte ich nicht immer an dich. Es war eher so, als wäre mein Geist eine Bühne und du eine Komparsin, die unsichtbar hinter den Kulissen stand. Von dort tauchtest du ab und zu in Träumen auf, doch eher als um vollendete Träume handelte es sich um wilde Traumfetzen. Sie zusammenzufügen und einen Sinn darin zu suchen wäre gewesen, wie die Teile von zwei verschiedenen Puzzles zu vereinen.

Eines Morgens jedoch wachte ich mit einem unerwarteten Glücksgefühl auf. Der schwere, tief hängende Himmel, der seit zwei Jahren auf meinen Tagen lastete, schien sich aufgelöst zu haben. Ich konnte mir dieses plötzliche Gefühl der Freiheit nicht erklären: Vielleicht hatte ich schlicht, wie ein Verurteilter, endlich meine Strafe verbüßt. Beim Anziehen war ich überrascht, mich singen zu hören. Früher hatte ich das oft getan.

Da wir wegen Passagierwechsel zwei Tage in Mahé lagen – in noch einem anderen, dem Indischen Ozean – und ich einen halben freien Tag hatte, packte ich meine Ausrüstung zusammen und ging tauchen.

Wie lange schon hatte ich nicht mehr die kindliche Freude an der Magie der Unterwasserwelt verspürt? Unter mir, um mich herum dehnte sich die außergewöhnliche Welt des Korallenriffs aus. Weder der verrückteste Künstler noch der verrückteste Zauberer hätte diese großartige Vielfalt der Formen und Farben, diese fließende Anmut, die mich umgab, erfinden können. Zwei finstere Jahre des Grolls und der Trauer hatten die belebende Präsenz der Schönheit ausgelöscht. All diese Zeit hatte ich mich gedreht wie ein verrückt gewordenes Windrad, war herumgelaufen mit einer Binde vor den Augen, furchtsam die Hände vor mir ausstreckend, in dem Versuch zu verstehen, was um mich herum vorging. An diesem Morgen inmitten der Seeanemonen, inmitten der Hornfische und der Clownfische, fiel die Binde plötzlich.

Das Leben, dachte ich, erneuert sich immer wieder, und immer wieder überrascht es uns.

Mit dieser Hoffnung im Herzen kam ich aus dem Wasser.

16

Zutritt verboten

Als ich heute einkaufen ging, war ich überrascht, an der Kasse einen Stapel Panettoni zu sehen.

»Schon?«, rief ich, während ich bezahlte.

»Nun, es ist Ende November«, bemerkte die Kassiererin.

Auf dem Heimweg erinnerte ich mich an die Verwirrung, die ich in den Jahren meiner Reisen in den Tropen empfand, wenn ich da plötzlich einen Weihnachtsmann auftauchen sah. Als Kind des Nordens war Weihnachten in meiner Vorstellungswelt eine dunkle Zeit mit Schnee und Eis; wenn man mir gesagt hätte, dass als Erwachsener, ja, als alter Mann, die Tropen bis in mein Land reichen würden, hätte ich das nicht geglaubt. Und doch ist es so. Beim Aufstehen am Morgen habe ich Mühe zu erkennen, welche Jahreszeit ist. An einem Tag werden das Haus und die Insel von stürmischem Wind gepeitscht, am nächsten Tag scheint es Mai, auch wenn November ist, während es im Juni regnet, als ob es mitten im Herbst wäre. Die Überzeugung, dass die Erde ein Moment der Stabilität enthalte, ist eine irrige Vorstellung, die durch die Kürze unseres Lebens verursacht ist. Gewöhnlich ist ein Leben zu kurz, um eine Eiszeit oder das Ende derselben zu erleben. Meine Generation indes hat dieses Glück gehabt, wenn man es Glück nennen will: Geboren in einer Zeit, da die Jahreszeiten noch Jahreszeiten waren – im Winter war es sehr kalt, im Frühling und im Herbst regnete es, im Sommer schwitzte man in der Sonne –, konnten wir im Lauf der Jahrzehnte mitverfolgen, wie die Meteorologie zum Zauberkunststück wurde. Was würde am nächsten Tag aus dem Zylinder herauskommen? Ein Kaninchen? Eine Taube? Bunte Tücher? Keiner konnte das sagen.

So wie ich nicht dachte, dass das tropische Klima zu uns gelangen könnte, konnte ich mir ebenso wenig vorstellen, dass ich in meinen reiferen Jahren wie in einem Science-Fiction-Roman leben würde. Zu meinem zehnten Geburtstag hatte ich einen Roboter geschenkt bekommen: Er war aus Blech, der Kopf in Form einer Schachtel, der Rumpf bloß ein etwas größerer Würfel; sobald man ihn einschaltete, begannen die beiden roten Lichter der Augen zu blinken, während aus seinem metallischen Bauch ein unbestimmtes metallisches Geräusch kam. Das war damals das Maximum an Science-Fiction, das man sich vorstellen konnte.

Wenn man mir gesagt hätte, dass ich eines Tages ein Täfelchen in der Hand halten würde, mit dem man praktisch alles machen kann, was ein Mensch nur wünschen kann – Filme anschauen, Bücher und Zeitungen lesen, fotografieren, filmen, mich mit der ganzen Welt vernetzen –, hätte ich das nicht geglaubt. Und doch ist das alles mit überraschender Geschwindigkeit vor sich gegangen. Seit dem Aufkommen der Handys hat sich ein ganzes Universum um uns herum aufgetan. Manchmal denke ich, dass diese Explosion sich nicht so sehr unterscheidet von der im Lauf des Kambriums aufgetretenen, als wie auf ein verabredetes Zeichen hin die Lebenskraft anfing, Millionen und Abermillionen verschiedenster, verrücktester Geschöpfe hervorzubringen. Es gab leere Räume, diese Räume mussten ausgefüllt werden, aber geologisch betrachtet legte die Evolution dann den Rückwärtsgang ein, indem sie die Vielfalt der existierenden Arten drastisch beschnitt.

Wird das mit der Technologie auch so gehen?

Vielleicht wird auf einmal alles zu viel und man muss stutzen, eliminieren, nur das für lieb und wichtig erachten, was wirklich nützlich ist.

Aber wer kann das schon sagen?

Mit Sicherheit hingegen kann ich sagen, dass unsere Geschichte, wenn wir uns in dieser Zeit kennengelernt hätten, recht anders verlaufen wäre: Dank der Handys hätten wir uns sofort wiedergefunden und nie mehr aus den Augen verloren; dank Google hätte ich dir auch in China folgen und jederzeit wissen können, was du tust. Gewiss, sowohl du als auch ich hätten einfach aufhören können, die Nachrichten zu lesen; vielleicht hättest du mir ein Emoticon mit einer Träne geschickt, ich hätte dir sofort mit einem traurigen Gesicht geantwortet, und so wäre unsere Beziehung zu Ende gewesen. Die einzige Spur dessen, was zwischen uns gewesen war, wäre diese unsere bruchstückhafte Erinnerung gewesen. Eines Tages hättest du deinen Freunden, deinem Lebensgefährten, deinen Kindern gesagt, dass du als junges Mädchen einen kennengelernt hattest, der auf Fährschiffen arbeitete, ein etwas schrulliger Typ, und ich hätte meinen etwaigen Gesprächspartnern erzählt, dass ich eine Geschichte mit einer Studentin der Geisteswissenschaften gehabt hatte, eine etwas verrückte Person.

Vielleicht schriebst du deshalb lieber Briefe, wenn es in unserem Familienleben etwas zu klären gab. In einem Winkel des Wohnzimmers, dem wärmsten Raum im Haus, hattest du einen kleinen Sekretär aufgestellt, und dorthin zogst du dich zurück, wenn es keinen Film oder Roman gab, der dich fesselte. Du unterhieltst eine regelmäßige Korrespondenz mit verschiedenen, über die ganze Welt verstreuten Freundinnen. Als wir dann allein im Haus waren und du dich mit den Bienen beschäftigtest, fingst du an, dir mit einer gewissen Regelmäßigkeit in großen Ringheften Notizen zu machen, die du auch durch kleine Zeichnungen ergänztest.

Wenn ich neugierig näher kam, hobst du den Kopf und sagtest: »Oh nein, Zutritt verboten.«

Was uns einte, war im Grunde die Tatsache, dass wir beide Einzelgänger waren. Wir hatten unsere inneren Räume, und die erlaubten uns, so lang relativ harmonisch nebeneinanderher zur See zu fahren. Keiner von beiden hat sich je für den anderen aufgegeben, und keiner ist vom anderen vereinnahmt worden.

Vereint sein und dabei verschieden bleiben: An dieser Maxime lag dir viel. Du hieltst es für die einzig mögliche Form der Freiheit in einer festen Paarbeziehung.

Der letzte Brief, den ich dich an deinem winzigen Schreibtisch schreiben sah, war an Amy. Mehrmals hast du das Papier zerknüllt und in den Papierkorb geworfen, um gleich wieder von vorn anzufangen. Es dauerte zwei oder drei Abende, bis du erreicht hattest, was du wolltest. Am Ende hast du beschlossen, mir den Brief vorzulesen – eine absolute Seltenheit.

»Ist das gut so, was meinst du?«, fragtest du.

»Bessere Worte hättest du nicht finden können.«

Am nächsten Tag gingen wir aufs Postamt, um den Brief per Einschreiben aufzugeben, und von der darauf folgenden Woche an begannst du, auf die Antwort zu warten. Jedes Mal, wenn wir die Vespa des Briefträgers vor unserem Haus Halt machen hörten, sah ich, wie dein Blick voller Hoffnung aufleuchtete, um gleich wieder zu erlöschen, sobald du bemerktest, dass es bloß Rechnungen waren. Natürlich hattest du vorher modernere Kommunikationsmittel benutzt: WhatsApp-Nachrichten, die nie der Lektüre für wert befunden wurden, E-Mails, die unbeantwortet geblieben waren.

Angesichts dieses anhaltenden Schweigens fragte ich dich, ob du unsere Verpflichtung lieber aufschieben wolltest.

»Warten wir noch ein bisschen«, sagtest du.

Und das taten wir. Alle sechs Monate haben wir das Datum aufgeschoben, drei Mal.

Bevor du aufgabst, hast du einen letzten Versuch gemacht. Du hast ihr geschrieben und ein Flugticket nach Rom beigelegt. Obwohl du auch diesmal keine Antwort bekamst, nahmst du am vereinbarten Tag den Zug und fuhrst nach Fiumicino. Du bist lange am Flughafen geblieben. Der Flug war pünktlich gelandet, aber die Gepäckausgabe in Fiumicino ist oft ein Problem, manchmal geht etwas verloren.

»Was soll ich machen? Soll ich noch länger warten?«, fragtest du mich drei Stunden später.

»Ich glaube, es ist besser, du kommst zurück.«

Ich eilte zur Fähre, um dich am Bahnhof in Livorno abzuholen.

»Und wenn ihr etwas passiert ist, wenn sie tot ist?«, fragtest du mich, als die Silhouette der Insel schon am Horizont auftauchte.

»*No news is good news*«, beschwichtigte ich dich.

Ohne noch ein Wort zu sagen, hast du dich an mich geschmiegt.

Am Nachmittag dieses frühlingshaften Novembertags habe ich mich zum Zeitunglesen in den Garten gesetzt und um mich herum an den Sträuchern und den Rosen beunruhigend dicke Knospen entdeckt.

Der Herbst sollte das Vorspiel zu einem erholsamen Schlaf sein. »Ohne den Winterschlaf kann es keinen

Frühling geben!«, bemerktest du bei Gelegenheit in den letzten Jahren, während du untröstlich auf die uns umgebende Vegetation schautest.

Da, jetzt haben wir eine schlaflose Natur um uns, sagte ich mir, und während ich eine Zeitungsseite umblätterte, summte eine schlaflose Biene um mich herum.

Du hast mir den Unterschied zwischen Bienen und Wespen beigebracht. »Bienen sind behaart wie Teddybären, während Wespen unbehaart sind. Außerdem haben die Bienen, im Unterschied zu den Wespen, keine so beneidenswerte Taille.«

Du empfahlst mir, nicht vor ihnen herumzufuchteln, weil abrupte Bewegungen ihre Aggressivität auslösen können.

Trotz meiner Reglosigkeit brummte diese Biene weiterhin zwischen meiner Brille und der unnützen Zeitungsseite mit Inlandspolitik herum. »Was willst du von mir?«, fragte ich sie irgendwann. »Ich bin keine Blume!«

»Die Natur spricht zu uns«, pflegtest du zu sagen, »nur sind wir zu sehr in unseren Gedanken gefangen, als dass wir sie vernehmen könnten.«

Bat diese Biene mich vielleicht um Hilfe?

Nicht zu fern in der Erinnerung hörte ich deine Stimme: »Bienen ertragen es nicht, zu lang verwaist zu sein.«

17

Eine Stimme hinter mir

Nach diesem einsamen Taucherlebnis auf den Seychellen hatte eine unerwartete Leichtigkeit von meiner Seele Besitz ergriffen. Ich hatte nichts von dem, was zwischen uns gewesen war, vergessen, aber es war wie in den Hintergrund gerückt; von den Mauern der Festung, die ich in diesen Jahren rings um mein Herz errichtet hatte, hatte sich langsam eine Zugbrücke herabgesenkt. Ich hatte mich wieder für die Möglichkeit einer Begegnung geöffnet, und das war ein Antrieb, mich umzusehen.

Es war dieser Hoffnungsschimmer, der mich während eines Landgangs in Bali dazu bewegte, die Geburtstagseinladung eines Kollegen anzunehmen. Wir würden auf der Insel zu Abend essen und danach bis in die Morgenstunden am Strand tanzen. Da auf dem Schiff bereits angestoßen worden war, kamen wir schon recht feuchtfröhlich und lärmend bei dem Lokal an; es folgten Cocktails an der Bar, dann, als der Alkohol schon angefangen hatte, die Wirklichkeit um mich herum zu verändern, begann das eigentliche Festessen.

Der Vollmond erleuchtete die Landschaft ringsum,

man hätte kilometerweit am Strand entlanglaufen können, ohne Fackeln zu brauchen. Ich erinnere mich, das
gedacht zu haben, bevor ich aufstand, um auf die Toi-
lette zu gehen.

Während ich das Innere des Lokals durchquerte,
stolperte ich und stieß ein Tischchen mit einem Tablett
tropischer Früchte um. Ich hatte mich eben hinunter-
gebeugt, um sie aufzuheben, als ich eine Stimme hinter
mir vernahm:

»Capitano!«

Der umgeworfene Tisch und diese akustische Täu-
schung sagten mir, dass ich diesmal wirklich übertrie-
ben hatte mit dem Alkohol; außer dem Abschiedsschluck
würde ich nichts mehr trinken, nahm ich mir vor.

Dann, während ich eine Mango auf das Tablett legte,
erschienst du vor mir.

Du hast dich neben mir niedergekniet und mit raschen
Bewegungen angefangen, die Früchte am Boden einzusammeln. Du trugst eine Küchenschürze. Erst als du
sämtliche Früchte auf dem Tablett wieder arrangiert
hattest, bist du aufgestanden und hast mich angesehen.

»Die Welt ist wirklich klein!«

Ich war nicht mehr ich selbst, sondern eine Eis-
säule. Ich machte den Mund auf und sagte das denkbar
Dümmste:

»Bist du es wirklich?«

»Absolut wirklich«, hast du geantwortet und mir geholfen, aufzustehen. »Ich arbeite hier«, hast du hinzu-

gesetzt, dir die Hände an der Schürze abgewischt und bist in der Küche verschwunden.

Als ich zur Geburtstagsgesellschaft zurückkam, muss mein Gesichtsausdruck verändert gewesen sein.

»Stimmt was nicht?«, fragte mich mein Tischnachbar.

»Alles in Ordnung.«

Von dem Zeitpunkt an kann ich nicht mehr sagen, wie das Abendessen verlaufen ist, ob ich getanzt habe oder nicht, denn ich war nun in eine andere Dimension versetzt. Ich erinnere mich nur, dass ich mich mehrmals zur Küche umdrehte, in der Hoffnung, dich auftauchen zu sehen. Du bedientest an den Tischen im Inneren des Lokals, und das Einzige, was ich ab und zu sehen konnte, war dein Rücken, wie er hinter der Drehtür verschwand.

Während wir auf die Rechnung warteten, kamst du an unseren Tisch, um eine Runde Schnäpse anzubieten.

Ich muss dich irgendwie komisch angesehen haben.

»Kennst du die?«, fragte mich der Gefeierte.

»Nein«, murmelte ich. »Vielleicht erinnert sie mich an jemanden.«

Am nächsten Morgen den Dienst anzutreten war hart, jede meiner Fasern war von einem tiefen Missbehagen befallen, und auf dem Grund dieses Zustands der Verwirrung erschien mir immer wieder dein Gesicht.

War diese Begegnung zwischen uns wirklich gewesen oder handelte es sich bloß um eine Wunschfantasie?

Wie war es möglich, dass du in Bali in einem Restaurant arbeitetest?

Am Abend versuchte ich in der Ruhe meiner Kabine die Momente des Einsammelns der Früchte am Boden zu rekonstruieren. Ich fühlte mich wie ein Regisseur, der mit den Szenen, die er dreht, unzufrieden ist. Hatte ich dich im Dreiviertelprofil oder frontal gesehen? Und ich, in welcher Position hatte ich mich befunden? Ich hatte am Boden gesessen und dich von unten angesehen, vielleicht warst du mir deshalb anders vorgekommen.

Je mehr ich die Bruchstücke meiner Erinnerung zusammensetzte, desto mehr schien mir, dass in dir etwas verändert war. Als wären statt dreien zehn Jahre vergangen und als hätten diese Jahre in deinem Gesicht Zeichen der Reife hinterlassen.

Als der Kater vergangen war, fühlte ich mich, als würde ich innerlich entzweigerissen: Ein Teil strebte zum Vergessen – Schwamm drüber, alles auslöschen, die Begegnung unter die vom Alkohol hervorgerufenen Phantasmen einreihen –, während der andere Teil nur eines begehrte.

Dich wiederzusehen.

Schon eine Woche später liefen wir wieder Bali an, aber ich hatte Dienst und musste noch die darauf folgende Woche abwarten, um das Restaurant aufsuchen zu können, wo du arbeitetest.

Ich setzte mich an einen Tisch und aß, die Augen auf die Küchentür geheftet. Du bist nie aufgetaucht, ich dachte, es sei vielleicht dein freier Tag. Die Eigentümer waren Italiener, so fragte ich die Signora, als ich den Espresso bestellte: »Ist das Mädchen mit dem venezianischen Akzent nicht mehr da?«

»Sie hat uns letzte Woche verlassen.«

Beim Begleichen der Rechnung fragte sie mich: »Sind Sie Andrea?«

»Ja.«

»Dann ist das hier für Sie.«

Zusammen mit der Rechnung gab sie mir einen Brief.

Lieber Andrea,

manchmal denke ich, die Erdkugel ist nicht viel anders als ein großes Wollknäuel, und wir sind Maikäfer, die mit einem Bein daran festgebunden sind, und indem wir immer drum herumflogen, mussten wir am Schluss zusammentreffen. Das dachte ich, sobald ich dich da auf den Knien sah, wie du versuchtest, die über den Boden rollenden Kiwis und Maracujas einzusammeln. Der Zufall – aber gibt es den? – hat uns wieder zusammengeführt. Ich war nicht darauf gefasst, dich zu sehen, aber jetzt, wo ich das sage, nein, schreibe, wird mir klar, dass ich dich in gewisser Weise belüge. In Wirklichkeit habe ich seit langer Zeit nichts anderes gewünscht, nur dass ich nicht wagte, mir das einzugestehen, oder genauer, nicht zu hoffen wagte, dass das Leben mir erneut eine Gelegenheit bieten würde, dich zu treffen. Ich weiß, dass ich kein Recht habe, das zu sagen, weil ich mich dir gegenüber miserabel benommen habe. Wenn du mich aus deinem

Leben gestrichen hast, dann hast du sehr gut daran getan; wenn du mir gegenüber Groll verspürst, kann ich das nur verstehen. Ich bin aus deinem Leben verschwunden, ohne die geringste Erklärung.

Nachträglich betrachtet, kann ich dir sagen, ich habe mich damals in einem derart verwirrten Zustand befunden, dass ich nicht wusste, was ich tat. Was tut ein Tier, wenn es Angst hat? Wenn es stark genug ist, greift es an, sonst flieht es. Oder es stellt sich tot. Ich konnte mich nicht totstellen, weil ich innerlich längst tot war. Deshalb bin ich geflohen. Ich fühlte mich in der Falle. Du wolltest von mir Dinge, die ich nicht imstande war, dir zu geben. Ich hatte Angst, zu spät zu verstehen, dass der Schritt, den du von mir verlangtest, ein falscher war.

Vielleicht erleiden viele Beziehungen deswegen Schiffbruch, weil man anfangs von einer Begeisterung erfasst ist, die nichts mit der Realität zu tun hat. Wenn wir beide in diese Falle getappt wären, was hätten wir da gemacht? Es wäre so geendet, dass wir uns gebissen hätten wie in einem zu engen Käfig eingesperrte Mäuse. Anfangs wären das spielerische Bisse gewesen, aber mit der Zeit hätten wir begonnen, uns gegenseitig zu zerfleischen, und ich liebte dich zu sehr, um dich in ein Leben hineinzuziehen, das du nicht verdienst.

Und dann gab es da noch ein anderes Gespenst in meinem Leben. Ich spürte, dass du dabei warst, zu wichtig für mich zu werden, und wichtige Beziehun-

gen machten und machen mir Angst. Solange du allein bist, genügst du dir selbst, aber wenn ein anderer
Mensch in dein Leben tritt und es Schritt für Schritt
erobert, was kannst du da tun? Wenn dieser Mensch
plötzlich seine Meinung ändert und dich verlässt oder
wenn er stirbt, was machst du dann mit dem Teil von
dir, der leer bleibt?

Wenn ich diesen Brief geschrieben habe, so nur,
um dich um Verzeihung zu bitten. Du hast keinerlei
Schuld am, keine Verantwortung für das Ende unserer Geschichte. Das Gewicht des Verlusts lastet für immer auf meinen Schultern.

Ich habe ein Stipendium bekommen und war ein
Jahr in China. Im Hinblick auf die Sprache hat mir
das sehr viel gebracht, aber es hat mir auch zu der
Einsicht verholfen, dass man das Paradies auf Erden
nicht schaffen kann.

Ich weiß nicht, ob dieser Brief in deine Hände gelangt. Sollte das so sein und du liest ihn, wird er
vielleicht zerrissen eine Weile im trüben Wasser des
Hafens schwimmen. Dich wiederzusehen hat mich erschüttert, vieles in mir ist in Bewegung geraten, und
ich konnte nicht anders als dir schreiben.

Verzeih mir auch das.

Edith

PS: Ich hoffe, du hast schließlich eine Person gefunden, die deiner würdiger ist.

18

Blumenknollen setzen

Welche Wirkung dieser Brief auf mich hatte?

Wie alles, was dich betraf, verspürte ich höchst widersprüchliche Gefühle, fast wie bei der Beobachtung eines herannahenden Zyklons auf See, wo es immer einen Punkt der vollkommenen Stille gibt, während ringsumher der Sturm tost.

Ich hätte die Zeilen, die du geschrieben hast, küssen und sie gleichzeitig zerreißen und wie Konfetti vom Bug des Schiffes aus ins Wasser werfen mögen. Ich tat weder das eine noch das andere. Ich nahm den Brief mit in meine Kabine und legte ihn in eine Schublade. Ab und zu tauchte das eine oder andere Wort in meinem Kopf auf.

Du batst mich um Verzeihung.

Ich wiederholte dieses Wort bei mir und fragte mich, was es wirklich bedeutete. Bis zu diesem Zeitpunkt hatte ich Verzeihen immer mit einer Art Vergessen assoziiert. In den letzten Jahren war es mir schließlich gelungen, Wochen, ganze Monate zu leben, ohne dass die Erinnerung an dich in mir auftauchte.

War das Verzeihen?

Die Zeit wirken zu lassen?

Lässt man ein Gemälde, einen Stoff in der Sonne liegen, so verbleichen sie unausweichlich mit den Jahreszeiten. Auch die gemeinsam mit dir verbrachten Monate der Liebesglut waren mittlerweile verblasst. Andere
Dinge waren geschehen, andere, wenn auch nicht so
sehr geliebte Körper hatten sich zu dem meinen gesellt.
Andere Gerüche, andere Gesten, Erinnerungen an andere Leben.

Manchmal hatte ich das Gefühl, dass du mit deinem
gelben Hut und deine Mutter mit ihrem Kaninchenfell-
kragenmantel nichts als Schiffbrüchige auf einem Floß
wärt, das von der Strömung immer weiter von mir weg-
getrieben wird. Ich hatte keinerlei Absicht, euch zu Hilfe zu eilen, ich wartete nur darauf, dass ihr eines Tages
endgültig vom Horizont verschwunden wärt. Doch das
war gewiss kein Verzeihen, es war eher ein Vertrauen
auf die wunderheilende Wirkung der Jahre. Auch die
schlimmste Wunde verheilt irgendwann im Lauf des Lebens.

Wenn Verzeihen nicht bedeutete, diesen Prozess zu-
zulassen, was war es dann?

»Lass uns das unter einem Stein begraben«, sagt
man, wenn man ein unangenehmes Ereignis abtun
möchte. Was gewesen ist, mit etwas Schwerem, Unver-
rückbarem bedecken. Sicher, der Stein lastet auf den
Dingen, versteckt sie und drückt sie in die Erde, aber
unter dem Stein, was geht da vor sich? Es müsste ein

Zauberstein sein, um das, was er bedeckt, wirklich aufzulösen. Dagegen gären die Dinge darunter weiter, wie ein kaltes Nest brütet der Stein Schlangen und Skorpione aus, und diese Schlangen und Skorpione kommen eines Tages hervor, um zuzuschlagen und dein Herz zu vergiften.

Da ich immer ein Verfechter der Ehrlichkeit in Gedanken und Handlungen war, konnte ich am Schluss nicht anders, als mir die Wahrheit einzugestehen. Deine Abkehr würde ich nie unter einem Stein begraben können. Du hattest mich mit unnötiger Grausamkeit verletzt, ich hatte dir den ältesten und ernsthaftesten Antrag gemacht, den ein Mann einer Frau machen kann, und du warst zu nichts anderem imstande gewesen, als meine Pläne zu verhöhnen. Nicht einmal ein Montblanc wäre in der Lage, eine solche Schmach zu bedecken.

Einer Sache war ich mir jedoch leider bewusst. Das Floß, auf das ich dich verdammt hatte, war noch nicht vom Horizont verschwunden. Wäre es so gewesen, wäre ich nicht zwei Wochen nachdem ich dich getroffen hatte in das Restaurant geeilt, ich hätte vielmehr mit meinen Freunden gelacht und gesagt: »Unglaublich! Stellt euch vor, vor Jahren hatte ich in Venedig mal eine Affäre mit dieser Person.« Ich aber hatte nichts gesagt, alles hatte sich in meinem tiefsten Inneren abgespielt.

Das Flämmchen, von dem ich glaubte, es sei erloschen, war das ganz und gar nicht; eine leichte Brise hatte genügt, um in Glut zu verwandeln, was wie Asche erschienen war.

Und was war dieses leise Glimmen, wenn nicht die Erinnerung an den Stein der Heiligen Drei Könige? Er schien erloschen, doch jeden Augenblick hätte Feuer daraus hervorschlagen können. Vielleicht versuchte ich deshalb, jeden Hauch, jeden Luftzug, die diese Flamme der Verdammnis wiederaufleben lassen konnten, so fern wie möglich zu halten. Und woher wehte dieses *PS: Ich hoffe, du hast schließlich eine Person gefunden, die deiner würdiger ist?* Wieso hattest du das Bedürfnis, einen solchen Satz anzufügen? Vielleicht weil du selbst jemanden gefunden und ein schlechtes Gewissen hattest bei der Vorstellung, ich könnte allein geblieben sein.

Weder sonderlich glücklich noch sonderlich unglücklich kreuzte ich noch ein Jahr lang im Indischen Ozean. Bei meiner Rückkehr fand ich meine Mutter extrem geschwächt vor, die tiefen Augenringe verhießen nichts Gutes. Obwohl sie darauf beharrte, es gehe ihr gut, das sei nichts weiter als Frühjahrsmüdigkeit, setzte ich mich durch und ging vor meiner Abreise mit ihr zum Arzt.

Wir fuhren nach Görz. Schon am Mittag waren wir mit den Untersuchungen fertig, also holten wir meinen Vater in der Kanzlei ab und gingen gemeinsam Mittag essen. Beim Kaffee bat mich meine Mutter, ihr dabei zu helfen, im Garten die Knollen für die Sommerblumen zu setzen, im Winter hatten die Mäuse sämtliche Dahlien-zwiebeln aufgefressen, aber sie fühlte sich zu schwach, das allein zu machen.

Noch am selben Tag rief nachmittags der Radiologe an, ein alter Schulfreund von mir: »Es tut mir leid, aber da ist nichts mehr zu machen.«

»Wie lange noch?«

»Das kann ich nicht mit Bestimmtheit sagen, aber wahrscheinlich nicht mehr als vier Monate.«

Den nächsten Tag brachte ich damit zu, auf Knien unter der Anleitung meiner Mutter Blumenknollen zu setzen. Sie stand mit ihrem Korb neben mir und erklärte mir, was ich tun sollte. Ab und zu bat sie mich auch um Rat. »Diese weißen und gelben, passen die besser hier oder dort hinten? Und die Ranunkeln, sollte man die nicht besser an einen sonnigen Platz setzen?«

Uns folgte Mimí, eine kleine weiß-rote Katze, die meine Mutter vor ein paar Jahren aufgenommen hatte und an der sie sehr hing. Während ich arbeitete, strich Mimí mir um die Beine, dann kam sie näher und rieb ihr Köpfchen an meiner Nase.

Als wir mit der Arbeit fertig waren, setzten wir uns auf die Bank, Mimí sprang uns auf den Schoß und saß abwechselnd auf meinen und ihren Knien. Meine Mutter sah sich um und stieß einen Seufzer der Zufriedenheit aus.

»Ich dachte, ich würde diese Arbeit nicht mehr machen können.«

Ich spürte, wie meine Augen gefährlich feucht wurden.

Meine Mutter bemerkte es.

»Was hast du?«

»Das ist die Katze«, antwortete ich, »ich glaube, ich bin allergisch geworden.«

Am Abend vor dem Einschlafen dachte ich, dass unser Leben im Grunde nichts anderes ist als das Säen von Samen, von denen wir nie sicher sein können, ob wir sie werden aufgehen sehen.

Ich verzichtete auf weitere Reisen. Ich sagte meiner Mutter – was gelogen war –, die Schifffahrtsgesellschaft habe das Schiff für eine Generalüberholung auf Dock getan und deshalb könne ich zu Hause bleiben.

»Was für ein Glück«, bemerkte sie froh, »so bleibst du ein bisschen hier bei mir.«

Diese Monate waren eine schöne Zeit. Ich hatte ein paar Mal Streit mit meinem Vater, der fand, wir müssten meiner Mutter die Wahrheit sagen, während ich damit nicht einverstanden war.

»Wir müssen doch ehrlich sein«, insistierte er, »wir müssen ihr sagen, dass sie stirbt.«

»Ich finde, das ist der einzige Fall, in dem Ehrlichkeit fehl am Platz ist«, entgegnete ich ihm. »Das Problem ist, dass du dich von der Last befreien willst. Du hältst sie nicht aus und willst sie ihr auf die Schultern laden.«

Am Schluss gewann ich.

Die Tage verliefen ruhig, wir saßen auf der Veranda, wo meine Mutter stickte; wir spazierten durch den Garten; ich begleitete sie in die Messe; wenn sie sich bei Kräften fühlte, machten wir den einen oder anderen Ausflug. In der Fastenzeit begleitete ich sie zum Wallfahrtsort Castelmonte.

Eines Morgens im Mai wachte meine Mutter auf und sagte, sie wolle das Meer sehen, also organisierte ich alles Nötige, um mit ihr nach Grado zu fahren. Wir spazierten ein wenig am Strand entlang. Sobald ich eine schöne Muschel sah, bückte ich mich, hob sie auf und gab sie ihr, wie ich es als Kind getan hatte.

Ich erinnerte sie daran, wie ich mich als Heranwachsender an Tagen geballter Langweile, erfasst von derselben Angst, die den jungen Leopardi in seinem Recanati befiel, aufs Fahrrad geschwungen und wie ein Verrückter gestrampelt hatte, um ans Meer zu gelangen, und wie diese scheinbar so domestizierte Lagune für mich eine Form der Befreiung bedeutete; vor mir tat sich ein Horizont auf, in dem der Blick sich verlieren konnte, und ich, der ich immer zwischen Hügeln und Weinbergen gelebt hatte, brauchte dieses Michverlieren dringender als die Luft zum Atmen.

Später aßen wir in einem Restaurant in der Altstadt unweit von der Basilika Sant'Eufemia. Die Luft war mild, sodass wir im Freien sitzen konnten. Meine Mutter bestellte gegrillte Seezunge, ich frittierte Tintenfische; ich sah, dass sie das Wenige, was sie auf dem Teller hatte, nur mit Mühe aß, sie strengte sich offensichtlich an, damit ich mir keine Sorgen machte. Am Ende des Essens legte sie ihre schmale Hand auf meine.

»Es kommt mir vor wie gestern, dass du auf die Welt gekommen bist.«

Ich lächelte. »Mir hingegen kommt es vor wie eine Ewigkeit.«

»Kaum hatte ich dich im Arm, war mir klar, dass du ein besonderes Kind sein würdest. Deshalb habe ich, als du das Meer für dich wähltest, alles getan, um dich zu unterstützen.«

»Woher konntest du das wissen?«

»Mütter haben einen sechsten Sinn. Und dann hattest du so einen wundervollen Charakter. Du warst stark, ohne arrogant zu sein, sensibel, ohne weinerlich zu sein.« Sie machte eine Pause. »Du bist der beste Sohn, den ich haben konnte.«

»Das denken wohl alle Mütter«, wandte ich ein.

Schweigen machte sich zwischen uns breit, ich brach es, indem ich hinzusetzte: »Und du warst mir die beste Mutter der Welt.«

In dem Augenblick schlug die Turmuhr der Kathedrale die Stunde.

»Ich gehe zahlen«, sagte ich schroff und verschwand im Inneren des Lokals.

Eine Woche nach diesem Essen in Grado legte meine Mutter sich ins Bett. Auf den Beeten spitzten die Dahlien hervor, aber sie waren noch weit davon entfernt zu blühen. Einige Stunden am Tag verbrachte meine Mutter noch im Sessel; sie hatte einen mit Rollen, sodass man sie ganz nach ihrem Wunsch auf den Balkon oder auf die Veranda schieben konnte. »Ich will den Maienduft riechen«, sagte sie mit halb geschlossenen Augen. Dann rief sie auf einmal aus: »Der Jasmin blüht. Riechst du es? Auch die Rose in der Pergola ist endlich aufgegangen.«

Und einmal sagte sie zu mir, während ich sie zurück ins Bett brachte: »Im Mai wird die Natur zu einem großen Orchester, alle Instrumente spielen mit einem Höchstmaß an Kraft und Zartheit.«

Mimí war immer bei ihr. Manchmal, wenn meine Mutter im unruhigen Halbschlaf der Kranken jammerte, leckte die Katze ihr die Hand, blieb dann still sitzen und sah sie an.

Über Freunde meines Vaters im Krankenhaus konnten wir Morphium besorgen und verabreichten es ihr zweimal am Tag. In luziden Momenten bat sie mich, ihr ihre geliebten *Georgica* vorzulesen oder die Psalmen der Bibel. Wenn ich etwas falsch betonte, hob sie von ihrem Bett aus den Zeigefinger und murmelte, wie es richtig lauten musste.

Mein Vater kam oft ins Zimmer, ging aber meist sofort unter dem Vorwand einer unaufschiebbaren Verpflichtung wieder hinaus.

»Wie geht's? Wie geht's?«, fragte er beim Eintritt und gab sich selbst die Antwort: »Na ja, gut. Mir scheint, besser als gestern.«

Er wurde emotional nicht mit der Situation fertig.

Im Lauf der Tage überwogen die Zeiten des Dämmerns die des klaren Bewusstseins. Eines Abends rief ich den Pfarrer für die letzte Ölung. In derselben Nacht erhob sich eine finstere Bora; die Böen schüttelten Bäume und Sträucher, die Blütenblätter der Rosen wurden auf den Boden geschleudert, die üppigen und zugleich fragilen Blüten der Päonien verwandelten sich in eine

Art zerknülltes Papier; im oberen Stock schlug ein Fensterladen regelmäßig gegen die Wand, es hörte sich an wie Schüsse.

»Ich gehe ihn zumachen«, sagte mein Vater und erhob sich vom Krankenbett, wo er mit mir wachte.

In dem Moment öffnete meine Mutter die Augen, ihr Blick war sehr abwesend. »In Castelmonte«, brachte sie mühsam hervor, »habe ich dich unter den Schutz der Jungfrau gestellt.«

»Danke«, antwortete ich einfältig, als ob sie mir ein Stück Torte gegeben hätte.

Mein Vater kam wieder und strich ihr zärtlich über den Kopf. So verweilten wir, umgeben vom Geheul des Windes, der das Haus erschütterte und es aus seinen Fundamenten heben zu wollen schien.

»Aldina«, flüsterte meine Mutter. »Aldina ...«, dann versank sie in der mühsamen Stille, die dem Ende vorausgeht, ihre Atemzüge wurden abnormal tief. Vielleicht, dachte ich sie betrachtend, leben die Sterbenden wirklich in zwei Reichen gleichzeitig.

Etwa zwei Stunden lang hörte man im Zimmer nur ihren keuchenden Atem, dann begann die Katze auf einmal wütend zu fauchen, machte einen Buckel und sträubte den Schwanz. Ich hielt die Hand meiner Mutter in meinen Händen und spürte, wie sie plötzlich schlaff wurde.

Sie war tot.

Mein Vater brach in Schluchzen aus. Ich stand auf und öffnete das Fenster. Reglos blieb ich stehen, der

Regen peitschte mein Gesicht, der Garten schien ein Schlachtfeld. Sogar der Stuhl, auf dem meine Mutter mit ihrer Stickarbeit gesessen hatte, war umgekippt.

Die Natur beweint den Verlust einer guten Seele, dachte ich und stand lang wie versteinert am Fenster.

19

Schritte im Nebel

Drei Tage später fand die Beerdigung statt.

Meine Mutter hätte gewollt, dass sie in der Rosa-Mistica-Kirche zelebriert würde, aber es wollten so viele Leute kommen, dass wir den Trauergottesdienst in der Pfarrkirche abhalten mussten.

Ich betrachtete den Sarg meiner Mutter vor dem Altar und verspürte ein Gefühl der Unwirklichkeit. Ich war nicht bereit für diesen Abschied. Sie war nur zweiundsechzig Jahre alt geworden. Ich hatte gedacht, dass wir noch viel Zeit vor uns hätten, Zeit, in der ich sie hätte entschädigen können für den Schmerz, den ich ihr dadurch zugefügt hatte, dass ich nicht geheiratet und ihr keine Enkelkinder beschert hatte. Aber sie war gegangen und hatte mich mit diesem Schwert im Herzen zurückgelassen. Ich erinnere mich nicht an die Lesungen in dieser Messe, aber ich erinnere mich, dass der Pfarrer mit Bezug auf meine Mutter vom stillen Wirken des Guten sprach.

Am nächsten Tag standen viele Todesanzeigen in der Zeitung. Bei der Entscheidung darüber, wie wir die unsere gestalten wollten, bekam ich fast Streit mit meinem Vater. Er wollte Maria Vittoria schreiben, während ich auf Aldina bestand. Schließlich fanden wir zu einem Kompromiss.

Der Ehemann Rodolfo und der Sohn Andrea
betrauern schmerzlich das verfrühte Hinscheiden von
ALDINA
(für die Freunde Mavi)
vorbildliche Gattin und Mutter

Die folgende Woche blieb ich in Cormòns bei meinem Vater. Er war siebzig und hatte nie allein gelebt. Hin und wieder schaute ich vorsichtig ins Zimmer meiner Mutter, insgeheim hoffend, dass alles nur ein Traum gewesen sei. Sobald ich die Tür öffnete, sprang das Kätzchen Mimí herein und wälzte sich auf dem Sessel, auf dem meine Mutter gewöhnlich gesessen hatte, neben dem Tischchen mit ihren Büchern und einem Heft Kreuzworträtsel, die sie nicht zu Ende gelöst hatte.

Was sollte ich mit ihren Dingen anfangen?

Das wusste ich nicht.

»Kümmre du dich darum!«, sagte mein Vater, aber ich fühlte mich dazu absolut nicht in der Lage.

Ich fand eine Frau, nicht mehr ganz jung, die bereit war, jeden Vormittag zu kommen und meinem Vater auch etwas zu essen zu machen.

»Soll ich noch länger bleiben?«, fragte ich ihn, nachdem ich alles organisiert hatte.

»Ich bin doch kein Kind«, antwortete er mürrisch und schüttelte den Kopf.

Im Handarbeitskorb lag die letzte Arbeit meiner Mutter, es sollte ein Kissen mit dem Bild eines weiß-roten Kätzchens darauf werden, das mit einem großen Wollknäuel spielt. Ich weiß nicht, aus welchem Grund, vielleicht aus Angst, die Zugehfrau könnte es wegwerfen, steckte ich es in meinen Koffer, bevor ich abreiste.

»Du kannst mich jederzeit anrufen«, sagte ich an der Tür. »Vorläufig bin ich in Venedig, ich kann im Handumdrehen zurück sein. Wenn auch nur auf ein Gläschen«, rief ich, als ich schon am Gartentor war.

Mein Vater lächelte, es war bereits ein Greisenlächeln.

Zurück in meiner Einzimmerwohnung, die schon zu lange unbewohnt war, überfiel mich die Traurigkeit meines Junggesellendaseins. Ich schaute aufs Telefon und dachte, dass ich nie mehr meine Mutter würde anrufen können, den Hörer abheben und ihre geliebte Stimme sagen hören: »Andrea?«

In den ersten Tagen nach dem Tod eines lieben Menschen ist man mit praktischen Aufgaben beschäftigt. Erst später, wenn nichts mehr zu erledigen ist, wird man von einem schwindelnden Gefühl der Leere erfasst. Wo war meine Mutter? Sie war nicht mehr da, das war die brutale Tatsache. Aber war sie wirklich nicht mehr da, oder war sie nur in eine Dimension eingetreten, wo ich sie nicht mehr erreichen konnte?

Als ihre Hand die meine losließ, hatte ich dasselbe Gefühl verspürt, wie wenn mir als Kind ein Ball aus der Hand sprang. Ich war überzeugt, ihn fest zu halten, dann sah ich ihn plötzlich in die Höhe fliegen, unwiderstehlich angezogen vom Himmel.

In der Ukraine war das Atomkraftwerk von Tschernobyl explodiert. Mit meinen Angelegenheiten beschäftigt, hatte ich das Unglück nicht verfolgt, aber jetzt, da ich nach Venedig zurückgekehrt war, tat ich nichts anderes, als Artikel zu lesen und mir Fernsehsendungen anzusehen, die von einer epochalen Katastrophe sprachen. Nichts würde mehr sein wie früher; es würden Kinder mit zwei Köpfen oder mit drei Beinen geboren werden, wie die, die ich im Naturwissenschaftlichen Museum gegenüber von meiner Schule in Triest gesehen hatte. Die radioaktive Strahlung würde Monstrositäten in allen Lebensformen hervorbringen; nur die Steine würden von diesem Wettlauf des Grauens ausgenommen bleiben. Im Übrigen erzählte mir ein Freund aus Cormòns, ein leidenschaftlicher Angler, dass er just am Morgen der Reaktorkatastrophe in einem Teich gesehen hatte, wie sämtliche Kaulquappen auf mysteriöse Weise gestorben waren. Das Fernsehen hatte darüber noch nicht berichtet. »Von hier aus ist die Ukraine einen Katzensprung entfernt«, hatte er noch hinzugesetzt.

Ich stand morgens auf und verfiel in akute Verzweiflung.

Was wird aus der Welt?

Was wird aus mir?

Und ich wusste mir keine Antwort mehr.

Im November war ich noch immer in Venedig.

Ich hatte keinerlei Entscheidung über meine Zukunft getroffen. Die Ersparnisse von den Kreuzfahrten waren ein gewisses finanzielles Polster. Ich lasse mir Zeit, sagte ich mir, dabei verplemperte ich meine Zeit; jeden Tag stand ich auf ohne einen Plan außer dem, bis zum Abend durchzuhalten; nachts war das einzige Ziel, ein paar Stunden zu schlafen und bis zum Morgen durchzuhalten. Ich trank ein bisschen zu viel, nicht exzessiv, aber stetig. Was bleibt einem schon, wenn die Angst wächst?

»Nimm doch Antidepressiva«, riet mir ein Freund. »Die sind fantastisch, in wenigen Tagen lächelst du wieder.« Aber abgesehen davon, dass Lächeln nicht zu meinen primären Zielen gehörte, war ich in der Region Collio aufgewachsen, wie hätte ich ein Glas Tokai oder Sauvignon durch Pillen ersetzen sollen, die etwas in mir veränderten, ohne dass ich wusste, was. Morgens stand ich auf, und wenn ich in den Spiegel schaute, hörte ich die beunruhigte Stimme meiner Mutter: »Du siehst gar nicht gut aus.«

Es liegt in der Ordnung der Dinge zu wissen, dass man eines Tages die Eltern verlieren wird; und doch, wenn es dann wirklich geschieht, empfindet man unausweichlich ein Gefühl des Verlorenseins. Auf einmal bist du allein, du hast niemanden mehr, der dir in der

Zeit vorausgeht. Die Zukunft gehört dir. Und wenn du die nicht klar vor Augen hast, ist das ein Problem. Alles lastet auf deinen Schultern, und wenn deine Schultern nicht stark sind, besteht die Gefahr, dass sie einbrechen. Ich glaubte, die meinen seien stark, aber offenbar hatte ich mich getäuscht. Hätte ich Erica an meiner Seite gehabt, dachte ich bisweilen, und ein paar Kinder, dann wäre alles anders gewesen.

Oft verspürte ich in diesen Monaten die Versuchung, Kontakt zu ihr aufzunehmen, alles rückgängig zu machen und zu versuchen, das, was ich mit solchem Leichtsinn zerstört hatte, wieder zu kitten. Hatte sie etwa nicht gesagt: »Ich werde dich immer lieben«? Wer weiß, vielleicht hatte sie mir verziehen und wartete noch auf mich mit ihrem ungetrübten Lächeln und ihrem Kinderwunsch. Trotz dieser Fantasien habe ich in all den Monaten nach dem Tod meiner Mutter jedoch keinen Schritt in diese Richtung unternommen.

Ich ging morgens aus dem Haus und begann meine Runde durch die Bars, mittlerweile kannten mich alle. Ich trat ein und wurde begrüßt mit der Frage: »Das Übliche?« Das Übliche war ein Espresso doppio corretto. Wenn das Wetter gut genug war, setzte ich mich an einen Tisch im Freien, eingemummelt in meine blaue Jacke, und beobachtete die Touristen. Das Spiel bestand darin, aufgrund der Physiognomie, der Kleidung, der Gestik, ihre Nationalität zu erraten. Das war nicht so schwierig, es war das Jahr 1986, und aufgrund des Kalten Krieges fiel ein Gutteil der Reisenden weg.

An einem kühlen Herbstmorgen hörte ich einsame Schritte widerhallen. Einsame Schritte an einem unfreundlichen Nebeltag. Das kann nur ein Geschöpf des Nordens sein, dachte ich. Ein Schwede, ein Norweger, allenfalls ein Däne. Nein, eine Sie, denn der rasche Rhythmus der Schritte wirkte eher weiblich. Während ich noch in diesen Grübeleien befangen war, erklang aus dem Nebel eine Stimme.

Und diese Stimme war deine.

»Andrea! Du bist hier!«

Einen Augenblick später hast du vor mir Gestalt angenommen.

»Wo sollte ich sonst sein?«, antwortete ich instinktiv.

Eine Weile verharrten wir so und betrachteten uns stumm, beide von demselben Staunen erfasst.

»Darf ich?«, hast du gefragt und dich auf eine andeutungsweise freundliche Geste meinerseits mir gegenüber hingesetzt.

»Es ist sehr kalt hier draußen«, sagte ich, um dich davon abzubringen, es dir gemütlich zu machen.

Gleichgültig hast du mit den Schultern gezuckt.

»Wie geht's?«

»Es geht.«

Unterdessen hatte man mir das zweite Glas Weißwein gebracht, das ich in einem Zug leerte.

»Meine Mutter ist gestorben.«

»Das tut mir leid.«

»Du hättest ihr jedenfalls nicht gefallen.«

Du senktest den Blick. Woher kam dieser Wunsch,

dich zu verletzen? Von dem Stein, unter dem ich glaubte, unsere Geschichte begraben zu haben?

»Ich bin zurückgekommen, um das Studium abzuschließen.«

»Nichts mehr mit Bali?«

»Das war ein Zwischenspiel.«

»Ein einsames Zwischenspiel?«

Du dachtest einen Moment nach, bevor du mir antwortetest.

»Sagen wir ja. Aber jetzt muss ich an meine Zukunft
denken.«

»Und die Zukunft der Menschheit?« Mein Groll war
nicht gewichen.

»Gibt es denn eine Zukunft?«, entgegnetest du mir.

Die radioaktive Wolke umlagerte uns noch immer,
wahrscheinlich war sie schon in uns eingedrungen und
veränderte unser Erbgut, machte uns zu künftigen Er-
zeugern von Monstren.

Auf dem kleinen Platz kam niemand vorbei; zwischen
uns nur unsere Atemwolken.

Du hast auf die Uhr geschaut.

»Ich habe eine wichtige Vorlesung.«

»Geh nur.«

Du bist aufgestanden und hast die Büchertasche über
die Schulter genommen.

»Ich würde dich gern wiedersehen«, hast du gesagt.

»Wozu?«

»Nur so, ein bisschen zusammen sein ... reden ...
spazieren gehen ...«

»Meine Telefonnummer hast du«, sagte ich müde, dann horchte ich auf deine Schritte, die sich entfernten und schließlich vom Nebel verschluckt wurden.

Zwei Sonntage später riefst du mich um acht Uhr früh an. Ich dachte, es sei mein Vater, deshalb nahm ich ab.

»Es ist ein wunderschöner Tag«, deine Stimme war voller Elan, »warum machen wir nicht einen Spaziergang?«

Ich war perplex.

Angesichts meines Schweigens drängtest du: »Um zehn könnte ich bei dir sein.«

»Ist gut«, willigte ich ein. »Aber warte unten auf mich.«

Du warst sehr pünktlich.

Von meiner Wohnung im Dorsoduro gingen wir in Richtung Zattere, von dort wagten wir uns auf den Markusplatz; von der Riva degli Schiavoni gingen wir durch die Gässchen bis zu den Fondamenta Nuove; erst die äußere Route, dann die innere; dann machten wir es wie die Lachse und liefen gegen den Strom durch die meistbevölkerten Gassen und über die Brücken, dann wieder über Plätze und durch Viertel, die nur uns gehörten.

Anfangs war die Unterhaltung etwas mühsam; doch dann, in entspannter Bewegung und an der frischen Luft, sprudelten deine Worte wieder so lebendig aus dir heraus wie ehedem. Wir sprachen lang über Marco Polo und China. Du warst überzeugt, dass diese Nation in jedem Fall die Zukunft darstellte, und deshalb meintest du, sei es wichtig, die Sprache zu erlernen. In einem Jahr, maximal anderthalb Jahren würdest du dein Studium abschließen.

»Und dann?«

»Dann suche ich mir eine Arbeit.«

»Bei den Roten Garden?«

»Nein, damit habe ich abgeschlossen.«

Dann erzähltest du mir, dass du dich nach Peking einige Monate in Hongkong aufgehalten hattest. Fern von der Zensur des Regimes hattest du die klassische chinesische Kultur entdeckt, und was anfangs bloß eine ideologische Schwärmerei gewesen war, hatte sich in echte Leidenschaft verwandelt.

»Wir stellen uns die Dinge immer getrennt vor. Das Leben, der Tod, die Seele, der Körper. Hingegen ist alles im Kosmos vereint, alles ist durch Beziehungen verbunden. Erinnerst du dich an Leibniz?«

»Die Monaden ohne Fenster und Türen?«

»Ja! Etwas Falscheres kann es nicht geben.«

»Was du nicht sagst«, antwortete ich skeptisch.

»Sicher! Unsere Kultur beobachtet alles durch das Schlüsselloch der Rationalität. Aber in Wirklichkeit hängen wir von Phänomenen ab, deren Existenz wir uns nicht einmal vorstellen können.«

»Als da wären?«

»Alles, was man nicht sieht und nicht bewerten kann. Die Geister der Vorfahren, die Einflüsse, die von der Erde ausgehen, von den Jahreszeiten, vom Himmel ...

Die Wirklichkeit ist viel komplexer als das, was wir mit unserem Geist fassen können.«

Das hatte ich schon oft gedacht, und so lächelte ich dir das erste Mal zu, seit wir uns wiedergefunden hatten.

Den Rest des Herbstes und den ganzen Winter machten wir so weiter. Wir liefen durch Venedig und redeten. Wir redeten und liefen, ohne je müde zu werden.

Weihnachten verbrachte ich mit meinem Vater in Cormòns. Es war von unermesslicher Traurigkeit; anstelle von konventionellen Blumen stellte ich einen kleinen, mit Lametta geschmückten Tannenbaum auf das Grab meiner Mutter. Im Haus war alles in Ordnung, dennoch lag in den Räumen eine Atmosphäre der Verlassenheit. Mein Vater war schlecht rasiert, auf einem Teil der Wange stand noch das Haar; ich wollte ihn schon darauf aufmerksam machen, doch dann dachte ich, es wäre besser zu schweigen.

Es war ein kalter Winter mit viel Schnee, und an einigen Stellen war die Lagune fast zugefroren.

Am Ende des Karnevals, einer Zeit, die wir beide verabscheuten, fragtest du mich: »Bist du es nicht ein bisschen leid, immer in dieser Art Labyrinth herumzulaufen?«

»Ja, Abwechslung wäre schön, aber so ist Venedig nun mal ...«

»Ich war noch nie in der Lagune. Könnten wir nicht ein Boot nehmen? Du bist doch Kapitän.«

»Ich dachte, du wolltest laufen.«

»Ja, aber wir haben jetzt lang genug Hamster gespielt, findest du nicht auch?«

Am nächsten Sonntag lieh ich mir von einem Freund
ein Boot, und wir begannen unsere Fahrten durch die
Lagune. Aus Angst, dir könnte kalt werden, besorgte ich
eine gelbe Öljacke; als ich dir hineinhalf, war ich einen
Moment lang drauf und dran, dich zu umarmen.

20

Ich muss dir etwas sagen

Unsere Ausflüge in die Lagune gingen mit einer gewissen Regelmäßigkeit weiter bis in den Sommer. Im Juni hattest du dein Doktorexamen; du hattest das Datum vor mir verborgen gehalten, du bist einfach aufgetaucht und hast mit einem strahlenden Lächeln ausgerufen: »Geschafft!«

Für die Sommersaison hattest du in einem Hotel am Lido einen Job gefunden, du wolltest deiner Mutter nicht länger zur Last fallen.

Was ging in mir vor?

Ich konnte es nicht klar erkennen.

In diesen Monaten hatte es keinerlei Trübung zwischen uns gegeben, wir waren miteinander spazieren gegangen wie zwei Menschen, die eine tiefe Freundschaft verbindet. Auf unseren Ausflügen erzähltest du mir von deinen Entdeckungen, deinen Gedanken, von den Büchern, die du last. Der Sarkasmus von früher trat nur vereinzelt hervor und war immer mit einer gewissen Bitterkeit durchtränkt. »Die Menschen sind nicht das, was sie vorgeben zu sein«, sagtest du oft enttäuscht.

In dir gab es ein tiefes Verlangen nach Wahrhaftigkeit; Eindeutigkeit war das, was du überall suchtest; Falschheit, Zweideutigkeit, Ambivalenz gehörten in gar keiner Weise zu dir.

Beim Zuhören wurde mir nach und nach klar, dass es eben dieses Bedürfnis war, was uns so tief miteinander verbunden hatte. Als ich gegen meine Zukunft als Anwalt rebellierte, hatte ich eine Laufbahn abgelehnt, die ich für mich nicht als richtig empfand. Und die Entscheidung für das Meer, war sie nicht ebenfalls dem Wunsch entsprungen, mich mit einer Welt zu konfrontieren, die real war? In der Konfrontation mit den Elementen ist keine Form der Verstellung möglich, du erkennst deine Schwäche, du weißt, dass Lügen gegenüber ihrer überwältigenden Macht das dümmste Verhalten wäre. Den Meereshorizont zu betrachten, statt auf die Tür einer Kanzlei zu starren, in der Erwartung, dass ein Mandant eintritt; jeden Tag die Sonne auf- und untergehen zu sehen und nie aufzuhören, dieses bescheidene und zugleich grandiose Schauspiel zu bestaunen, nie aufzuhören, dankbar zu sein für sein regelmäßiges Auftreten. Entsprach all dies nicht deinem natürlichen Instinkt, alles aufs Wesentliche zu reduzieren?

In diesen Monaten hatte es jedenfalls von deiner Seite aus kein Zeichen gegeben, das ich nicht eindeutig interpretieren konnte. Nur einmal, als ich das Gleichgewicht verlor und im Boot auf dich drauffiel, war plötzliche Röte auf deinem Gesicht erschienen.

War das das Verzeihen? fragte ich mich ab und zu.

Geduldig die tiefer liegenden Motive des anderen zu ergründen?

Jahre zuvor war zwischen uns das Feuer der Leidenschaft entbrannt. Während es loderte, war uns nicht der Gedanke gekommen, dass auf den Rausch die Zerstörung folgen würde. Dabei weiß doch jedes Kind, dass ein Feuer erlischt, wenn das Holz aus ist, wie es auch weiß, dass, wenn keiner das Feuer beaufsichtigt, ein Funken aus dem Kamin springen, zur Flamme werden und binnen Kurzem das ganze Haus verschlingen kann.

Vielleicht, sagte ich mir, während wir nach Venedig zurückkehrten, ich am Steuer und du nachdenklich am Bug kauernd, besteht das Leben aus vielen Phasen, und die Liebe ist nichts anderes als die Fähigkeit, durch diese verschiedenen Verwandlungen hindurchzugehen, dabei als einzige Rettung den Faden fest in der Hand haltend, wie Theseus in Knossos.

Als du anfingst, am Lido zu arbeiten, heuerte ich wieder bei einer Fährschifffahrtsgesellschaft an. Wir fuhren von Monfalcone nach Piräus, nach Izmir und Aschdod und wieder zurück. Jedes Mal zehn Tage Abwesenheit. In diesem Sommer sahen wir uns praktisch nie. Ab und zu rief ich von einem Hafen aus bei dir zu Hause an; nur selten erwischte ich deine freien Stunden, und meist läutete das Telefon umsonst, oder ich wechselte ein paar förmliche Sätze mit deiner Mutter.

»Soll ich Patrizia etwas ausrichten?«, fragte sie mich regelmäßig, bevor sie auflegte.

»Ja, dass ich angerufen habe«, antwortete ich. »Ich versuche es wieder.«

Ein paar Mal war es mir so vorgekommen, als hätte ich im Hintergrund eine Kinderstimme gehört, aber ich hatte dem keine sonderliche Beachtung geschenkt.

Abends in der Kabine streckte ich mich auf meinem Bett aus, und da ich kein Foto von dir hatte, versuchte ich mir, die Hände hinter dem Kopf verschränkt, dein Gesicht zu vergegenwärtigen, komische oder nachdenkliche Ausdrücke darauf oder solche, die ich nicht deuten konnte. Eilig lief ich über die Brücke, stieg die Leitern hinauf und hinunter, immer in meine Gedanken vertieft.

»Du bewegst ständig die Lippen, du wirkst wie einer, der Selbstgespräche führt«, bemerkte einmal ein Kollege.

»Wirklich?«

Erst da wurde mir klar, dass ich die ganze Zeit mit dir sprach.

Ende September würdest du deine Arbeit am Lido beenden, und ich hatte zehn freie Tage. Als dieses Datum näher rückte, wurde ich von einer gewissen Ungeduld erfasst. In all diesen Monaten hatte ich in mir eine kleine Leere verspürt, die mit der Zeit die Färbung einer sanften Wehmut angenommen hatte.

Ich wollte nichts weiter als dich wiedersehen, aber dieser Wunsch war frei von der Unruhe, die mich Jahre zuvor beherrscht hatte. Um die Wahrheit zu sagen, beschlich mich ab und zu eine leise Angst, der Verdacht, dass ich noch einmal das Ende der Nachtfalter nehmen könnte, die aus der Erfahrung nichts lernen und sich immer wieder die Flügel verbrennen. Du hattest mir wenig oder nichts von Peking erzählt und noch weniger von Hongkong oder Bali. Nach Venedig warst du zurückgekehrt, um dein Studium zu beenden, bestimmt nicht, um mich wiederzusehen.

Mit diesen widersprüchlichen Gefühlen bereitete ich mich auf unser Wiedersehen vor.

Wir hatten uns auf dem Campo dei Frari verabredet. Du wirktest müde. Du erzähltest mir, wie mühsam es gewesen sei, dich an die Rhythmen des Hotels anzupassen, und wie die zur Zeit des Filmfestivals absolut unerträglich geworden seien. Die Stars hatten alle ihre Launen, und die Hotelleitung erwartete, dass sie alle in kürzester Zeit zufriedengestellt wurden. Dann sagtest du mir, dass der Professor, bei dem du mit Auszeichnung promoviert hattest, dich für einen weiteren Studienaufenthalt in Peking vorgeschlagen hatte.

»Für wie lang?«, fragte ich.

»Nur drei Monate.«

»Wirst du fahren?«

»Ich weiß nicht, ich bin sehr unentschlossen.«

Es lag eine Angst in deinem Blick, die ich nie zuvor an dir gesehen hatte. Ich wollte schon sagen: »Was mich betrifft, mach dir keine Sorgen«, aber zum Glück fuhrst du fort: »Der Professor möchte, dass ich seine Assistentin werde.«

»Ja, und?«, ermunterte ich dich und spürte dabei, wie mir etwas aus dem Leib gerissen wurde. »Worauf wartest du? Man muss die Gelegenheit beim Schopf packen.«

»Ja, ich muss an die Zukunft denken, aber ...«

»Aber?«

»Das Leben ist einfach so kompliziert, kaum bewegt man sich, tut man jemandem weh.«

Einen Monat später bist du aufgebrochen, ich habe dich zum Flughafen Marco Polo begleitet. Gerüstet für den Frost in Peking, eine große Tasche über der Schulter, unter der du schief gingst, sah ich dich hinter der Sicherheitskontrolle für die Abflüge verschwinden.

Ich fuhr nach Monfalcone und von dort wieder nach Aschdod.

Diese drei Monate waren eine Zeit der absoluten Spannung, ich wartete, und oft ertappte ich mich bei dem Gedanken, dass ich eigentlich nicht wusste, worauf genau ich wartete.

Im Februar, als ich von einer meiner Fahrten nach Hause kam, hörte ich deine muntere Stimme auf dem Anrufbeantworter.

»Ich bin wieder da!«

Ich rief dich sofort zurück und sagte dir, dass ich eine Woche lang in Venedig sein würde.

In diesen Tagen tobte der Karneval in der Stadt.

»Warum flüchten wir nicht für ein paar Tage ins Gebirge?«, fragtest du, als wir uns wiedersahen.

Am nächsten Tag nahm ich einen Leihwagen, und wir fuhren nach Cortina.

Den Rummel auf den Pisten beiseitelassend, machten wir uns auf den Weg, der von Fiames aus am Boite entlang zum Wasserfall von Fanes führt.

In der Nacht hatte es geschneit, die Landschaft war wie verzaubert; in regelmäßigen Abständen fiel der Schnee mit einem weichen Plumps von den Tannen auf den Boden. Wir wischten den Schnee von einer Bank und setzten uns; der Fluss war teilweise vereist, eine Krähe saß auf einem Stein und fraß irgendwas. Wir lauschten der Stille-Nicht-Stille der Berge; ab und zu drang aus der Ferne Autolärm zu uns.

Du sprachst als Erste. »Ich muss dir etwas sagen ...«

Mein Herz beschleunigte seinen Rhythmus in beängstigender Weise.

»Ich dir auch.«

»Wer fängt an?«

»Fang du an.«

An deinem Blick erkannte ich, dass du nach Worten suchtest. Dann sagtest du leise und mit distanzierter Ruhe: »Ich bin nicht mehr allein.«

Der ganze Frost von draußen drang mir in die Kehle und ließ ein in Eis gemeißeltes »Gut!« herauskommen. Ich überlegte schon, was ich Schreckliches anstellen konnte, die Bank, auf der du saßt, aus dem Boden reißen, mich in das reißende eisige Wasser stürzen, als du mit einem großen Seufzer hinzufügtest: »Ich habe eine Tochter.«

Auf alles war ich gefasst gewesen, nur darauf nicht. Undurchdringliches Schweigen senkte sich zwischen uns herab, und im Geiste ließ ich ein Dutzend verschiedene Szenarios ablaufen.

»Du sagst nichts?«, fragtest du und berührtest mit deinen Handschuhen die meinen.

»Was soll ich sagen?«

»Willst du nichts wissen?«

»Nein. Oder doch. War das eine wichtige Geschichte?«

»Nein.«

»Ist sie zu Ende?«

»Vermutlich hat sie nie richtig angefangen.«

Wir blieben ziemlich lang sitzen und starrten vor uns ins Leere; als meine Finger anfingen, vor Frost taub zu werden, wandte ich mich zu dir um. »Das macht nichts. Ob mit oder ohne Kind, ich liebe dich trotzdem.«

In der nächsten Woche bist du mit Amy zu unserem Treffen gekommen. Ein quirliger kleiner Kobold.

»Sag guten Tag zu Onkel Andrea.«

»Onkel Drea«, wiederholte sie und zeigte mit einem unwiderstehlichen Lächeln ihre Milchzähne.

21

Ein besonderer Ort

Ich habe beschlossen, Weihnachten allein zu verbrin-
gen, und habe es nicht bereut. Es war ein herrlich son-
niger Tag, niemand war unterwegs; ich habe mir ein
Panino gemacht, Wasser und Fernglas eingepackt und
bin mit dem Rucksack auf den Schultern bis zu unserem
Felsen gelaufen; anfänglich war die Luft frisch, aber im
Lauf der Stunden hat sie sich erwärmt, sodass ich die
Jacke ausziehen musste.

Hat jedes Liebespaar seinen eigenen Ort?

Ich weiß es nicht. Ich weiß nur, dass wir von der ersten Zeit an einen solchen hatten. Solange wir am Lido
lebten, war unser Ort die Lagune; wir hatten ein Glasfaserboot gekauft, und wenn wir frei hatten oder das
Bedürfnis danach verspürten, fuhren wir damit durch
die Salzmarschen.

Eben auf einem dieser Ausflüge hast du mir die chinesische Theorie des Feng-Shui erklärt. Auch die Orte,
sagtest du, haben Einfluss darauf, was wir sind, es gibt
positive und negative Orte; zur Bestätigung dieser Theorie führtest du ein Restaurant auf dem Festland an, das

trotz wechselnden Pächters immer wieder bankrott machte; es war an einer spitzen Kurve gebaut, und das ist laut Feng-Shui absolut schädlich. So etwas wäre mir nie in den Sinn gekommen, wie es mir auch nie in den Sinn gekommen wäre, einen besonderen Ort auszusuchen, an dem man zusammen sein kann. Ich bat dich um eine Begründung dafür.

»Ein besonderer Ort, weil wir beide da allein sind. Alles um uns herum, die Sorgen, die Gedanken, lassen wir hinter uns. Endlich sind wir frei, uns all das zu sagen, was wir wollen.«

Wir waren kaum auf die Insel gezogen, da gingst du auf die Suche nach diesem besonderen Ort. Du hast ihn zwei Stunden Fußweg vom Haus entfernt gefunden. Es war ein Felsvorsprung senkrecht über dem Meer; vor langer, langer Zeit hatten hier Eremitenmönche gelebt, die unterschiedliche Farbe der Felsen zeugte von der Aktivität zweier Vulkane, die zu verschiedenen Zeiten ausgebrochen sind; es gab rote und dunkle Felsen und Kriechpflanzen, in denen eine Kolonie Möwen nistete.

Außerhalb der Saison, wenn nicht der dumpfe Lärm der Touristenboote heraufdrang, war die menschliche Stille vollkommen, man hörte nur die mehr oder weniger heftige Brandung, die Schreie der segelnden Möwen, das Sausen der Windböen, die unsere Worte davontrugen.

Wir nahmen immer auch zwei Ferngläser mit, denn von dort oben konnte man Wale beobachten. Das geschah nicht oft, aber es kam vor, und in diesen seltenen Fällen saßen wir gebannt und begeistert da.

»Da ist er!«, sagtest du leise, als ob es ein Eichhörn-chen wäre, das beim Klang deiner Stimme erschrecken könnte.

»Meinst du, er flieht, wenn er dich hört?«, fragte ich dich einmal, um dich zu necken.

»Begreifst du nicht? Es ist, wie an der Schwelle eines Tempels zu stehen.«

Wir verharrten so, die Ferngläser auf diese enorme graue Masse gerichtet, die unweit der Küste schwamm; es schien uns, als hörten wir den Luftstrom seines Atem-lochs und als wäre dieser Luftstrom auch unser Atem und der Atem der Welt. Als er dann plötzlich in den Tiefen des Meeres verschwand, seine riesige Schwanz-flosse bis zuletzt sichtbar lassend, hielten wir die Luft an.

»Wohin schwimmt er?«

»In die Tiefen.«

Als ich bei unserem Felsen angekommen war, setzte ich mich zwischen die Steine, die Rosmarinsträucher und die Möwennester des vergangenen Jahres und erforschte den Horizont; es regte sich kein Lufthauch, auch das Meer war ungewöhnlich glatt; nach einer Wei-le sah ich eine Gruppe Delfine, es war etwa ein Dutzend, ihre glänzenden Rücken tauchten rhythmisch aus dem Wasser auf. Ich war allein, aber ein paar Augenblicke lang hatte ich den Eindruck, du säßest neben mir mit deiner Kapuzenjacke.

An jenem Tag hatte der Maestrale geweht, der Wind riss uns die Wortfetzen vom Mund; trotz des unfreundlichen Wetters hattest du darauf bestanden, zu unserem Felsen zu gehen. Ich wäre lieber zu Hause geblieben, im Warmen. Wir saßen seit ein paar Minuten dort, als du etwas sagtest, ich sah es an deinen Lippenbewegungen, die Worte aber waren schon nach Korsika geflogen.

»Was hast du gesagt?«, fragte ich dich mit dem Mund an deinem Ohr.

»Ob du mir noch einmal diese Frage stellen würdest«, schriest du, um dich verständlich zu machen.

»Welche?«

»Die von damals, als du dich als Totengräber verkleidet hattest.«

Einen Moment lang war ich verwirrt. Als Totengräber? Wann sollte das gewesen sein? Dann tauchte aus der Erinnerung das Bild von mir auf, vor dem Gartentor deines Hauses stehend, in der Hand das Schächtelchen mit dem Ring.

Wie viele Jahre waren seither vergangen?

Bestimmt dreißig.

Ich drehte mich um und sah dich an. Du betrachtetest den Horizont, deine Locken, die unter der Kapuze hervorschauten, wehten im Wind; vor uns lag die blaue Silhouette Korsikas.

Ich umfasste deine Hand. »Bist du dir sicher?«

»Ganz sicher.«

»Ich habe keinen Ring bei mir.«

Lächelnd stecktest du eine Hand in die Tasche und holtest das Schächtelchen hervor, das ich vor deinem Haus auf den Boden geworfen hatte.

»Du hast ihn aufgehoben?«

»Hast du gedacht, ich werfe ihn in den Müll?«

Das begleitende Billett hatte ich noch am selben Abend zerrissen, aber ich hatte mich nie gefragt, was aus dem Ring geworden war.

»Nun?«, drängtest du.

Ich atmete tief durch, um mich von dem Druck zu befreien, der mir auf dem Zwerchfell lastete. Seit wann war er da? Bruchstücke unseres gemeinsamen Lebens tauchten in rascher und wirrer Folge in meiner Erinnerung auf.

»Edith, willst du mich heiraten?«

»Ja.«

Auf dem Wind segelnd, streiften zwei Möwen unsere Köpfe.

»Bist du sicher, dass du einen langweiligen Alten heiraten und bei ihm bleiben willst, bis dass der Tod euch scheidet?«

»Ja, ja, ja«, hast du geantwortet.

Und dann küssten wir uns, uns von Kapuzen, Reißverschlüssen, Schals und Handschuhen befreiend, mit dem Überschwang der ersten Male.

Als ich am frühen Nachmittag zurück nach Hause kam, war es etwas kühl im Haus, und ich stellte fest, dass das Öl aus war. Es war Samstag und obendrein erster

Weihnachtsfeiertag, vor Montag oder Dienstag würde niemand kommen können. »Das ist das Aparte an Heizkesseln, sie heiligen die Feste«, hattest du einmal bei ähnlicher Gelegenheit gesagt; deiner Ansicht nach war es unausweichlich und schicksalhaft so, dass man an Wochenenden im Kalten saß, dass Waschmaschinen Socken verschlangen und Spülmaschinen Löffel verschluckten; ein Schaden an einem Wochentag war allenfalls die Ausnahme, welche die Regel bestätigte.

Ich ging in den Schuppen im Garten, um etwas Holz zu holen, in einem Korb fanden sich lange zuvor vorsorglich gesammelte Pinienzapfen. Auf einem der oberen Regale lag noch die Schaukel, eingepackt. Ich sollte sie wegwerfen, sagte ich mir und räumte sie mit einigen zerbrochenen Blumentöpfen in eine Ecke.

Nachdem ich das Feuer angefacht hatte, nickte ich auf dem Sofa ein, warm gehalten von einer Decke. Sind die Träume, die man tagsüber träumt, anders als die, die unsere Nächte bevölkern?

Ich bin an einem dunklen Ort, ich bewege mich nur mühsam. Wo bin ich? frage ich mich im Traum. Im Weltraum kann es nicht sein, denn ich sehe keine Sterne ringsum. Plötzlich entdecke ich auf einer Seite einen schwachen Lichtschein, ich verstehe nicht, was das ist, Angst packt mich, dann verstehe ich, es ist das Maul eines Pottwals. Habe ich Flossen? Schuppen? Bin ich ein Fisch? frage ich mich und suche nach einem Fluchtweg, als ich plötzlich aus der Tiefe einen riesigen Fangarm auftauchen sehe, dann noch einen und noch einen, der

Pottwal und ein riesiger Tintenfisch beginnen einen Kampf; ich sehe, wie der Krake sich mit aller Wucht auf den Kopf des Walfischs stürzt, ihn umschlingt, ihm Kiefer und Augen zudrückt. Bald werden hier Hektoliter Blut fließen, sage ich mir, ich werde den Geschmack davon im Mund spüren, aber ich werde es nicht sehen, denn hier unten herrscht Dunkelheit.

Zum Glück hat in dem Moment das Telefon geläutet, und ich bin aufgewacht.

Wie sehr dich die Geschichte der Kämpfe unter Giganten in den Meerestiefen faszinierte! Du glaubtest, das seien Mythen, und als ich dir sagte, dass es tatsächlich fünfzehn Meter lange Tintenfische gibt, die verborgen in der tiefsten Dunkelheit leben, machtest du vor Staunen große Augen.

»Dort unten wird also gekämpft?«, fragtest du ängstlich.

»Sicher.«

»Wie willst du das wissen?«

»Die Mägen der Wale sind voller Tintenfischknochen, sie können die harten Teile nicht verdauen.«

»Gewinnt immer der Wal?«

»Tintenfische sind seine Nahrung, aber wir wissen das nicht. Kann sein, dass einige Wale, von Tintenfischen besiegt, in der Tiefe versinken.«

Dieses Gespräch hatten wir schon früher einmal geführt, in der Lagune.

»Ich liebe flache Gewässer«, sagtest du damals, dann

setztest du ernster hinzu: »Versprich mir, dass du Amy niemals davon erzählst.«

»Niemals, versprochen!«, sagte ich und ließ den Motor unseres Bootes an.

Im Herbst des Jahres, in dem ich Amy kennenlernte, sind wir zusammengezogen, ich habe meine Junggesellenwohnung in Dorsoduro aufgegeben und wir zogen an den Lido.

Du hast die Wohnung ausgesucht.

»Es ist etwas weniger klaustrophobisch. Man kann ganz normal auf der Straße gehen.«

Amy würde in den Kindergarten gehen, und du würdest weiterhin Assistentin deines Professors an der Ca' Foscari sein, wenn auch ohne Dotierung. Ich würde weiterhin durchs Mittelmeer schippern.

»Tut es dir nicht leid, dass ich immer weg bin?«, fragte ich dich einmal, als ich im Aufbruch war.

»Aber nein, so kann ich leben wie die Hunde, die fröhlich auf die Heimkehr ihres Herrchens warten. Und wer weiß schon, ob ich dich ertragen würde, wenn du jeden Tag da wärst?«

Unsere Einweihungsparty fiel zusammen mit Amys drittem Geburtstag Ende September. Du hast die Wohnung mit selbst gemachten großen bunten Girlanden geschmückt, und deine Mutter hat eine Geburtstagstorte mitgebracht, verziert mit einem Zuckerhäschen, der Aufschrift *Herzlichen Glückwunsch* und drei rosa Kerzchen.

Amy hing sehr an ihrer Großmutter, da sie die ersten zwei Jahre hauptsächlich in ihrer Gesellschaft zugebracht hatte. Auch deine Mutter schien wie neugeboren durch diesen Kobold, der durchs Haus geisterte; die dunkle Zeit ihrer Witwenschaft, vergiftet von dem Verdacht, betrogen worden zu sein, war verflogen dank einer Begegnung zwei Jahre zuvor im Zug von Mestre nach Padua. Sie fuhr eine Freundin besuchen und fand sich einem Herrn gegenüber, der sie unverwandt ansah.

»Sind Sie nicht Ines, die Frau von Giacomo?«, fragte er, sobald der Zug sich in Bewegung setzte. Da merkte deine Mutter, dass dieses Gesicht ihr nicht unbekannt war. Der Name fiel ihr nicht ein, aber sie erinnerte sich, dass er ein Freund ihres Mannes gewesen war.

»Ich bin Eros, erinnern Sie sich? Ich habe mit Ihrem Mann im Chor der Alpini gesungen.« Sie gaben sich die Hand. »Ich muss mich vielleicht für etwas bei Ihnen entschuldigen«, fuhr er fort. »Am Tag des Unfalls hatte ich Giacomo den Mantel meiner Frau mitgegeben. Ich wusste, dass seine Schwiegermutter eine ausgezeichnete Schneiderin war, und ich wollte, dass sie ihn etwas weiter machte, denn nach der Schwangerschaft bekam meine Frau ihn kaum noch zu.«

Der plötzliche und gewaltsame Tod des Freundes, erklärte er ihr, hatte die Erinnerung an dieses Detail ausgelöscht, und als es ihm später wieder eingefallen war, hatte er nicht den Mut aufgebracht, an der Haustür zu läuten und den Mantel zurückzuverlangen. Angesichts

einer solchen Tragödie, wie sollte er da so pietätlos handeln?

Deine Mutter hellte sich auf.

»Wenn Sie wollen, ich habe ihn immer noch!«

Der Freund brach in Gelächter aus: »Ich fürchte, wir
brauchen ihn nicht mehr. Jetzt würde meine Frau zwei
davon brauchen. Schenken Sie ihn jemandem, der Ver-
wendung dafür hat.«

Schon am nächsten Tag ging deine Mutter zur Sam-
melstelle der Caritas und entledigte sich des Mantels. In
diesem Raum mit den gelben Wänden ließ sie zusammen mit dem Mantel auch die übrigen Gespenster zurück.

Auf dem Heimweg, erzählte sie, habe sie sich an die
spiritistischen Sitzungen von einst erinnert. Wieso hatte
keiner der Geister, die abwechselnd zu ihr sprachen, ihr
die Wahrheit gesagt? Vielleicht, weil sie zu banal war!
Wie hätte der Geist mit der rauen Stimme des Mediums
sagen können, dass der Mantel geändert werden sollte?
Alle wären in Gelächter ausgebrochen.

»Jedenfalls, seit dieses Kleidungsstück nicht mehr im
Haus ist, fühle ich mich wieder voller Energie. Der Mantel war wie ein Schwamm, der alle negativen Einflüsse
aufsaugte und verströmte.«

»Die negative Energie war in dir«, bemerktest du.

»Ich glaube, die haben wir alle, wenn wir uns in der
Liebe betrogen fühlen«, war ihre Antwort.

Als diese wunde Stelle der Erinnerung geflickt war,
stellte sich auch in eurer Beziehung ein neues Gleich-

gewicht ein; Oma Ines war unverzichtbar für Amys
Heranwachsen, und du vertrautest ihren Entscheidun-
gen, denn trotz deines Aufbegehrens warst du durch
und durch Tochter; nach dem Tod deines Vaters hattest du vorzeitig erwachsen werden müssen. Nachdem
die Wahrheit endlich ans Licht gekommen war – er
war kein Verräter, er hatte kein Doppelleben geführt –,
gönntest du dir den Luxus, in gewisser Weise wieder
Kind zu werden.

Außer ihrem Dasein als Oma begann deine Mutter
sich im Bezirksrat gegen die Umweltverschmutzung in
Marghera zu engagieren, und an einem Nachmittag in
der Woche gab sie Kindern, die sich das nicht leisten
konnten, Nachhilfestunden in Mathematik.

An jenem Tag brachte sie zu Amys Geburtstag einen
großen Zeichenblock und eine Schachtel Buntstifte mit;
die Kleine machte sich sofort daran, Blätter mit Kritze-
leien zu bedecken. Dabei redete sie mit lauter Stimme,
sie erklärte sich selbst, was sie da machte.

Unsere Jahre am Lido waren geprägt von unbeschwer-
ter und banaler Alltäglichkeit. Amy verlor ihren ersten
Zahn und legte ihn unters Kopfkissen, dafür brachte
ihr am nächsten Tag Topolino ein Geschenk. Mit fünf
bekam sie die Windpocken, mit sechs kam sie in die
Grundschule. Mit sieben fing sie an mit Eiskunstlauf.

Du begannst unterdessen deine Universitätskarriere.
Der rücksichtslose Ehrgeiz der Aufsteiger war deine
Sache nicht, aber dein Eifer im Studium brachte dich

trotzdem voran. Die akademische Welt im Allgemeinen war feindselig und voller Fallen, deshalb bewegtest du dich eher vorsichtig.

Ich machte unterdessen meine Touren, und es waren eben diese Abwesenheiten, die mir das Nachhausekommen versüßten. Statt die Tür zu meiner dunklen, staubigen Einzimmerwohnung mit den sich in der Spüle stapelnden Gläsern zu öffnen, lief mir beim Eintreten ins Haus ein Mädchen entgegen, das mir mit dem Schrei »Onkel!« um den Hals fiel, als ob sich jedes Mal ein unerwartetes Wunder ereignete.

Nachdem wir an den Lido gezogen waren, haben wir lang darüber geredet, ob es richtig sei oder nicht, dass sie mich so rief, alle Welt sah in uns ja ein verliebtes Paar mit einer Tochter. In der Tat dachten alle, ich sei der Vater.

»Wäre es nicht einfacher, wenn sie mich Papa rufen würde?«

»Nein, weil du es nicht bist. Man darf Kinder nie belügen. Lügen sind wie ein Bumerang«, war deine Antwort. »Du wirfst sie und vergisst sie, und wenn du am wenigsten damit rechnest, kommen sie zurück und treffen dich hinterrücks.«

Das Bewusstsein, in Wirklichkeit nicht ihr Vater zu sein, hatte ich in einen geheimen Winkel meiner Gedanken verbannt, es kam nur selten und momentweise hervor, etwa, wenn ich einen Gesichtszug bemerkte, der nicht von dir stammte, oder eine Bewegung, einen Ausdruck, die keinem von uns beiden eigen waren.

Mit dem Eintritt in die Grundschule mussten wir uns dem heiklen Problem des Vatertags stellen. Amy kam schmollend nach Haus, ein weißes Blatt in der Hand, auf das sie *Mein Vater* geschrieben hatte. Als Hausaufgabe sollte sie ihn zeichnen und ein Motto darunterschreiben.

»Ich weiß nicht, was ich zeichnen soll!«, schrie sie und stemmte die Ellbogen auf den Tisch.

»Mal doch Onkel Andrea«, hast du sie ermuntert.

»Aber er ist mein Onkel!«

»Ja, aber er ist ein besonderer Onkel.«

»Wieso besonders?«

»Er ist ein Onkel-Papi. Es gibt nur ganz wenige auf der Welt wie ihn. Du solltest froh sein, dass du einen Onkel-Papi hast und nicht bloß einen Papa wie alle anderen.«

Durch diese Auskunft ermuntert, malte Amy eine Art Schiff mit rauchendem Schornstein; das Schiff wurde überragt von einer riesigen Figur mit etwas Rundem in der Hand. Darunter schrieb sie: *Onkel-Papi rettet die Ertrinkenden.*

Von dem Tag an war Onkel-Papi mein Rufname.

»Onkel-Papi«, schrie Amy, wenn ich sie vom Schlittschuhlaufen abholte.

»Guck mal, Onkel-Papi«, krähte sie, wenn sie am Strand eine besondere Muschel fand.

In der Freizeit fuhren wir mit dem Glasfaserboot durch die Lagune. Ich hatte sie gelehrt, die verschiedenen Seevögel und die Reiher zu unterscheiden. Wenn sie einen sah, sagte sie laut seinen Namen und blickte dann in Erwartung meiner Bestätigung zu mir.

Als sie groß genug war, kaufte ich ihr eine Angel aus Kork, es war eine einfache Schnur mit einem Haken am Ende. Ich hielt das Boot an einer Stelle an, die mir geeignet schien, warf den Anker aus, und wir blieben still sitzen, in Erwartung, dass ein Fisch anbiss. Amys Augen funkelten, und ihr ganzer Körper verriet beherrschte Anspannung. Aber als wir schließlich eine Brasse herausholten, die wie verrückt zappelte, änderte sich alles. Amy sah den Haken im blutigen Maul und die verzweifelten Augen, und wich erschrocken vor dem zuckenden Leib zurück.

»Oh nein«, rief sie. »Was machen wir damit?«

Überrascht von dieser Reaktion, sagte ich das Erstbeste und Dümmste, was mir in den Sinn kam: »Wir nehmen ihn mit nach Hause und essen ihn.«

Amy brach in Schluchzen aus.

»Nein. Du bringst ihn um. Du willst ihn umbringen.«

»Ich habe doch nur Spaß gemacht«, sagte ich, dann holte ich unter Aufbietung meiner ganzen Geschicklichkeit den Haken aus dem Maul, ohne es zu verletzen, und warf den Fisch zurück ins Wasser.

Als sie ihn inmitten der Algen verschwinden sah, beruhigte Amy sich etwas. Aber sie sagte kein Wort mehr, bis wir zu Hause waren, und dort warf sie sich in deine Arme.

Du bliebst bei ihr, bis sie eingeschlafen war, dann kamst du zu mir in die Küche.

»Bist du verrückt geworden?«, griffst du mich an. »Wie konntest du ihr eine solche Erfahrung zumuten?«

Ungeschickt versuchte ich, mich zu verteidigen. »Im Allgemeinen gefällt Kindern das Angeln.«

»Vielleicht euch dummen Jungs.«

In den folgenden Tagen war ein neuer Ausdruck in Amys Blick. Sie sprach wenig und sah mir nicht in die Augen.

Ich brach auf zu meiner Tour, diesen beunruhigenden Blick in meinem Herzen. Bei meiner Rückkehr kam sie jedoch zu mir und kauerte sich neben mich auf das Sofa.

»Wir haben ihm zu essen gegeben, aber nicht, weil wir ihn lieb haben ...«, murmelte sie. »Wir haben ihn betrogen, um ihn zu töten.«

»Schatz«, antwortete ich und strich ihr über die Haare, »du hast mit deinen eigenen Augen gesehen, dass er ins Wasser zurückgekehrt ist. Jetzt ist er bei Mama und Papa und seinen Geschwistern.«

»Bist du sicher? Woher weißt du das?«

»Bin ich ein Kapitän oder nicht? Weißt du, wie viele Fische ich heil und wohlbehalten nach Hause habe zurückkehren sehen?«

»Auch Schildkröten?«

»Sicher!«

»Und die Jungen von Delfinen?«

»Natürlich!«

»Und Seepferdchen?«

»Zu Hunderten, auch Tausende von Seesternen.«

Beruhigt durch diese Aufzählung lehnte Amy sich an mich und schlief ein.

An diesem Tag auf diesem Sofa sind mir zwei Dinge klar geworden: dass Amy unzweifelhaft deine Tochter ist und dass ihre unschuldige Kinderwelt an jenem Morgen im Boot endgültig zerbrochen war.

22

Die Tochter des Kapitäns

Haben wir gestritten in diesen Jahren?

Sicher haben wir gestritten, auch heftig, wie alle Paare, die etwas auf sich halten. Ich bin vom Charakter her genau und ordentlich, du warst das Gegenteil.

Natürlich waren nicht Ordnung oder Unordnung an sich Auslöser für diese Explosionen, sondern alles, was sich in den vorangegangenen Tagen hinter unserem Rücken angesammelt hatte; Probleme bei der Arbeit, die alltäglichen kleinen Missgeschicke, die meteorologischen Bedingungen – unter der Glocke des Scirocco stritten wir stets mehr –, die Bewegungen des Mondes, die deinen Zyklus beherrschten. Dinge, die nicht an ihrem Platz waren, waren bloß das Streichholz, das gezündet wurde, wenn der Heuhaufen hoch genug war.

Die größten Streite brachen aus, wenn ich beim Kofferpacken bemerkte, dass die Uniformhemden zwar gewaschen und gebügelt, aber doch noch voller Flecken waren.

»Wie kann es sein, dass du das nicht bemerkt hast?«, schrie ich und hielt dir das Kleidungsstück vor die Nase.

»Du hast es in die Waschmaschine gesteckt, ohne zu kontrollieren, ob ein Fleckenentferner notwendig ist! Wenn man mich so herumlaufen sieht, glaubt keiner, dass ich zu Hause eine Frau habe, die auf mich wartet.«

»In der Tat bin ich nicht deine Frau ...«, hast du mir dann geantwortet, »und da du Augen und Hände hast, könntest du lernen, die Flecken selbst von deinen Sachen zu entfernen.«

Das waren jedoch immer nur Strohfeuer. Nach der Explosion setzten in der Regel fast sofort die Versöhnungsversuche ein. Andere Gründe für Streit hatten wir nicht, es gab keine Schatten oder Ambivalenzen zwischen uns, keiner lastete es dem anderen an, wenn etwas schiefging, und das bewahrte uns davor, in die vergiftete Kunst der Vorwürfe abzugleiten.

Als Kind beobachtete Amy Streit zwischen uns mit offenem Mund und herabhängenden Armen; sie merkte, dass in diesen Ausbrüchen nichts Ernstes steckte, nichts Bedrohliches.

Als sie jedoch eines Tages unseren Wortwechsel unterbrach, indem sie schrie: »Basta! Ihr seid lächerlich!«, begriffen wir, dass sie uns nicht mehr mit den liebevollen Augen des Kindes, sondern mit den unerbittlich kritischen der Heranwachsenden betrachtete. Wir waren nicht länger die unfehlbaren Grundpfeiler ihres Lebens, sondern zwei unbeholfene Komparsen, die ihre Rollen nicht mehr beherrschten.

Zum Glück war Amy ordentlich. »Das hat sie von dir«, sagtest du, und mir war nicht klar, ob das positiv oder negativ gemeint war. Was sollte das heißen, das hat sie von mir? Hieß das vielleicht, dass die Gene am Ende doch nicht so wichtig sind, wie wir glauben?

An einem verregneten Nachmittag, als Amy noch klein war, sahen wir uns auf Video *101 Dalmatiner* an. Angesichts der Parade der Hunde, die ihren Herrchen ähneln, ertappte ich mich bei genau diesem Gedanken. Ein von Liebe geprägtes Zusammenleben führt dazu, dass man sich ähnlich sieht, genau wie aufgrund der Gene, und vielleicht mehr.

Auf den Fahrten allein in meiner Kabine fragte ich mich häufig, ob ich gut daran tat, nichts über Amys Ursprung wissen zu wollen. Dieses gesichtslose schwarze Loch, aus dem nur ein großes Schweigen aufstieg, konnte sich mit der Zeit in ein Ungeheuer verwandeln. Und wenn dieses Gespenst in meinem Kopf in der Realität Gestalt annahm? Wenn eines Tages jemand an unserer Tür läuten und sagen würde: »Ich bin Amys Vater«, wie würde sie reagieren? Mit Gleichgültigkeit? Oder würde sie dem Unbekannten um den Hals fallen und damit diesen Schwindler Onkel-Papi im Nu links liegen lassen?

Nach der Landung ging ich sie manchmal unangekündigt vom Schlittschuhtraining abholen. Ich kam vor dem Ende, setzte mich etwas abseits und sah ihr zu: rote Wangen, wippende Zöpfe auf den Schultern. Sobald sie mich bemerkte, ging ihr zuvor konzentriertes und beseeltes Gesicht in einem strahlenden Lächeln auf. Beim Verlassen der Umkleideräume rief sie: »Onkel-Papi!«, und schmiegte sich glücklich und erhitzt an mich.

In solchen Augenblicken zerstoben die Gespenster, die meinen Kopf bevölkerten, wie wenn in einen Raum die Sonne dringt.

Amy war meine Tochter!

Und ich war ihr allerliebster Onkel-Papi.

Diese Jahre waren von keinen außergewöhnlichen Ereignissen gekennzeichnet. Mit knapp dreißig wurdest du Assistenzprofessorin, einen Monat im Jahr verbrachtest du in China und ließest uns allein, die wir unterdessen unsere Wohnung in einen Tempel der Ordnung und der Perfektion verwandelten.

Zwei Jahre, nachdem er Witwer geworden war, holte mein Vater seine Sekretärin Nives zu sich nach Cormòns. Es erleichterte mich zu wissen, dass er Gesellschaft hatte, doch ich konnte mir nur mit einer gewissen Irritation ausmalen, dass sie Hand an den Garten meiner Mutter legen könnte.

Zu Amys zwölftem Geburtstag, während du in China warst, beschloss ich, sie nicht wie immer bei deiner Mutter zu lassen, sondern sie als Geschenk auf meine übliche Reise mitzunehmen. Die Erlaubnis von der Großmutter zu bekommen war nicht schwer, sie begrüßte es, dass wir Zeit miteinander verbrachten. In den Tagen vor der Abreise war Amy sehr aufgeregt, und ich fürchtete, sie könne enttäuscht sein von der Tatsache, dass die Arbeit von Onkel-Papi nicht so heroisch war, wie sie glaubte.

Zum Glück ist es so nicht gekommen. Amy war be-

geistert von der Reise, und mit ihrer Neugier und ihrer Anmut hat sie die gesamte Mannschaft im Sturm
erobert. Alle nannten sie »die Tochter des Kapitäns«,
und darauf war sie mächtig stolz. Das folgende halbe
Schuljahr lang waren ihre Aufsätze und die Gespräche
mit ihren Freundinnen angefüllt mit Erzählungen von
dieser Schifffahrt.

Als Amy dreizehn war, hat deine Mutter uns kurz vor
Weihnachten auf völlig unerwartete Weise verlassen.
Es war ihr letztes Unterrichtsjahr als Lehrerin, und
wenn sie uns besuchen kam, erzählte sie von all den
Dingen, die sie unternehmen wollte, sobald sie frei war.
Sie sagte es genauso, »frei«, nicht »in Pension«, als ob
das Leben in der Schule nichts anderes als eine lange
Gefangenschaft gewesen wäre. In Wirklichkeit war das
nicht so, sie hatte den Lehrberuf gewählt und liebte ihn,
aber offenbar hatte es sie belastet, einer so gleichförmi-
gen täglichen Routine unterworfen zu sein. Sie kam aus
einer Bauernfamilie aus dem Hügelland von Bassano
del Grappa, ihre Mutter hatte nur zwei Jahre lang die
Volksschule besucht, ihr Vater fünf. Zur Universität zu
gehen und ihr Examen zu machen war eine Eroberung
für sie gewesen, aber dieses Ziel hatte ihr etliche Opfer abverlangt, der Krieg war noch nicht lang aus, Geld
gab es wenig, und um das Studienstipendium nicht zu
verlieren, musste sie in den Prüfungen gute Noten haben; von Zerstreuungen konnte gar keine Rede sein. Sie
hatte jung geheiratet und war gleich Mutter geworden,

relativ bald war sie verwitwet. Ihr Leben war also stets in festen Bahnen verlaufen.

Endlich aus dem Arbeitsleben ausgeschieden, die Tochter mittlerweile groß und gut etabliert, hätte sie, wenn die Gesundheit mitmachte, nichts weiter zu tun gehabt, als sich dem Vergnügen hinzugeben. Einmal hatte sie uns den Prospekt von Interrail mitgebracht, dem europäischen Programm, mit dem man ganz Europa günstig per Zug bereisen konnte, und hatte uns mit leuchtenden Augen erklärt, welche Route sie im nächsten Sommer zusammen mit einer ehemaligen Kollegin nehmen wollte. Im Jahr darauf würde sie sich im Winter mindestens einen Monat lang auf den Kanarischen Inseln die Knochen wärmen.

Manche Menschen werden nach der Pensionierung krank oder sterben sogar, weil sie keinen Grund mehr zum Weiterleben finden. Das war bei deiner Mutter nicht der Fall. Nachdem sie das Trauma der Witwenschaft überwunden hatte und aus dem giftigen Sumpf des Grolls, in den sie der Mantel mit dem Kaninchenfellkragen gestürzt hatte, wieder aufgetaucht war, hatte sie ihre wahre Natur einer das Leben leidenschaftlich bejahenden Person hervorgekehrt. Dieselbe leidenschaftliche Lebensbejahung, die sich in dir wiederholte und potenzierte.

Es war Dezember, ein gigantisches Einkaufszentrum hatte am Stadtrand von Mestre seine Pforten geöffnet. Deine Mutter hatte sich den Tag nach Santa Lucia ausgesucht, um dorthin zu gehen, sie war überzeugt, dass,

wenn die Geschenke, die die Heilige traditionell brachte, eingekauft waren, vierundzwanzig Stunden lang
Ruhe sein würde, bevor der eigentliche Weihnachts-
rummel einsetzte.

Schon ein paar Tage lang hatte sie anhaltende Kopf-
schmerzen gehabt; das musste die Halswirbelsäule
sein, ihr ständiger Schwachpunkt, hatte sie uns am Telefon gesagt, und sei es wegen dieser Beeinträchtigung,
sei es, weil es in diesen Tagen extrem neblig war, hatte
sie, statt mit dem Auto ins Einkaufszentrum zu fahren,
den Bus genommen, der vom Bahnhof Mestre aus ging.
Sie hatte den ganzen Nachmittag in den Geschäften des
Einkaufszentrums zugebracht und war am Schluss voll-
beladen mit Paketen wieder in den Bus gestiegen.

In Mestre angekommen, waren alle Passagiere ausgestiegen. Der Fahrer hatte im Rückspiegel gesehen,
dass deine Mutter reglos auf ihrem Platz saß. Er musste
das Fahrzeug ins Depot bringen, bevor er wieder los-
fuhr, und stand auf, um sie wecken zu gehen. »Signora,
wir sind da!« Das muss er schon im Gang gesagt haben,
doch als er sie an der Schulter berührte, bemerkte er,
dass das etwas Schlimmeres war als ein Nickerchen.
Der Rettungswagen kam sehr schnell, es war sofort
klar, dass die Situation ernst war, sie taten alles, was
in ihren Kräften stand, aber sie war schon gestorben,
bevor sie das Krankenhaus erreichten.

Wir hatten uns gerade zum Abendessen an den Tisch
gesetzt, als das Telefon klingelte. Ich ging ran, eine neutrale Stimme verlangte nach dir, ich gab dir den Hörer

weiter, mit glasigem Blick wiederholtest du drei oder vier Mal »Ja ... verstehe«, dann kamst du an den Tisch zurück, aschfahl im Gesicht.

»Meine Mutter ist tot.«

Voller Angst sah Amy dich an. »Das ist ein Scherz, oder? Das ist ein Scherz?«

Dein Gesicht war tränenüberströmt. »Nein, das ist kein Scherz.«

Da stand Amy auf und fegte das ganze Geschirr des Abendessens mit einer Handbewegung zu Boden, dann schloss sie sich türenknallend in ihrem Zimmer ein.

Vier Tage später fand die Beerdigung statt, die Kirche war voll mit Kollegen deiner Mutter, Schülern, Freunden vom Bezirksausschuss. Die ganze Zeit über hielt ich die Hand auf deiner Schulter, mit der anderen versuchte ich vergeblich, Amy an mich zu ziehen, aber sie blieb starr wie ein Eisblock.

Es hatte sich um eine plötzliche Gehirnblutung gehandelt. Blutungen dieser Art, erklärte uns der Arzt, sind gewöhnlich durch einen angeborenen Schaden verursacht, der lang unbemerkt bleiben kann.

Am 22. Dezember stellte uns das Busunternehmen die Pakete zu, die in dem Fahrzeug verblieben waren. Am 24. waren wir alle rings um den Weihnachtsbaum versammelt, die Geschenke deiner Mutter lagen unter dem Baum.

Das größte und schwerste war, das wussten wir schon, für Amy, deine Mutter hatte uns schon vorher gesagt, dass sie ihr neue Schlittschuhe schenken wür-

de. In den anderen Paketen waren Tiegel mit Gesichts-
cremes für dich – »du wirst älter, du musst anfangen,
dich zu pflegen« – und eine Flasche Whisky für mich.

Das vierte Paket, groß und leicht, enthielt einen Reise-
rucksack mit großem Fassungsvermögen. »Das ist ein
Geschenk, das sie sich selbst machen wollte«, hast du
gesagt und ihn innig an dich gedrückt.

Trotz unserer Ermunterung weigerte Amy sich, ihr
Geschenk aufzumachen, fast mit Gewalt riss sie dir den
Rucksack aus den Händen und sagte: »Der ist für mich.«

Es waren sehr traurige Weihnachten.

Wir waren sehr besorgt um Amy. Es war klar, dass sie
von uns eine Erklärung für diese plötzliche Leerstelle
erwartete, und wir waren nicht darauf vorbereitet, ihr
eine zu geben.

»Sagen wir ihr, sie ist im Himmel ...«, schlug ich vor.

»Kinder belügt man nicht!«

»Wer sagt dir, dass das eine Lüge ist?«

»Meine Mutter ist unter der Erde.«

»Deine Mutter ist nicht nur dort. Ich weiß, dass meine
Mutter im Himmel ist, und das ist für mich gut so.«

»Du Glücklicher«, hast du gesagt, und zum ersten
Mal, seit wir zusammenlebten, haben wir uns beim Einschlafen den Rücken zugekehrt.

23

Das Geschenk der Bienen

Der Wetterbericht hat eine Woche mit Libeccio vorher-
gesagt, und so habe ich beschlossen, die Insel zu verlassen und nach Florenz zu fahren, bevor mich die Düsternis des Sturms ereilt. Ich habe im Internet ein Ticket für
die Uffizien und ein Zimmer im Monna Lisa gebucht, wo
wir mehrfach gemeinsam waren.

Unser Leben auf der Insel war nicht immer eine Idylle.

Womöglich hätte es das sein können, wenn Marco
bei uns groß geworden wäre und wenn Amy nicht aus
Gründen, die uns verborgen blieben, beschlossen hätte,
aus unserem Leben zu verschwinden. Ich kannte deine Wetterfühligkeit inzwischen gut, und so konnte ich
im Allgemeinen den Krisen zuvorkommen, indem ich
dich für ein paar Tage an einen Ort brachte, wo wir uns
zerstreuen konnten, und durch die räumliche Nähe und
die vielen Dinge, die man dort unternehmen und sehen
kann, war Florenz eines unserer bevorzugten Ziele.

Nicht immer gelang es mir, dich vor den Unbilden des
Wetters zu retten. Manchmal sträubtest du dich mit der
dir eigenen Hartnäckigkeit.

»Warum willst du hierbleiben und leiden?«, fragte ich dich.

»Was sollte ich sonst tun? Mein Leben ist ohnehin verpfuscht. Ich war eine miserable Mutter, eine miserable Tochter ...«

»Aber du bist die bewundernswerteste Gefährtin, die ich mir wünschen kann.«

»Das sagst du nur, um mich zu trösten.«

Wenn ich dann widersprach und sagte: »Du bist keineswegs eine miserable Mutter und auch keine miserable Tochter«, löstest du dich in Tränen auf und murmeltest mit Kinderstimme: »Meinst du?«

Die Idee mit den Bienen war eine Art Therapie, empfohlen von Tina, einer Freundin, die im Val d'Orcia auf einem Bauernhof Bienen hielt. Mehrere Wochenenden warst du bei ihr, um die Grundkenntnisse der Imkerei zu erlernen, dann hast du den Bienenstock bestellt, und eines Tages kamst du mit einer Schachtel zurück auf die Insel, darin das, was du »die kleinen Biester« nanntest.

Die Therapie hat ziemlich gut funktioniert: Dank der Beschäftigung mit den Bienen, dank der Beobachtung dieser so vollkommenen und magisch perfekten Welt, hast du ein Gleichgewicht gefunden, das dich vom Frühling bis in die ersten Herbstmonate begleitete, wenn die Bienen den Winterhaufen bilden und schlafen gehen.

Ich hörte dich oft mit Tina telefonieren, ihr spracht über für mich unverständliche Dinge, du batst um Rat und erzähltest, was im Bienenstock vor sich ging.

Ich wusste nicht, was ein Winterhaufen ist, also habe ich dich eines Tages gefragt.

»Das ist ein Klumpen aus Bienen, der ein bisschen einem Herzen ähnelt«, hast du geantwortet. »In der Mitte ist die Königin, drum herum eine Schar Bienen, die sie durch Pumpen mit dem Unterleib warm halten. Um fruchtbar zu bleiben, muss die Königin eine Temperatur von 37 Grad halten, und eben dazu dient der Winterhaufen.«

Im Winter konntest du leider nichts für die Bienen tun, außer an den weniger kalten Tagen zu kontrollieren, ob sie ihre Nahrungsvorräte nicht aufgezehrt hatten, daher waren deine Krisen häufiger.

Ich hätte dein Winterhaufen sein wollen, wusste aber nicht, wie es anstellen.

»Bist du sicher, dass du weiterhin hier leben willst?«, fragte ich dich ab und zu. »Warum verkaufen wir nicht das Haus und reisen durch die Welt?«

Du hast den Kopf geschüttelt, empört über den Vorschlag: »Sollen wir uns etwa in diese erbärmlichen Rentner verwandeln, die herumreisen und Selfies machen? Diesen Ort hier haben wir uns ausgesucht, und hier müssen wir bleiben.«

»Niemand zwingt uns«, versuchte ich es schüchtern noch einmal, aber du warst unbeugsam. Du hattest immer davon geträumt, an einem Ort wie diesem alt zu werden, nur hier fühltest du dich wirklich lebendig, mit dem Meer ringsum, dem Wind und dem grenzenlosen Horizont des Himmels.

Manchmal gelang es mir jedoch, dich loszueisen: Wir fuhren nach Florenz, nach Siena, zu deiner Freundin Tina im Val d'Orcia, tauchten ein in die Thermalwasser von Bagno Vignoni. Durch die toskanische Hügellandschaft fahrend, gelang es uns manchmal, unbefangener miteinander zu reden; wir gingen Amys Kindheit durch auf der Suche nach irgendeinem Ereignis, das uns entgangen war und sie aus dem Gleichgewicht gebracht haben könnte.

»Du hast getan, was eine Mutter, die ihre Tochter liebt, tun kann«, sagte ich wiederholt.

»Ich war so jung, von tausend Dingen abgelenkt.«

»Ich glaube nicht, dass Jugend ein erschwerender Umstand für die Mutterschaft ist, im Gegenteil. Und Interessen zu haben auch nicht.«

Manchmal verlor ich die Geduld: »Wo steht geschrieben, dass man perfekt sein muss? Nirgendwo! Perfektion gehört nicht zum Leben, und wenn wir uns von diesem Zwang freimachen könnten, würden wir uns auch von dem ganzen Ballast der Schuldgefühle freimachen, von dem ständigen Abwägen zwischen dem, was war, und dem, was nicht war. Und außerdem«, fuhr ich fort, »glaubst du etwa, ich leide nicht? Glaubst du, ich denke nicht jeden Abend vor dem Schlafengehen an sie? Ich bin ihr Vater, und ich weiß, dass ich ein guter Vater bin. Glaubst du, ich habe nicht auch eine Kluft im Herzen?«

Im Schicksal eines jeden Menschen lauert ein Geheimnis, dessen sollte man sich immer bewusst sein. Auch wenn ich nicht wagte, es dir zu bekennen, dachte ich an diesen dunklen Bereich in Amy, den wir nicht gleich bemerkt hatten, vielleicht ein Schatten des Mannes, der sie gezeugt hatte, aber darüber schwiegst du, und ich hatte nie den Mut, dich zu fragen.

Diese Qualen, die in den ersten Jahren auf der Insel extrem stark gewesen waren, hatten sich im Lauf der Zeit abgeschwächt, dank der Bienen, des Gartens und der Bücher, über die gebeugt du Stunden zubrachtest. Oder vielleicht, denke ich heute im Rückblick, hatten sie sich nicht abgeschwächt, sondern du empfandst nur Scham, sie zu zeigen.

So lebten wir schließlich ruhig miteinander, einen eisigen Dolch im Herzen. Er war da, und kein Guru, keine Pille, keine Therapie hätte ihn zum Schmelzen bringen können, außer der Rückkehr unserer Tochter.

Am Spätnachmittag kam ich in Florenz an, und am nächsten Morgen stand ich schon zu Beginn der Öffnungszeit vor den Uffizien. Am längsten verweilte ich in den Sälen mit der mittelalterlichen Malerei, betrachtete die *Thronende Madonna* von Cimabue, Duccio di Buoninsegna, Giotto, die *Verkündigung* von Simone Martini, die *Anbetung der Könige* von Gentile da Fabriano. All das Gold dieser Heiligenscheine, all das Licht, das von diesen heiligen Gesichtern ausgeht, begleitete mich auch am Nachmittag, als ich durchs Zentrum schlenderte.

Ich aß in unserem Lieblingsrestaurant im Borgo Pinti. »Ganz allein heute?«, fragte der Besitzer, als er mich eintreten sah.

»Ja«, antwortete ich, »meine Frau ist auf Reisen.«

Im Zimmer bin ich fast sofort eingeschlafen, um mit einem Gefühl der Verwirrung um vier Uhr früh wieder aufzuschrecken, wie es einem ergeht, wenn man in einem fremden Bett schläft. Ich hatte das Bild einer Jungfrau vor Augen. All diese Madonnen vom Vormittag, dachte ich, müssen sich meinem Gedächtnis eingeprägt haben. Beim Wiedereinschlafen hatte ich das deutliche Gefühl, dass es die Madonna war, die meine Mutter so liebte, die von Castelmonte, die mir erschienen war; sie trug ein königliches Kind im Arm, dem sie die entblößte Brust gab. Schon als Kind hatte mich diese kleine nackte Stelle inmitten der prächtigen Gewänder ein bisschen verwirrt. Aber im Grunde, sagte ich mir, bevor ich wieder einschlief, was ist Schlechtes dabei, zu nähren und genährt zu werden?

Tags darauf kehrte ich zurück nach Livorno. Alle Fähren hatten wegen des Schlechtwetters Verspätung. Ich setzte mich in die Bar und las »Il Tirreno«, rings um mich war ein Hin und Her von Maskierten. Seit ich nicht mehr in Venedig wohnte, merkte ich nie, wann Karneval war. Auch Amy hatte ihn nicht besonders gemocht, nur einmal, mit neun Jahren, hatte sie sich als Seehund verkleiden wollen.

Während ich noch diesem Bild nachsann, löste sich aus einer Gruppe ein Zombie und kam auf mich zu. Hoffentlich bespritzt der mich nicht mit irgendwas, dachte ich, verärgert schon allein bei der Vorstellung, aber statt eine Sprühdose hervorzuholen, rief die Gestalt: »Signor Andrea! Erkennen Sie mich nicht?«

»Gewöhnlich habe ich keinen Umgang mit Zombies«, antwortete ich.

Die Frau lachte: »Wie dumm von mir!« Als sie die Maske abnahm, kam das Gesicht von Matilde zum Vorschein, eine der engsten Freundinnen von Amy aus dem Gymnasium am Lido. Mit einer Gruppe von Freunden war sie auf dem Weg zu einem Fest.

Sie setzte sich an meinen Tisch, und wir kamen miteinander ins Gespräch. Sie hatte Restauration studiert und abgeschlossen, und wenn auch mit Zeitverträgen, so hatte sie immerhin regelmäßige Aufträge. Während wir sprachen, kam eine Gruppe Teufel an uns vorbei und bespritzte uns mit Schaum, aber das machte mir jetzt nichts mehr aus.

»Hast du noch Kontakt zu Amy?«, fragte ich unvermittelt.

Ich sah, wie Matilde einen Moment zögerte, unsicher, was sie antworten sollte.

»Ja, gelegentlich ...«

»Hast du eine Mailadresse von ihr oder eine Handynummer?«

»Äh ... ja.«

»Nämlich?«

»Ich hab ihre Handynummer und ihre Adresse, aber sie ...«

»Vor mir musst du deine Freundin nicht schützen.«

Matilde biss sich auf die Lippen. »Na ja, eigentlich ...«

Ich hatte das Telefon schon in der Hand.

»Diktier mir die Nummer«, forderte ich sie mit derselben Bestimmtheit auf, mit der ich an Bord Befehle erteilte.

Spätabends kam ich zurück auf die Insel.

Im Haus war es dunkel und kalt, in meiner Abwesenheit war die Heizung ausgefallen. Ich hatte überhaupt keine Lust, schlafen zu gehen, aufgeregt lief ich von Zimmer zu Zimmer.

Endlich hatte ich eine Spur, einen wenn auch verknäuelten Faden, der mich zu Amy führen konnte.

Nachdem wir schon jahrelang nichts von ihr gehört hatten, hast du die im ganzen Haus verstreuten Fotos von ihr – auf dem Bücherregal, am Kühlschrank, auf der Kommode im Schlafzimmer – in einer Schachtel verschwinden lassen. Es war keine Wut in der Geste, nur der Versuch, das Leiden einzudämmen. »Ich kann sie nicht ständig vor mir sehen in dem Wissen, dass ich sie nicht erreichen kann.« Du hast alle Fotos in eine Keksschachtel gelegt, ich erinnere mich noch genau, also begann ich trotz der Uhrzeit, trotz Kälte und Müdigkeit im Durcheinander des Hauses zu suchen. Ich fand die Schachtel in deinem Arbeitszimmer, begraben unter einer Tonne Illustrierter. Ich öffnete sie vorsichtig, als ob die Luft den Reliquien schaden könnte.

Als Erstes kam das Schächtelchen mit Amys erstem verlorenen Milchzahn zum Vorschein, dann nacheinander die Fotos von fast zwanzig Jahren des gemeinsamen

Lebens. Ich ging in die Küche und breitete sie auf dem Tisch aus wie die Teile eines Puzzles. Du im Krankenhaus mit der Neugeborenen im Arm. Amys dritter Geburtstag mit der Großmutter und der Torte mit dem Häschen. Auf der Bootsfahrt durch die Lagune, wie sie mit dem Finger auf Kormorane zeigt. Eiskunstlaufrevuen. Amy als Seehund verkleidet, während ich so tue, als würde ich ihr den Ball zuwerfen. Das erste Mal auf Skiern in Cortina. Amy im Profil bei Sonnenuntergang am Strand vom Lido, ihr Körper weist schon die ersten Veränderungen der Pubertät auf. Amy mit Marco im Arm, den sie mit strahlender Miene vorzeigt wie eine persönliche Trophäe.

Als ich alle Fotos herausgeholt hatte, fand ich am Boden der Schachtel einen verschlossenen Umschlag, auf den du mit deiner nervösen Handschrift geschrieben hattest: *Für Amy von ihrer Mama.* Was mochte dieser Brief wohl enthalten? Trotz der Müdigkeit konnte ich kein Auge zutun.

24

Schatzsuche

Der Tod deiner Mutter war vorzeitig, was ihr Alter anging, und unerwartet, was seine Geschwindigkeit betraf,
aber der Schmerz, den er verursachte, war ein natür-
licher, ein physiologischer Schmerz, ganz ähnlich dem,
den ich beim Tod meiner Mutter empfunden hatte. Das
Kindsein bringt das unweigerlich mit sich: Eines Tages
wirst du diese Ohnmacht – oder vielleicht auch ein Gefühl der Befreiung – erfahren und als Waise zurückbleiben. Das Gegenteil – Eltern, die ein Kind verlieren – ist
so jenseits aller menschlichen Vorstellungskraft, dass es
nicht einmal ein Wort gibt, um diesen Zustand zu kenn-
zeichnen.

Ich erinnere mich an meine Verwunderung, wenn ich
als Kind meine Mutter auf den Friedhof von Cormòns
zum Grab der Großeltern begleitete und auf Grabstei-
nen, manchmal in schwülstigen Worten, las, dass dort
ein Kind begraben lag: *Unser geliebtes Engelchen ... in
den Himmel entführt ... eine schlimme Krankheit ...*
Während meine Mutter damit beschäftigt war, die Blumen auf dem Familiengrab zu erneuern, lief ich über

die Wege und las all die Geschichten meiner Alters-
genossen, die nicht mehr waren.

Im Jahr nach dem Tod deiner Mutter wurde Amy mit
der Sekundarschule fertig. Den ganzen Sommer über
diskutierten wir, welche Art von Gymnasium am pas-
sendsten für sie wäre, es war wirklich schwierig, einen
Weg zu wählen, ohne eine klare Vorstellung davon zu
haben, wer diejenige war, die ihn beschreiten sollte.

Wer war Amy?

Lang und breit analysierten wir ihre Begabungen,
die Seiten ihres Charakters, die die eine oder die andere fachliche Ausrichtung begünstigten. Dabei war
niemandem von uns wichtig, dass Amy in der Schule
Glanzleistungen erbrachte. Für uns war das Wichtigste,
dass sie Interessen hatte, dass sie neugierig war aufs
Leben. Die Schule hatte sie immer bewältigt, aber über
Bücher gebeugt zu sitzen war bestimmt nicht ihre Leidenschaft. »Meine Güte, sie ist so launisch!«, sagtest du
eines Abends zu mir, bevor du das Licht löschtest. »Eigentlich ist sie eine richtige Künstlerin.«

So fielen das humanistische und das naturwissen-
schaftliche Gymnasium weg, und wir entschieden uns
für das musische Gymnasium. Amy zögerte ein wenig,
weil keine ihrer Klassenkameradinnen aus der Sekundarschule dorthin gehen würde, doch als wir ihr den
Lehrplan zeigten, war sie überzeugt. Zeichnen war im
Grunde die einzige Leidenschaft, die sie nie verlassen
hatte, außerdem war sie froh, dass sie jeden Tag das
Vaporetto nehmen konnte, um nach Venedig zu gelan-

gen. Wie allen Heranwachsenden begann ihr die Umgebung, in der sie groß geworden war, zu eng zu werden.

Bei der Rückkehr von einer meiner Reisen war ich daher überrascht, als ich an der Eingangstür eine große,
mit einem Post-it befestigte Zeichnung fand: *Für Onkel-Papi, das ist der Weg, der zum Schatz führt.*

Als ich eintrat, stecktet ihr lachend die Köpfe zusammen. Etwas machte euch extrem fröhlich.

»Was ist? Was muss ich tun?«, fragte ich euch, das
Blatt in der einen, die Reisetasche in der anderen Hand.

»Siehst du nicht?«, antwortetet ihr im Chor. »Du
musst den Schatz finden!«

Sofort machte ich mich ans Studium der Karte. Als
Erstes musste ich auf einen Stuhl steigen und auf dem
Boiler nachsehen, dann unter Amys Bett kriechen, einen Haufen Schubladen öffnen, zwei Mal auf den Balkon gehen und zwischen den vertrockneten Geranien
suchen, während ihr ständig »warm, kalt, heiß« rieft,
je nachdem, wie nah ich dem Ziel kam. Die letzte Etap-
pe war der Kühlschrank. Dort, im Gemüsefach, auf den
wie üblich schrumpeligen Karotten, fand ich schließlich
den Schatz. Es war ein großer Umschlag, auf den Amy
einen Berg funkelnder Münzen gemalt hatte.

»Mach ihn auf! Mach ihn auf!«, wiederholtet ihr im
Chor.

Da setzte ich mich zwischen euch auf das Sofa und
trällerte: »Mal sehen, was da drin ist ... mal sehen, was
da drin ist.«

In dem Umschlag war eine Ultraschallaufnahme.

Die erste Aufnahme unseres Kindes.

Ich verharrte reglos, überwältigt von Emotionen, während ihr beide euch umarmtet und rieft: »Glückwunsch, Papa ... Glückwunsch, Onkel-Papi.«

In den folgenden Monaten hatte ich nicht das Gefühl zu leben, sondern zu fliegen. Da war eine freudige Erregung in mir, die meinem Körper das Gewicht der Materie nahm. Seit sie sechs Jahre alt war, hatte uns Amy gebeten, ihr ein Geschwisterchen zu schenken.

Einmal hatte sie, mit einem Dominostein in der Hand, gesagt: »Aber was für eine Familie sind wir denn zu dritt? Nur ein Dreieck. Wir müssten mindestens vier sein, ein Quadrat bilden und uns die Hände reichen.«

In all den Jahren hatten wir versucht, ein Kind zu bekommen, aber es hatte nicht geklappt. Mittlerweile kamst du in das Alter, in dem die Fruchtbarkeit nachlässt, und auch meine Hoffnungen hatten sich unbemerkt verabschiedet. Ein Kind, sagte ich mir, ist nicht wie eine Beförderung bei der Arbeit, nichts, was man zu Recht beanspruchen kann; es ist im Grunde das geheimnisvollste Ereignis im Leben eines Menschen. Du weißt nicht, ob es kommt, du weißt nicht, wann und wie es kommt, dein Wunsch zählt wenig oder gar nicht.

Kinder kommen, wenn du es dir am wenigsten erwartest, und manchmal sogar, wenn du es gar nicht willst. Nach neun Monaten ist da ein neuer Mensch vor dir, und du bist törichterweise davon überzeugt, dass seine Geburt von dir abhängt, von deinen Bemühungen;

du glaubst, es sei ganz wie mit einem Garten, der dir bei rechter Pflege und der rechten Nahrung eines Tages deine Mühen mit großartiger Blüte entgilt. Doch so ist es nicht immer. Über dem Haupt deines Kindes – und dem deinen – schwebt das unsichtbare Schwert des Schicksals.

Das Geheimnis des Kindes ist unauflöslich mit dem Geheimnis des Schicksals verknüpft. Du setzt all deine Kraft ein, aber der Garten, dem du so viel Pflege hast angedeihen lassen, blüht nicht, oder tut es nicht in der von dir vorgesehenen Zeit.

Marco kam nach einer normalen Schwangerschaft zur Welt. Es gab keine Komplikationen bei der Geburt, er ließ sich sofort regelmäßig stillen. Er war ein ruhiges Baby.

»Ganz der Vater«, war dein Kommentar, Marco an der Brust.

»Das wollen wir lieber nicht hoffen«, entgegnete ich.

Haut und Haare hatte er von meiner Seite, in der Statur schien er eher nach deiner Familie zu kommen. Als sich der Schleier auflöste, der seinen Blick umhüllte, hatte ich keine Schwierigkeiten, denselben Schimmer darin zu entdecken, der die Augen meiner Mutter beseelt hatte.

Sobald sie durfte, nahm Amy ihn in den Arm.

»Gib acht«, sagten wir zu ihr, »er ist empfindlich.«

»Ich kuschle nur ein bisschen mit ihm«, antwortete sie und küsste ihn ab.

Die Geburt des Bruders schien den Schmerz über den Verlust der Großmutter aufzuwiegen; die beunruhigenden Anzeichen von Rebellion, die wir Monate zuvor an ihr bemerkt hatten, schienen verschwunden zu sein, sie unterstützte dich in allem, was Marco betraf, und wenn sie mit ihm in den Park gehen durfte, strahlte sie. Sie redete unentwegt mit ihm: »Wenn du größer bist, darfst du auf die Rutsche ... wenn du groß bist, kannst du mit den anderen Kindern spielen ...«

Eigentlich hatte sie damit schon begonnen, als er noch in deinem Bauch war. »Ich bin sicher, dass er mich hört und mich verstehen kann!« Sie erzählte ihm, was sie in der Schule gemacht hatte, was in der Welt geschah. Sie küsste deinen straff gespannten Pullover und sagte: »Ich erwarte dich, Brüderchen.«

Sie machte auch Pläne für seine Zukunft. Er würde Kapitän werden wie Onkel-Papi, und gemeinsam würden sie die Welt entdecken.

Auch du warst in diesen Monaten heiter und ausgeglichen.

»Jetzt werden wir zu viert sein«, sagtest du, »jetzt können wir uns die Hand geben und ein Quadrat bilden.«

Mit den Jahren hatte sich unsere Beziehung gefestigt und tief verwurzelt. Für uns beide war Marcos Existenz die natürliche, konkrete Verwirklichung unserer Liebe. Eines Abends in den letzten Monaten der Schwangerschaft saßen wir auf dem Balkon und genossen die Kühle, Amy schlief schon, da sagte ich zu dir: »Glaubst

du nicht, es wäre an der Zeit, unsere Situation zu legitimieren?«

Der Blick, den du mir zuwarfst, war Vorbote einer
deiner sarkastischen Bemerkungen.

»Glaubst du, ein Kind zu bekommen ist wie die Erneuerung des Personalausweises?«

Eigentlich hätte ich die Frage wiederholen wollen,
die ich dir zwanzig Jahre zuvor am Gartentor deines
Hauses gestellt hatte, aber die Angst vor einer erneuten
Zurückweisung hatte mich diese traurig bürokratische
Formulierung wählen lassen.

»Die Liebe braucht keine Papiere«, setztest du hinzu. »Wir wissen, dass wir uns lieben, ohne Papiere oder
Stempel, die das beglaubigen.«

Das machte mich bitter, aber ich versuchte, es mit
Humor zu nehmen. »In Wirklichkeit wartest du doch
nur darauf, mich loszuwerden ...«

Du hast mir einen liebevollen Stups gegeben. »Und du
willst das Kind womöglich nicht anerkennen.«

»Bei der Vorgeschichte«, sagte ich lächelnd, »könnte
ich mir das durchaus überlegen.«

Wir scherzten, denn das war unsere Art, die Dinge zu
entdramatisieren, aber diesmal konnte der scherzhafte
Ton die von unseren Worten heraufbeschworenen Gespenster nicht verscheuchen.

Marco konnte schon sitzen, er hatte einen schönen
Blondschopf, was immer man ihm auch gab, er steckte
es in den Mund, um den Geschmack zu kosten und um

das Zahnweh zu lindern. Beim Essen schlug er mit den Händen laut auf das Kinderstühlchen, es machte ihm Vergnügen, das Essen auszuspucken und mit den Händen ringsumher zu verteilen.

Beharrlich versuchte Amy, ihm das Sprechen beizubringen: »Papa« und »Mama« wiederholte sie vor ihm, die Silben einzeln betonend, und sie wurde böse, wenn ich sie daran erinnerte, dass er kein Papagei war und mit dem Lernen noch eine Weile brauchen würde.

Der erste Anruf erreichte mich, als ich auf dem Schiff unterwegs war.

»Marco geht es nicht gut«, sagtest du.

»Er wird sich verkühlt haben, ruf den Kinderarzt.«

Bis dahin warst du nie ängstlich gewesen, deshalb wunderte ich mich über deine Aufregung.

Am folgenden Tag habe ich dich angerufen, ich war etwas in Sorge.

»Was hat der Kinderarzt gesagt?«

»Dass er nichts hat.«

Ich fühlte mich erleichtert. Aber als ich nach Hause kam und du mir die Tür aufmachtest, bemerkte ich sofort die Unruhe in deinem Blick.

»Da stimmt etwas nicht«, hast du zu mir gesagt.

Als ich Marco in seinem Bettchen liegen sah, begriff ich, dass du recht hattest, seine vor Leben sprühenden Augen hatten sich mit einem Schleier überzogen, nicht viel anders als die Augen der Fische, die man mit der Angel gefangen hat. Er streckte nicht mehr die Händchen aus, um nach den Dingen zu greifen, seine duftige rosige Haut war gelb und trocken geworden wie bei einem alten Menschen.

Ich nahm mir Urlaub, und unsere Odyssee durch die Krankenhäuser begann. Padua, die Mayer-Klinik in Florenz, das Bambino Gesù in Rom. Keiner wusste, was er hatte. Es wurden Hypothesen aufgestellt, und unterdessen erlosch Marco immer mehr.

Wir gewöhnten uns recht schnell daran, ihn in einer Wiege aus Plexiglas zu sehen, an Schläuche angeschlossen. Du hast ständig mit ihm geredet und ihn gestreichelt, er antwortete dir mit immer schwächerem Lächeln, mit einem Glucksen, das keine verständliche Form annahm.

Am Ende lautete die Diagnose: eine sehr seltene Erbkrankheit. Eines der Syndrome, von denen man weder Ursprung noch Behandlungsmöglichkeit kennt.

Drei Monate später ist Marco gestorben, während du ihm ein Märchen erzähltest.

»Das Letzte, was er gehört hat, war meine Stimme«, hast du zu mir gesagt, als ich im Krankenhaus zu dir stieß. »Ich habe die Geräte summen hören, seinen Atem still stehen.«

Ich habe dich fest umarmt, und so verharrten wir lang in Schweigen. Keiner von uns hatte Tränen zu vergießen, ich hielt dich fest, küsste dich auf die Stirn und spürte, wie dein Körper steif wurde, reglos, überwältigt von einem Schmerz, der nur Erstarrung hervorbringen konnte.

Eine Woche später fand die Beerdigung statt.

Wir hatten die Nachricht nicht publik gemacht, der Tod eines Kindes ruft nur unnütze Aufregung hervor, und so kam außer den allerengsten Freunden niemand in die Kirche. Der kleine weiße Sarg war kaum größer als ein Postpaket, ich hätte ihn mir ohne Weiteres unter den Arm klemmen und damit hinausgehen können.

Der winzig kleine Sarg zu Füßen des Altars schrie die Ungerechtigkeit dieses Todes hinaus; der Priester nuschelte. Als er sagte: »Gott hat Marco unendlich geliebt, denn er hat ihn zu sich gerufen, um ihm die Unbilden des Lebens zu ersparen«, hast du dir mit den Händen die Ohren zugehalten.

Nach der Messe wurde der kleine Sarg auf eine Bahre des Bestattungsunternehmens geladen, um dann an der Piazzale Roma in einen Leichenwagen umgeladen zu werden. Wir drei folgten ihm in unserem Wagen schweigend bis nach Cormòns. An einer Ampel sah ich, wie eine Frau sich hastig bekreuzigte und ein Mann eine Geste zur Schadensabwehr machte.

Marco wurde in unserem Familiengrab beigesetzt.

Mein Vater kam zur Bestattung mit seiner Lebensgefährtin, er hatte rote Augen, aber vielleicht war das nur altersbedingt.

»Mein Beileid«, flüsterte Nives unbeholfen.

Wir kehrten noch am selben Abend nach Venedig zurück, ohne das Schweigegebot je zu brechen.

Zwei Tage später kam Amy mit einem Nasenpiercing nach Hause.

»Was ist dir denn da eingefallen?«, fragte ich sie.

Du hast nur gleichgültig mit den Schultern gezuckt, und in diesem Augenblick wurde mir klar, dass ich dich ein weiteres Mal verlieren würde.

25

Zeit der Bitternis

Ich habe einen Nachmittag und einen Abend damit zugebracht, mir auf YouTube alle Filme anzuschauen und
im Internet alles zu lesen, was ich über Bienenzucht
in Erfahrung bringen konnte. Am Ende habe ich doch
noch Tina angerufen, um mir bei ihr Rat zu holen.

»Es freut mich, dass du beschlossen hast, dich um
Ediths Bienen zu kümmern, das ist genau das, was sie
sich gewünscht hätte.«

»Mal sehen, wie weit ich komme.«

Sie lachte. »Ach, weißt du, wenn sie dir einen Hund
hinterlassen hätte, würdest du ihn wahrscheinlich auch
nicht vernachlässigen.«

»Sicher nicht.«

»Du wirst sehen, Bienen unterscheiden sich gar nicht
so wesentlich von einem Hund.«

»Meinst du? Mir scheint, Fressen zuzubereiten und
einen Ball zu werfen wäre viel einfacher.«

Da lud Tina mich ein, ein paar Tage zu ihr ins Val
d'Orcia zu kommen, damit sie mir die Grundkenntnisse
beibringen könnte.

Ich dankte ihr. »Vielleicht ein andermal, vorerst will ich es allein versuchen.«

»Gut. Du kannst mich jederzeit anrufen.«

»Meinst du, sie greifen mich an?«, fragte ich zögernd, bevor ich auflegte.

»Als Erstes kauf dir einen Anzug, Hut und Schleier, ich glaube nicht, dass der Anzug von Edith dir passt. Das Wichtigste ist, immer ruhig zu bleiben, Bienen sind ein bisschen wie Pferde, sie spüren deine Nervosität. Mach dir jedenfalls keine Sorgen, die Bienen, die ich Edith gegeben habe, sind sehr friedlich.«

Ich bestellte die Ausrüstung im Internet und bekam sie nach vier Tagen. Die Größe stimmte, aber etwas enttäuscht war ich über die Beschaffenheit des Stoffes, ich hatte mir einen hochwertigen Astronautenstoff erwartet, nicht einen ganz gewöhnlichen Baumwollanzug.

Bevor ich hineinschlüpfte, beobachtete ich von der Küche aus die drei Bienenkästen am Rand der Wiese. Seit ein paar Wochen war die Temperatur merklich gestiegen, der Garten und die Natur ringsum schienen damit beschäftigt, Kräfte zu sammeln, bevor sie in den Jubel des Frühlings ausbrachen. Die Bienen schienen diesen unmittelbar bevorstehenden Triumph schon bemerkt zu haben, denn trotz des noch entschieden winterlichen Aussehens der Vegetation summten sie überall herum auf der Suche nach Nahrung.

Gegen Mittag zog ich endlich den gelben Anzug und Hut und Schleier an. *Besuchen Sie die Bienen immer in den wärmsten Stunden*, hatte ich im Internet gelesen,

da dann viele von ihnen unterwegs sind, kann man die
Königin leichter finden.

Ich entzündete trockene Rinde im Smoker, und so,
mich als der unbeholfenste Mensch auf der Welt füh-
lend, ging ich zu den Bienenstöcken.

Zuerst klopfte ich an, wie du es immer getan hast.

»Liebe Bienen«, sagte ich, »ich bin nicht Edith, aber
der Mann, der sie ein Leben lang geliebt hat. Seid ihr
einverstanden, wenn ich mich um euch kümmere?«

Meine Worte bewirkten überhaupt keine Verände-
rung im Summen des Schwarms. Ich deutete das als
positives Zeichen. Hätten sie ein Brüllen ausgestoßen,
hätte ich den geordneten Rückzug angetreten und sie
ihrem Schicksal überlassen.

Ich hob den Deckel mit den Hebeln an und entblößte ein sagenhaftes Gewimmel. Ich wusste, dass ich die
Königin suchen musste, aber niemand hatte mir gesagt,
dass ein Rähmchen nicht viel anders ist als die U-Bahn
von Hongkong zur Rushhour. Und dann hat die Königin
keine Krone, kein Zepter, nichts, sie ist nur ein bisschen
größer als die anderen Bienen.

Ich verbrachte wer weiß wie viele Stunden über sie
gebeugt. Während ich den Stock Rähmchen für Rähmchen absuchte, dachte ich an die Bilderrätsel in der Zeitung, die ich mit Amy angesehen habe, als sie klein war.

Schärf deinen Geist! Finde den Eindringling!

War das der Grund, weshalb man zur Ruhe kam,
wenn man sich um Bienen kümmerte? Oder war es wegen des leisen und ununterbrochenen Gesumms, das sie

ertönen ließen und das der Wiederholung der Mantras bei buddhistischen Mönchen so ähnelte?

Als ich nach drei ins Haus zurückkehrte, verspürte ich einen Frieden, der mir schon lange fremd war.

Ich rief Tina an.

»Zwei Königinnen waren da, die dritte nicht. Es scheint, sie haben nichts mehr zu fressen.«

Sie erklärte mir, wie man Zuckersirup zubereitet. Nach dem Telefonat holte ich im Schuppen die Futter-tröge.

So verging der Tag. Später habe ich mir anstelle des Whiskys einen Tee gemacht, wie du ihn jeden Nachmit-tag zu dir nahmst.

Der Brief, den du an Amy geschrieben hast, lag noch da auf dem Tisch. Was soll ich tun? fragte ich mich und wusste keine Antwort. Sicher würde ich in diesen Zei-len, die in der Angst vor einem plötzlichen Tod geschrie-ben waren, die Wahrheit über Amys Geburt erfahren.

Welches Recht hatte ich, ihn zu öffnen?

Keines und jedes.

Kein Recht, weil das eine Sache war, die nur euch bei-de etwas anging. Jedes, weil ich Amys Onkel-Papi war, und zu wissen, dass sie irgendwo verloren durch die Welt irrte, ohne etwas tun zu können, mich in einen Zu-stand unerträglicher Angst versetzte. Etwas mehr über sie zu wissen, könnte mir das helfen, oder würde es un-sere Beziehung endgültig zunichtemachen?

Ich schlich um diesen Brief herum wie der Tiger um seine Beute, mein Körper und mein Geist waren zum

Absprung bereit. Doch diesen Sprung konnte ich nicht vollführen.

Wenn ich an die Monate nach Marcos Tod zurückdenke, sehe ich eine Fläche verbrannter Erde vor mir, auf der einsam und verzweifelt ein Mann dahingeht. Er befindet sich nicht in einer Wüste, sondern an einem Ort, wo vormals das Leben gedieh. Auf diesem vertrauten und geliebten Boden hat sich ein Virus verbreitet, der alles verbrannt hat, dem Mann bleibt nichts anderes, als ziellos über diese verlassene Erde zu irren. *Wer, wenn ich schriee, hörte mich denn?*

Du und Amy, ihr wart beide verschwunden in Welten, wo ihr schwer zu erreichen wart. Du warst auf einem Kontinent, Amy auf einem anderen, ohne jegliche Kommunikation zwischen euch. Mit der wenigen mir verbleibenden Kraft versuchte ich, zwischen euch hin- und herzufahren. Ich hatte einen Rettungsring bei mir, um euch wieder an Bord zu holen, aber wenn ich ihn auswarf, beachtetet ihr ihn nicht, schautet immer in die entgegengesetzte Richtung.

Bis dahin hätte ich nie gedacht, dass auch für mich die Zeit der Bitternis kommen könnte. Jeden Morgen erwachte ich auf dieser unfruchtbaren Erde, und jeden Abend legte ich mich in der Hoffnung auf die kurze Erquickung des Schlafes auf dieser unfruchtbaren Erde nieder. Ich hatte geglaubt, schmerzliche Erinnerungen zu vermeiden sei der klügste Weg, der Bitternis zu entkommen, aber so war es nicht.

Keine schmerzlichen Erinnerungen zu haben, rettet einen allenfalls vor dem Sumpf der Anklagen, vor der unendlichen Folge der »Wenns«. *Wenn ich das nicht getan hätte ... Wenn du das nicht gesagt hättest ... Wenn ich dies gemacht hätte statt jenes ... Wenn ich den einen Schritt vorwärts getan hätte statt zurück ...* Worte wie winzige Messerklingen, sie töten dich nicht, aber jede Bewegung wird zu einer kleinen Wunde der schmerzlichen Erinnerung.

Bis dahin hatte ich immer das getan, was ich für richtig hielt. Hätte ich Erica geheiratet, hätte ich vermutlich irgendwann bedauert, nicht dich geheiratet zu haben. Hätte ich weiterhin in der Scheinwelt der Kreuzfahrtschiffe gelebt, hätte ich vielleicht irgendwann beim Blick in den Spiegel bereut, die nüchterne Welt der Fähren und Frachtschiffe aufgegeben zu haben.

Von Kind auf verspürte ich das tiefe Bedürfnis, zum wahren Kern der Dinge vorzudringen, und daran hatte ich all meine Lebensentscheidungen ausgerichtet. Das hatte ich getan, auch wenn die Welt um mich herum und der gesunde Menschenverstand mich drängten, an der Richtigkeit meiner Handlungen zu zweifeln.

In dieser Zeit kam mir oft das Schicksal Hiobs in den Sinn. Er war ein Gerechter, und doch wurde er von allen Arten von Unheil heimgesucht. War mir nicht dasselbe widerfahren? Es gab keine Schattenseiten in meinem Leben, und doch war Schatten auf mich gefallen, hatte Gift auf meine Wege gestreut und alles zerstört, was ich bis dahin aufgebaut hatte.

Das war es: Die Zeit der Bitternis war Zeit der Rechenschaft, der Waage, die ich in der Hand hielt und die immer nur nach einer Seite ausschlug, nach der Seite der Ungerechtigkeit.

Statt zu verzweifeln, Hilfe und Trost bei den Menschen zu suchen, die dich liebten, warst du in finsteres Schweigen versunken, in der Unterhaltung mit dir musste man sich mit einsilbigen, lapidaren Bemerkungen begnügen. Einen Monat nach Marcos Tod bist du an die Universität zurückgekehrt, doch die Verpflichtungen von Unterricht und Prüfungen haben dich nicht von der Verwüstung befreit, die in dir am Werk war. Du gingst zur Arbeit, kamst nach Hause, gingst einkaufen, kochtest mit der unpersönlichen Perfektion eines Roboters. Dein Körper führte die gewohnten Handlungen aus, aber du als Person warst nicht präsent.

Auf der anderen Seite glitt Amy aus unserem Leben hinaus wie ein Fisch, der auf einmal ein größeres Loch im Netz entdeckt und es nutzt, um davonzuschwimmen. Du bekamst sie nicht mehr zu Gesicht. Ich sah sie, war aber nicht fähig, sie anzusprechen, sie in unsere Familie zurückzuführen, auch wenn wir kein Quadrat mehr waren, so doch immerhin ein Dreieck. Wir waren wie Schiffbrüchige. Das Floß trieb richtungslos dahin, und auch der Kapitän war nicht imstande, es zu lenken.

Wenn sie zu Hause war, verbrachte Amy ihre Zeit damit, tanzende Skelette zu zeichnen, Zombies, die sich gegenseitig verschlangen.

»Sind das deine Hausaufgaben?«, fragte ich sie törichterweise eines Tages, und sie brüllte: »Begreifst du nicht? Das ist alles, was ich in mir drin habe.«

Ich ging in die Schule, um mit den Lehrern zu reden, und die meinten, ich solle sie zu einem Psychologen schicken, sie aber weigerte sich.

»Ich will meinen Bruder wiederhaben! Ich will meinen Bruder wiederhaben!«, schrie sie nur und warf im Haus alles durcheinander.

Auf meinen Schultern lastete ein immer größeres Gewicht. Ich war der Mann im Haus und musste versuchen, alles zusammenzuhalten, aber ich war auch Marcos Vater, und mit der Zeit wurde mir klar, dass der Schmerz, der all meine Energie auffraß, niemanden kümmerte.

Am Schluss bin ich explodiert.

Eines Abends im Schlafzimmer begann ich vor dem Steinklotz, der du geworden warst, wie ein Besessener zu schreien: »Könntest du deinen Blick vielleicht einmal auf mich richten! Könntest du mich ansehen! Wer bin ich? Ich bin Marcos Vater. Er war mein einziges Kind, mein einziges, mein *einziges* Kind. Denkst du daran?«

Türen knallend bin ich hinausgegangen und habe zwei Nächte im Hotel geschlafen.

Bei meiner Rückkehr hast du mich umarmt.

»Verstehst du nicht, dass ich mich eben deswegen schuldig fühle? Ich bin nicht einmal imstande gewesen, dir ein lebensfähiges Kind zu schenken. Ich habe dich deinem wahren Leben entfremdet, und außer meinen Verschrobenheiten konnte ich dir nichts bieten. Vergib mir«, sagtest du, »vergib mir«, und klammertest dich heftig an meine Jacke, mit derselben zähen Zerbrechlichkeit, mit der ein Schwalbenjunges sich an sein Nest klammert.

Von dem Tag an hast du mich wieder angesehen, wieder mit mir gesprochen. Du warst wie besessen darauf konzentriert, den Ursprung der Krankheit zu suchen, die Marco unseren Armen entrissen hatte. Im Geiste gingst du deinen Stammbaum durch, befragtest mich nach meinem, verbrachtest Stunden im Internet und konsultiertest Seiten in der ganzen Welt zu seltenen Krankheiten.

Ich versuchte, dich abzulenken, manchmal gelang es mir, dich zu einem Ausflug mit unserem alten Boot auf die Lagune zu bewegen.

»Warum verbeißt du dich so?«, fragte ich dich einmal bei einem unserer Meeresausflüge. »Das bringt Marco auch nicht ins Leben zurück.«

»Verstehen ist wichtig«, sagtest du.

»Aber manches entzieht sich unserem Verständnis.«

»Vielleicht ist es das Gift von Marghera, das mein Vater in der petrochemischen Industrie abbekommen hat und das ich in meiner Kindheit eingeatmet habe. Vielleicht hat Tschernobyl den Rest gegeben ...«

»Und wenn es so wäre, was würde das ändern?«

»Nichts«, musstest du nach langem Schweigen zugeben.

»Warum denken wir nicht lieber an die Zukunft?«, fragte ich dich, Kurs auf den Lido nehmend.

Du hast mich völlig entgeistert angesehen. »Weil ich keine sehe.«

»Und an Amy denkst du nicht? Und an mich? Wir sind noch am Leben, und solange man am Leben ist, gibt es Zukunft.«

In der folgenden Woche fuhren wir nach Cormòns. Wir machten am Friedhof Halt und besuchten dann meinen Vater, dem es unlängst nicht gut gegangen war. Wir übernachteten dort, und am nächsten Morgen fuhren wir nach Castelmonte.

Die Madonna hat dich sehr beeindruckt.

»Wem bietet sie die Brust? Dem Kind? Uns?«

»All jenen, die Nahrung nötig haben.«

26

Lass mich ziehen

Im Juni jenes Jahres kamst du mit einem rätselhaften Ausdruck im Gesicht zu mir.

»Erinnerst du dich an unseren Pakt?«, hast du gefragt.

»Welchen Pakt?«

»Den wir vor vielen Jahren geschlossen haben, als wir wieder zusammenkamen ...«

Nebelhaft tauchte etwas aus der Erinnerung auf. Eines Tages, als wir besonders euphorisch waren, hat sich deine Miene plötzlich verändert, und mit der tiefen Stimme der wichtigen Mitteilungen hast du mir gesagt: »Bevor wir zusammenziehen, müssen wir einen Pakt unterschreiben.«

»Einen Nichtangriffspakt?«

»Nein, einen Pakt, wonach, wenn einer von uns plötzlich das Bedürfnis hat fortzugehen, der andere ihm das nicht verbieten und keine Fragen stellen darf. Wir müssen maximales Vertrauen zueinander haben.«

In deinem jugendlichen Eifer hast du ein Blatt Papier genommen und den Vertrag niedergeschrieben, der uns vor gegenseitiger Versklavung bewahren sollte. Um ihn mit größerem Nachdruck zu besiegeln, wolltest du, dass wir unter die Unterschrift auch unsere Fingerabdrücke setzen.

»*Dieser* Pakt?«, fragte ich.

»Ja.«

Du schwiegst ein Weilchen, hingst irgendwelchen Gedanken nach, dann fuhrst du fort: »Ich muss ein wenig allein sein ... ich fühle mich leer wie eine Puppe, äußerlich bin ich da, aber innen ist nichts mehr. Ich muss allein sein, um zu versuchen, mich wieder aufzubauen.«

Heftige Angst schnürte mir die Kehle zu. »Wohin gehst du?«

»Selbst wenn ich es dir sagen wollte, könnte ich nicht, weil ich es nicht weiß.«

»Wann kommst du wieder?«

»Wenn ich dazu bereit bin.«

Mit einem düsteren Ausdruck verharrte ich in Schweigen.

»Ich glaube nicht, dass du weiterhin mit einer Puppe leben willst ...«

»Sicher nicht.«

»Willst du deine Edith wieder?«

»Ja.«

»Dann lass mich ziehen.«

Wir diskutierten noch eine Weile. Es erfüllte mich mit Bitterkeit, dass meine Anwesenheit zu nichts nutze war.

»Vielleicht bin ich es, der eine Puppe ist.«

Du hast mich fest umarmt. »Du bist mein Hafen,

Kapitän. Ohne Hafen, in den man zurückkehren kann, wäre es sinnlos, in die Ferne zu ziehen.«

»Dann geh! Aber du sollst wissen, dass dein Kapitän im Hafen jeden Tag den Horizont absuchen wird, um dich heimkehren zu sehen.«

Amy erzählten wir eine Lüge, wir sagten ihr, dass du im Rahmen eines kulturellen Austauschprogramms nach China reisen müsstest. Ich tat so, als würde ich dich zum Flughafen Marco Polo begleiten, stattdessen brachte ich dich zum Bahnhof Mestre. Mit deinem bunten Rucksack verschwandst du in der Menge, ohne dich umzusehen.

Da ich nicht wusste, wo ich Amy im Juli lassen sollte, nahm ich sie mit mir auf die Reise. Ihre jugendliche Begeisterung war verschwunden, das Leben an Bord wurde ihr zum Gefängnis, das der Festung Spielberg in nichts nachstand. Die meiste Zeit hockte sie irgendwo herum, die Kopfhörer auf; sie hatte weder mehr Interesse, den Sextanten zu gebrauchen, noch die Sternbilder erkennen zu lernen, um sich am nächtlichen Sternenhimmel zu orientieren.

In Aschdod hatten wir drei Tage Aufenthalt. Ich glaubte, ihr etwas Gutes zu tun, bestellte ein Taxi und fuhr mit ihr nach Jerusalem; in den engen Gassen der Altstadt drängten sich die Touristen. Es war sehr heiß, und Amys Unduldsamkeit wuchs. »Wie scheußlich, man meint in Venedig zu sein«, war ihr ganzer Kommentar.

Als wir zum Garten Getsemani kamen, sagte ich zu ihr: »Ist es nicht berührend, sich vorzustellen, was die-

se jahrtausendealten Ölbäume alles gesehen haben mögen?«

»Bäume haben keine Augen«, erwiderte Amy schnau-
bend, »sie können überhaupt nichts sehen.«

Ein paar Monate zuvor hatte sie aufgehört, mich Onkel-Papi zu nennen, meist wandte sie sich mit einem
saloppen »Hey« an mich. Während dieser Seereise ging
sie dazu über, mich »Capitano« zu nennen, mit einer
leisen Spur Verachtung in der Stimme.

Eines Abends, als wir auf die weiße Heckwelle sahen,
die die Schiffsschrauben hinter uns ließen, fragte sie
mich: »Stimmt es, dass viele Leute auf Kreuzfahrt gehen, nur um sich umzubringen? Wenn keiner sie sieht,
springen sie hinunter, und das war's dann?«

»Früher ist das vorgekommen«, antwortete ich ihr,
»jetzt nicht mehr, weil ein elektronisches Kontrollsys-
tem eingebaut wurde.«

Im Vertrauen auf ihre Ignoranz in technischen Dingen, hoffte ich, dass sie mir die Lüge abnahm. Von diesem Zeitpunkt an bat ich jedenfalls die Crew, sie un-
auffällig zu beobachten. Ich schlief wie die Delfine, mit
einem geschlossenen und einem offenen Auge.

In der Nacht vor der Landung in Venedig hatte ich
jedoch einen Traum. Er war nichts anderes als die Erinnerung an ein Buch, das ich als Kind in der Bibliothek
von Cormòns gelesen hatte und das vom grausamen
Schicksal eines Walfischjungen erzählte. Eine Gruppe
Seeungeheuer hatte es der mütterlichen Obhut entrissen, zerfleischte es und verzehrte es unter den Blicken

der Mutter, die ohnmächtig zuschauen musste; angezogen vom Rot des Blutes stürzten sich weitere Tiere – Delfine, Möwen, Seehunde und verschiedene Seevögel – auf diesen fast leblosen Körper und rissen Fleischstücke heraus. Ein Farbdruck illustrierte die letzte, erschöpfte Runde dieses Banketts mit den Resten des armen Walfischjungen, und es war eben dieses Bild, das sich meiner kindlichen Fantasie eingeprägt hatte und mir nun in kurzen, wilden Traumfetzen wieder vor Augen trat: die Grausamkeit und List der Gruppe, die imstande war, das unschuldige Kleine zu zerreißen, das Wenige, was von seinem Körper übrig blieb, und das erregte Kreischen der Möwen, gefolgt von Stille. Ich betrachtete diese gespenstische Szene im Traum mit widerstreitenden Gefühlen. War mein Blick der der Mutter? Oder war ich selbst es, der diese Szene von einer Schiffsbrücke aus beobachtet hatte? Erst als ich die Augen öffnete, wurde mir klar, dass dieses abgenagte, schauerlich gen Himmel gereckte Gerippe nichts anderes war als mein eigener Körper.

Amy schlief in der Kabine neben meiner.

Auf ihrem Gesicht hatte sich ein Ausdruck schmollender Anmut breitgemacht. Indem ich sie betrachtete, dachte ich, wie gern ich ein Zauberer wäre, wie gern ich einen Zauberstab hätte, um die Zeit zurückzudrehen, wie sehr ich sie noch einmal ihre Stimme hören wollte, die begeistert »Onkel-Papi« rief.

Im August schickte ich sie nach Linosa in ein Camp zum Schutz der Meeresschildkröten.

Ich rief sie einmal in der Woche an.

»Du brauchst mich nicht zu kontrollieren«, sagte sie.

»Ich möchte nur wissen, wie es dir geht.«

»Es ist langweilig. Die Eier gehen nicht auf.«

Aber an ihrem Ton merkte ich, dass das eine Lüge war, um mir Schuldgefühle zu machen. In Wirklichkeit fühlte sie sich wohl in der Natur, frei und inmitten Gleichaltriger.

Von dir hatte ich unterdessen zwei oder drei Nachrichten erhalten. Du wolltest wissen, wie es Amy ging. Ich konnte dich beruhigen. Ich hätte dich anrufen können, sicher. Oft war ich in Versuchung, es zu tun. Das hätte ich jedoch nur im äußersten Notfall getan und hätte damit unseren Pakt gebrochen, von Veranlagung und Erziehung her bin ich aber ein Mensch, der Vereinbarungen einhält.

Als sie von Linosa zurückkam, war Amy besserer Laune. Am Ende, erzählte sie mir, waren die Eier aufgegangen, und das Rennen der kleinen Schildkröten zum Meer war eines der bewegendsten Ereignisse in ihrem Leben gewesen. Auf der Insel hatte sie viel gezeichnet, und in ihrem Notizblock hatten die Schildkröten die Skelette abgelöst.

»Ohne unsere Hilfe hätten die kleinen Schildkröten das nicht geschafft«, erzählte sie mir voller Stolz. An etwas Wichtigem teilgenommen zu haben schien sie von ihren apokalyptischen Visionen etwas zu befreien.

»Aber hat Mama mich vergessen?«, fragte sie. Die Schule würde bald wieder beginnen.

»Nein«, antwortete ich, »sie hat angerufen, als du in Linosa warst.«

»Wann kommt sie wieder?«

»In ein paar Tagen«, sagte ich ohne die geringste Ahnung, wie viele Tage das sein würden.

Du bist wiedergekommen, kurz vor Ende der Sommerferien. Noch einmal tat ich so, als würde ich zum Flughafen fahren, und holte dich in Wirklichkeit am Bahnhof Santa Lucia ab. Du warst schmaler als bei deiner Abreise, und ein anderes Licht lag in deinem Blick.

»Und?«, fragte ich dich auf dem Vaporetto, das uns zum Lido brachte.

»Ich glaube, das eine oder andere Teil ist an seinen Platz zurückgekehrt. Und bei euch?«

»Irgendwie haben wir überlebt.«

Du hast Amy fest umarmt. Ungeschickt protestierend, versuchte sie sich loszumachen. »Hast du wenigstens gelernt, Frühlingsröllchen zu machen?«

»Sicher«, hast du geantwortet, »aber auf meine Art, völlig verbrannt.«

Wir nahmen unseren Alltagstrott wieder auf, auch wenn die leichte Heiterkeit von einst sich nicht wieder einstellen wollte. Die Bitterkeit ist eine Mondlandschaft, eine Welt aus Asche und ohne Atmosphäre, jeder von uns war ein einsamer Satellit; vom Mond aus zogen wir auf andere Planeten, auf den Mars mit seiner dünnen Atmosphäre, auf die undurchsichtige Venus.

Marcos Tod hatte in jedem von uns eine Art innere Erstickung verursacht. Da war kein Sauerstoff, und ohne Sauerstoff ist keine Form von Leben möglich. Nur Steine atmen nicht. Aber wie bei jedem schrecklichen Vulkanausbruch, wenn die Lava alles verbrennt, verschlingt und vernichtet und die Erde ringsum in eine absolute Ödnis verwandelt, beginnt im Lauf der Zeit, ausgehend von einem Samenkorn, das der Wind herangetragen hat, das Leben auf diesem Boden von Neuem, und so eroberten auch wir uns in kleinen Schritten unseren Alltag zurück.

Es wurde Weihnachten.

Da du auf deinen geheimnisvollen Wegen auch in Greccio gewesen warst, wolltest du zum ersten Mal, seit wir zusammen waren, außer dem Baum auch eine Krippe haben. Wir fuhren nach Cormòns, um die Krippe meiner Kindheit zu holen. Widerwillig hat Amy den Sternenhimmel gemalt, während ich ihr die möglichen Konstellationen der Heiligen Nacht nannte.

27

Die verlorene Tochter

Zum dritten Mal gehe ich meine alten Feindinnen besuchen.

Bisher sieht es so aus, als hätten wir einen Nichtangriffspakt unterschrieben, denn sie haben mich nie
gestochen. Langsam glaube ich, dass sie sich um mich
nicht scheren, sie haben genug zu tun zwischen ihren
Waben. Die mittleren sind schon abgedeckt, die Zellen
sind verschlossen, um der Puppe zu erlauben, den geheimnisvollen Prozess durchzumachen, der sie in eine
kleine Biene verwandelt. Die Königinnen scheinen gut
in Form; geschützt von ihrem Hofstaat legen sie mit be-
eindruckender Regelmäßigkeit ihre Eier.

»Jetzt verstehe ich die Befriedigung des Bienenzüch-
ters, wenn er sieht, dass es seinen Bienen gut geht«,
hattest du eines Tages gesagt.

Heute Morgen habe ich verstanden, was du damit
meintest. Ich betrachtete das harmonische, lebendige
Gewimmel und empfand ein unbokanntes Gefühl der
Fülle. In den Waben lief alles bestens, und ich bildete
mir ein, zum Teil dafür verantwortlich zu sein.

Ringsumher war es Frühling geworden. Zwischen Bäumen und Sträuchern schwirrten die Vögel beim Bau ihrer Nester hierhin und dorthin. Die Glücklichen, ertappte ich mich zu denken, die Natur hat festgelegt, »wie«, »wann« und »mit wem« sie sich vermehren, und bewahrt sie vor dem komplexen Geflecht aus freier Wahl und Schicksal, welches das Leben von uns menschlichen Wesen bestimmt.

Heute habe ich die Königinnenzellen kontrolliert. Wenn du mir davon erzähltest, stellte ich sie mir immer wie Zimmer voller kostbarer Schätze vor, fast wie Aladins Höhle. Da wuchs die Königin heran, so viel verstand ich, aber warum und wie das geschah, war mir nicht klar. Jetzt weiß ich es, die Bienenkönigin ist eine Biene wie alle anderen, aber sie wird anders ernährt, sie bekommt nur Gelée royale und wächst nicht in einer sechseckigen Zelle heran, sondern in einer erdnussförmigen Weiselzelle am Rand der Wabe.

»Die Weiselzellen«, hast du mir eines Tages erklärt, »müssen entfernt werden, um das Schwärmen zu verhindern.«

Ich weiß noch genau, wie dir das zum ersten Mal passierte. Ich saß auf der Bank am Rand der Wiese und las gerade Zeitung, als ich ein Geräusch näher kommen hörte, es klang wie ein Hubschrauber in der Ferne. Du warst einkaufen, als diese dämonische Wolke aus der Bienenkiste hervorkam und das aufführte, was mir immer wie ein verrückter Tanz erschien, ich lief ins Haus, um mich in Sicherheit zu bringen. Du kamst wenig später und ließt mit einem Ausdruck der Bewunderung die Einkaufstasche fallen: »Sie sind geschwärmt!«

Schnell bist du in den Anzug geschlüpft und mithilfe einer Leiter auf den Baum geklettert, um die Bienen von dem Ast zu holen, auf dem sie sich versammelt hatten. Das war keine einfache Aufgabe, sodass du dich zu mir umgedreht und gefragt hast: »Hilfst du mir?«

»Ich denk ja gar nicht daran«, antwortete ich verängstigt hinter dem Küchenfenster.

Am Schluss hast du es geschafft, du hast den Schwarm mit der Königin eingefangen und in einen Schwarmbehälter fallen lassen, den du unter dem Baum bereitgestellt hattest, wenig später folgten alle Bienen nach.

Am Nachmittag hast du mir mit einer Tasse Tee in der Hand erklärt, was das Schwärmen ist: Es tritt auf, wenn eine Königin mit einer Gruppe ihrer Getreuen eine neue Kolonie bildet.

Ungläubig sah ich dich an. »Warum tut sie das?«

»Offenbar habe ich irgendwo eine Weiselzelle übersehen, und es wurde eine neue Königin geboren, so beschloss die alte, auszuziehen.«

»Sie überlässt der anderen ihr ganzes Reich?«

»Ganz genau.«

Ich überlegte mir, dass eines Tages auch wir Amy unser Haus überlassen würden, weil das der natürliche Lauf der Dinge war. Ich dachte das, sagte aber nichts, weil dieser freudige Ausdruck, der an jenem Tag auf deinem Gesicht lag, nicht verschwinden sollte.

»Es wäre besser, sie würden nicht schwärmen«, sag-

test du dann, »aber findest du nicht, dass es sehr fröhlich wirkt?«

»Ich weiß nicht recht.«

»Weil du zu viel Angst hast«, sagtest du lächelnd und
verzogst dich in dein Arbeitszimmer, um deine Auf-
zeichnungen zu machen.

Während Amy das vorletzte Jahr am Gymnasium besuchte, starb mein Vater. Es war ein schneller und schmerzlo-
ser Tod, er legte sich abends mit ein wenig Atemnot ins
Bett, und am Morgen war er nicht mehr. Das hat keine
unauffüllbare Leere in mir verursacht, er ist nie sehr
präsent in meinem Leben gewesen. Er hinterließ Nives,
die er nicht geheiratet hatte, die Kanzlei, während ich
die Villa in Cormòns mit dem ganzen Grundbesitz erbte.

Uns war sofort klar, dass wir nicht in diesem riesigen
Haus alt werden wollten, es war voller Erinnerungen
und schwer zu erhalten, wir würden es lieber loswer-
den. Im Grunde hattest du dich am Lido immer gefangen gefühlt, und im Laufe der Jahre war aus dieser
physischen eine existentielle Gefangenschaft geworden.
Das Unterrichten begeisterte dich nicht mehr, die jungen Leute waren zerstreut und unkonzentriert, sie be-
handelten das Chinesische mit derselben Beiläufigkeit
wie das Englische. Und Amy würde bald die Schule beenden und irgendwohin auf die Universität gehen.

»Ich möchte diese Wohnung verlassen«, schlugst du
irgendwann vor, »können wir uns das leisten?«

»Wenn wir Cormòns verkaufen, ja.«

In wenigen Monaten fand ich einen Käufer, einen reichen Russen, der in den Weinbau investieren wollte.
Aus der Villa nahm ich die liebsten Erinnerungsstücke
meiner Mutter mit, einen alten Globus aus der Bibliothek und die Bücher, die ich am meisten geliebt hatte.
Dann schloss ich die Tür hinter mir, ohne mich noch
einmal umzusehen.

Lang überlegten wir hin und her, wo wir uns nieder-
lassen sollten.

Du liebtest die Berge, ich das Meer.

Deshalb haben wir uns am Schluss für eine Insel entschieden. Denn was ist eine Insel anderes als ein Stück
ins Meer geworfenes Gebirge? An beiden Orten ist der
Horizont offen, und das war es, was du dir am meisten
wünschtest.

»Es wurde auch Zeit, dieses Totenhaus zu verlassen!«, war Amys Kommentar, als wir ihr davon erzählten. Die Beziehung zu ihr war angespannt und unstet
geworden. In ihrer Härte ähnelte sie der Edith, die ich
auf der Fähre nach Piräus kennengelernt hatte.

Doch in der Zwischenzeit hatte sich die Welt um uns
herum verändert, Mao Zedong war eine historische
Gestalt geworden, ebenso fern wie Karl der Große; die
Ideale, Träume und Utopien waren von einem skrupel-
losen Utilitarismus verschlungen worden, die jungen
Leute waren zu einem bedeutenden Segment von Kon-
sumenten geworden, das Angebot, das sich vor ihnen
auftat, wurde von Jahr zu Jahr breiter und verlocken-
der. Das Aufkommen der Handys hatte eine Reihe von

in sich geschlossenen Blasen geschaffen. Das friedliche Marihuana der »Blumenkinder« war von einer Unzahl im Labor geschaffener Pillen abgelöst worden, die mit einem Schlag ein ganzes Leben zerstören können. Allmählich und unaufhaltsam wie die Seepocken, die in Windeseile ein unbehandeltes Schiff zerfressen können, hatte sich in allen Bereichen des sozialen Lebens Zynismus breitgemacht, und Gerissenheit war zu einer der erstrebenswertesten Eigenschaften geworden.

Obwohl wir sie mit einer Lebenseinstellung großgezogen hatten, die weit entfernt war von diesem »Mors tua, vita mea«, entzog sich Amy dem Geist der Zeit nicht. Vielleicht wäre es anders gelaufen, wenn Marco nicht gestorben wäre, aber durch dieses Leck war Wasser eingedrungen, und niemand hatte es aufhalten können. Mit der Zeit warst du zu der Überzeugung gelangt, dass zu diesem Leck in Amys Seele neben Marcos Tod das Geheimnis beigetragen habe, von dem die Identität ihres leiblichen Vaters umgeben war.

Nach der Rückkehr von deiner einsamen Reise hast du Amy gefragt: »Sollen wir über die Sache reden, über die wir nie geredet haben, willst du?«

»Das ist mir egal«, war ihre barsche Antwort.

Amy legte ihr Abitur mit unterdurchschnittlichen Noten ab. Ein paar Tage später teilte sie uns mit, dass sie an der Kunsthochschule in Bologna studieren wolle.

»Habt ihr etwas dagegen?«, fragte sie.

»Aber nein, wir sind sehr froh.«

Wir öffneten eine Flasche Spumante, um das Ende der Schulzeit zu feiern. Du hast das Vorlesungsverzeichnis des DAMS runtergeladen und mit Amy zusammen einen ganzen Nachmittag mit seiner Lektüre verbracht.

Im August seid ihr gemeinsam nach Bologna gefahren, um eine Wohnung zu suchen.

Ihren achtzehnten Geburtstag wollte sie nicht mit uns feiern, sondern mit ihren Freunden. Sie gingen zu einem Rave in einem verlassenen Haus irgendwo auf dem Land im Veneto. Sie blieb zwei Nächte weg. Als sie wiederkam, machten wir ihr Vorwürfe.

»Was kümmert's euch?«, antwortete sie uns. »Ich bin jetzt volljährig.«

Da der Rucksack von Oma Ines zerschlissen war, schenkten wir ihr einen neuen, geräumigeren, in der Hoffnung, das könne als Einladung wirken, unbeschwert die Welt zu bereisen.

Wir vermuteten, dass sie Drogen nahm, und fühlten uns völlig machtlos. Wenn man sie befragte, stritt sie schulterzuckend alles ab.

»Die Drogen sind in eurem Gehirn.«

Wir kannten keine ihrer Freunde mehr, und es fiel ihr gar nicht ein, sie uns vorzustellen.

Unterdessen hatten wir das Haus auf der Insel gekauft und begonnen, es zu renovieren. Wir pendelten zwischen Venedig und Livorno hin und her, und du machtest manchmal Station in Bologna. Von diesen Begegnungen kamst du immer beunruhigter zurück.

»Mir scheint, sie studiert nicht besonders eifrig«, sagtest du zu mir. »Die Leute, die sie um sich hat, gefallen mir nicht.«

Im Februar hatte heftiger Schneefall deine Reise von Livorno nach Venedig unterbrochen, und du hattest beschlossen, bei Amy Station zu machen. Du klingeltest, und es wurde dir geöffnet, aber dem Gesichtsausdruck des Jungen an der Tür sahst du an, dass er jemand anderen erwartet hatte. Beim Eintreten begriffst du, dass die Wohnung deiner Tochter ein Drogenumschlagplatz war. Der Tisch war voller bunter Tabletten, die der Typ, den Amy mit verklärtem Blick ansah, auf viele kleine Säckchen verteilte.

»Ist das deine Mutter?«, fragte er sie, als er dich sah.

»Ja, leider.«

Statt zu gehen, wurdest du zur Furie. Du hast gegen den Tisch getreten und geschrien: »Ich werde nicht zulassen, dass dieses Scheißzeug meine Tochter ruiniert!« Du hast versucht, dem jungen Mann eine Ohrfeige zu versetzen, aber der hielt dich rechtzeitig fest, schleifte dich zur Tür und stieß dich hinaus, während du weiterschriest: »Ich zeige euch alle an! Ich bringe euch alle ins Gefängnis!«

Absolut erschöpft kamst du nach Hause, so hatte ich dich noch nie gesehen. Die Wohnung am Lido war schon halb leer geräumt, stöhnend warfst du dich aufs Bett.

»Mein Leben war ein einziger Irrtum.«

Ich setzte mich zu dir, das Bett quietschte. »Aber nein. Du hattest nur ein sehr kompliziertes Leben. Im

Übrigen haben komplizierte Menschen selten ein leichtes Leben.«

Einen Monat später hat die Polizei Amys Freund festgenommen. Wir sahen das in den Fernsehnachrichten. Am nächsten Tag riefst du unsere Tochter an, aber sie ging nicht ran. Du schriebst ihr eine E-Mail, die kam zurück. Du fuhrst nach Bologna und läutetest wieder an ihrer Tür. Ein fröhliches Mädchen machte dir auf.

»Amy? Die wohnt nicht mehr hier. Ich habe ihren Mietvertrag übernommen.«

»Und wo ist sie jetzt?«

»Keine Ahnung.«

Von dem Tag an ruhte von unseren beiden Kindern eines unter dem kalten Grabstein eines Friedhofs, das andere betrachtete uns als tot.

28

Die letzte Reise

Mittlerweile wache ich immer im ersten Morgengrau-
en auf, obwohl ich nichts Dringendes zu tun habe. Oft
bleibe ich unter der Decke liegen und hänge meinen
Gedanken nach. Gestern Abend habe ich im Fernsehen eine Sendung gesehen, in der mithilfe eines Com-
puters sichtbar gemacht wurde, wie sich das Gesicht
eines Menschen im Lauf der Zeit verändern wird. Die
Polizei benutzt diese Methode, um seit Langem flüchtige
Häftlinge ausfindig zu machen, aber es ist auch ein Ge-
sellschaftsspiel geworden, vor allem unter nicht mehr
ganz so jungen Leuten, die lachen – oder entsetzt sind –,
wenn sie ihr künftiges Aussehen vor sich haben.

Ist es wirklich nur die Nase, der Bogen der Augen-
brauen, die Haut an den Wangen, die beginnt, schlaff
zu werden, oder ist da noch mehr, was kein Computer
je wird darstellen können? Im Laufe meines Lebens
habe ich Menschen gesehen, die sich mit der Zeit kaum
veränderten, und andere, die einen Zusammenbruch
erlitten haben, und dieser Zusammenbruch war nicht
etwa durch einen Kollagenmangel verursacht, sondern

vielmehr Zeichen für einen Verfall der Seele, der bis dahin verborgen geblieben war.

Vielleicht, so dachte ich heute Morgen, während ich auf dein leeres Bett an meiner Seite schaute, hat jeder das Gesicht, das er verdient, denn das Gesicht ist der Teil unseres Körpers, der am meisten von uns enthüllt, es ist der Notizblock, auf dem unsere Taten verzeichnet werden.

In deinen letzten Lebensjahren hast du oft die Wangen zu den Ohren zurückgezogen und im Scherz zu mir gesagt: »Meinst du nicht, dass ich ein schönes Lifting brauchen könnte?« Und dann setztest du hinzu: »Es ist unglaublich, ich hätte nie gedacht, dass uns das je passiert.«

»Was?«

»Dass wir eines Tages alt werden.«

»Sei still, du, du bist ja noch ein Mädchen«, entgegnete ich. »Schau mich an, ich steh doch schon mit einem Fuß im Grab.«

Wie Amys Gesicht jetzt wohl aussieht?

Die Rundungen des Jugendalters wird sie sicher verloren haben, aber was wird an deren Stelle getreten sein?

Gelegentlich ertappte ich mich bei dem Gedanken, es könne ihr etwas zugestoßen sein – auch wenn ich dir das nicht sagte. Eine Überdosis, ein Unfall, vielleicht lag sie schon längst in einem anonymen Grab irgendwo auf der Welt, doch dieser Gedanke war zum Glück nur flüchtig. In dem Teil meines Herzens, der so innig mit ihr verbunden gewesen war, wusste ich, dass sie am

Leben war. Um mich zu ermutigen, sagte ich mir wiederholt die Formel: »*No news is good news.*«

Hatte sie weiter Drogen genommen und sich in den Schatten des Mädchens verwandelt, das sie gewesen war, oder war es ihr durch Charakterstärke oder eine prägende Begegnung gelungen aufzuhören und führte sie, fern von uns, ein normales Leben?

Schon seit zwei Monaten hatte ich jetzt eine Handynummer und eine Adresse von ihr, aber ich war mir unschlüssig, wie ich mich verhalten sollte. Ich war mir sicher, wenn ich es falsch anging, würde ich sie noch einmal verlieren; auf einen Anruf würde sie bestimmt verärgert reagieren, vielleicht die Nummer wechseln oder nicht mehr rangehen.

Heute Morgen im Bett beschloss ich schließlich, einfach ohne jede Voranmeldung bei ihr aufzukreuzen und auf das Beste zu hoffen.

Um acht Uhr stand ich auf und setzte mich, nachdem ich einen Kaffee getrunken hatte, an den Computer. Den ersten freien Platz gab es in einem Flieger in drei Tagen ab Fiumicino; ich buchte ihn, und der Grundton des Tages änderte sich schlagartig. Ich betrachtete mich im Spiegel. Würde sie mich wiedererkennen? Bin ich wirklich so sehr gealtert?

Am Nachmittag ging ich zum Friseur im Ort. Zurück zu Hause, öffnete ich den Schrank auf der Suche nach einem Koffer in der passenden Größe. Wie lange würde ich wegbleiben? Ich hatte nicht die geringste Ahnung. Drei Tage? Eine Woche? Zwei?

Vor meiner Abreise muss ich die Weiselzellen kontrollieren, sagte ich mir, und genau in dem Augenblick fiel der ganze Wust an Taschen, Rucksäcken und Koffern, die du nachlässig in den Schrank gestopft hattest, auf mich herab, und ich verlor das Gleichgewicht.

Aus dem Haufen zog ich eine weiche Reisetasche hervor. Als ich sie hochhob, sah ich etwas mit leisem Rascheln zu Boden fallen.

Ein elfenbeinfarbener Umschlag.

Für Andrea, zum Tag unserer Hochzeit.

Oft habe ich gedacht, dass es schön wäre, wenn ab und zu im Leben Bildunterschriften vor unseren Augen auftauchen würden, wie im Stummfilm. Oder wenn hin und wieder eine leise, untergründig bedrohliche Musik einsetzen würde, wie in Krimis, zur Warnung vor einem schrecklichen Ereignis. So ist es aber nicht. Unsere tragischen Tage beginnen genauso wie alle anderen. Du lebst in einer Routine, deiner Routine, und du machst ruhig weiter, bis das Leben plötzlich ausschert und dich an einen Ort und in eine Zeit schleudert, von der du nicht einmal ahntest, dass es sie gibt. Zum letzten Mal hörst du diese Stimme, zum letzten Mal siehst du dieses Gesicht, aber du weißt es nicht und machst im gewohnten Trott weiter.

Ich musste nach Livorno und war zu spät dran, ich lief durchs Haus mit einem Schuh in der Hand und suchte dich.

»Edith! Hilfst du mir mal? Ich kann meinen Schuh nicht finden!«

Ich schaute in den Garten, aber da war keine Spur von dir.

»Du könntest wenigstens Bescheid sagen, wenn du verschwindest!«, rief ich.

Ich hatte mich schon damit abgefunden, andere Schuhe anzuziehen, und ging ins Wohnzimmer, um die Papiere zu holen, die ich mitnehmen musste.

Du saßt an deinem Tischchen, den rechten Arm auf der Tischplatte ausgestreckt, den Kopf darauf abgelegt, wie ein schlafendes Kind im Kindergarten.

Törichterweise rief ich: »Ja, wie? Schläfst du um diese Zeit?«

Das Fenster hinter dir stand weit offen, eine leichte Brise wehte sachte herein und strich gleichermaßen über die Blätter und dein Haar. Ich ging zu dir.

Du warst kalt, aber an der Kehle sah ich noch das Pochen des Lebens.

Ich rief sofort den Notarzt. Während ich auf sein Kommen wartete, lief ich wie ein Besessener durchs Haus, die Zeit des Wartens erschien mir endlos, ich fühlte dir den Puls, dann schrie ich: »Verbrecher! Wie lang braucht ihr denn?«

In Wirklichkeit traf der Hubschrauber relativ schnell ein. Ich begleitete dich, bis sie die Trage hineinschoben. Ich sah, wie der Hubschrauber vom Boden abhob und am Himmel verschwand. Ein Bekannter bot mir an, mich mit seinem Motorboot nach Livorno zu bringen.

Im Taxi wiederholte ich unablässig: »Ich bitte dich, lass sie mir noch! Auch wenn sie nicht laufen, wenn sie nicht sprechen kann, ich bitte dich, nimm sie mir nicht weg! Auf dass ich sie streicheln, sie sehen kann. Und wenn das nicht geht, dann nimm auch mich, mach, dass ich auf dieser Straße verunglücke, bevor ich ans Ziel komme!«

Als ich im Krankenhaus ankam, warst du noch am Leben und wurdest operiert. Du hattest eine Gehirnblutung gehabt, genau wie deine Mutter.

Nach sechs Stunden kamen die Ärzte heraus und sagten: »Die Operation ist gelungen, jetzt kann man nur abwarten.« In einer Regung der Dankbarkeit hätte ich diesen Unbekannten die Hände küssen mögen.

Ich verließ das Krankenhaus nicht mehr.

Ich saß da, unrasiert, mir selbst überlassen, aber mit einer kleinen Flamme, die in meinem Herzen brannte.

Nach zwei Tagen ließ man mich auf die Intensivstation. Inmitten der Verbände um deinen Kopf wirkte dein Gesicht winzig. Deine Lippen waren aufgesprungen, und dunkle Augenringe reichten bis in die Wangen.

Du hast mich erkannt und mir zugelächelt.

Langsam hobst du die rechte Hand und deutetest auf die linke.

»Stört dich etwas?«, fragte ich dich, da du an der Infusion hingst.

Mit Mühe hobst du den linken Ringfinger.

Da begriff Ich.

Ich lief aus der Intensivstation hinaus und rief: »Es

wird doch wohl einen Priester geben an diesem Ort! Da wird doch ein Priester sein!«

Eine Krankenschwester wählte eine Nummer, dann gab sie mir das Handy und sagte: »Hier ist er, ich gebe ihn Ihnen weiter.«

»Ich will eine Hochzeit feiern, auf der Stelle, so schnell wie möglich.«

Der Priester sagte, er würde in maximal drei Stunden kommen.

Da lief ich aus dem Krankenhaus hinaus. An jeder Ecke, an jeder Kreuzung fragte ich: »Ein Juwelier! Wo ist hier ein Juwelier?«

Schließlich fand ich einen.

Für dich nahm ich zwei Ringe. Ich hatte Angst, nicht die richtige Größe zu erwischen.

Als der Priester kam, ein junger Mann mit gutmütigem Gesicht, erklärte ich ihm die Situation. Wir hätten in zwei Wochen heiraten wollen, sagte ich ihm. Die kirchliche Zeremonie war geplant, das Restaurant bestellt. Die Bonbonnieren standen im Schrank parat.

»Verstehen Sie?«

Er stellte keine Fragen, legte seine Stola um und zelebrierte die Trauung vor deinem Bett. Die Oberschwester und ein Pfleger fungierten als Trauzeugen. Bald hattest du die Augen geöffnet, bald geschlossen, aber du schienst jedes Wort zu hören und zu verstehen.

Als der Priester sagte: »Willst du, Edith, den hier anwesenden Andrea zum Mann ...«, musste er sich zu dir hinunterbeugen, um die Antwort zu vernehmen.

»Ja«, hast du geflüstert.

»Bist du bereit, ihn für den Rest deines Lebens zu lieben und zu achten?«

Noch ein Ja.

Mit extremer Vorsicht habe ich dir den Ring an den Finger gesteckt. Du hast den meinen in die Hand genommen und ihn mir gereicht.

Am Ende der Zeremonie, als der Priester die Formel sprach: »So erkläre ich euch zu Mann und Frau«, haben die Trauzeugen ein wenig geklatscht. Ich nahm die Hygienemaske ab, beugte mich über dich und gab dir einen Kuss.

Am nächsten Tag sagten mir die Ärzte, dass deine Werte sich verschlechtert hatten. Nach einem anfänglichen Aufschwung schien dein Körper keine Widerstandskraft mehr zu haben.

Am folgenden Morgen kam der junge Priester wieder, um dir die Krankensalbung zu erteilen.

Am Nachmittag bist du für immer entschlafen.

Das Leben ließ ein Lächeln auf deinen Lippen zurück.

Auf diesem Bett erschienst du plötzlich wie ein verlorenes Vögelchen. Und deine mit einem Mal kalte, reglose Hand erinnerte mich an die Krallen der aus dem Nest gefallenen Sperlinge, die ich als Kind vergeblich zu retten versucht hatte.

Die Krankenschwester entfernte die Schläuche.

Als die Bediensteten kamen, um dich in die Leichenhalle zu bringen, küsste ich dich ein letztes Mal. Alles ringsum war auf so künstliche Art hell, dass es den Augen wehtat.

In der schäbigen Routine des Todes schien das Einzige, was wirklich glänzte, der kleine goldene Ring zu sein, den du am Finger trugst.

Vier Tage später fand in der Kirche auf der Insel deine Beerdigung statt. Es nahmen alle Personen teil, die wir zur Hochzeit eingeladen hatten. Auch das Kleid, das ich dir für die letzte Reise anzog, war das, welches du für diesen Tag ausgesucht hattest: ein pastellfarbenes Kostüm, das wir gemeinsam in Florenz gekauft hatten. Ich erschien in der Kirche in demselben dunklen Anzug, den ich am Altar getragen hätte, einschließlich der Nelke im Knopfloch.

29

Der Morgen bringt Licht

Der Tag der Abreise ist da.

In der Innentasche der Jacke trage ich deinen noch ungeöffneten Brief mit mir herum. Wer weiß, vor wie langer Zeit du ihn geschrieben hast. Vielleicht hattest du seine Spur verloren und hättest ihn mir irgendwann nach unserer Hochzeit gegeben.

Ein Lob auf die Unordnung.

Es gibt Briefe, die zum Lesen einen geschlossenen Raum und Sammlung verlangen, andere hingegen brauchen eine dichte Menschenmenge. Ich hatte Sorge, dass dieser Brief mich wirklich umhauen könnte, also beschloss ich, dass es besser war, ihn umgeben von einer anonymen Menge zu öffnen.

Die Maschine hob exakt nach Zeitplan ab, ich hatte einen Fensterplatz, von wo aus ich die Landschaft unter uns bequem sehen konnte. Als sie an Höhe gewann, ruckelte die Maschine ein wenig, dann schwenkte sie ein und flog bis Elba über der Küste entlang. Kaum waren wir darüber hinaus, griff ich in meine Brusttasche und holte den Brief hervor.

Lieber Andrea,

wie lange schon will ich dir diesen Brief schreiben? Vielleicht schon seit dem Tag, an dem ich dich zum ersten Mal sah. Erinnerst du dich, wie unfreundlich ich war? Ich habe mich benommen wie diese Tiere, die ein abstoßendes Äußeres annehmen, um sich vor den Angriffen der Raubtiere zu schützen. Wenn du mir gleichgültig gewesen wärst, hätte ich dich ignoriert, wie ich damals fast alle Menschen ignorierte. Wovor hatte ich Angst? Eine nach innen gekehrte Welt zu verlassen, eine Haltung erbitterten Schmerzes, der keinen Ausdruck fand. Ich träumte von einer perfekten Welt, einer Welt ohne Ungleichheit und ohne Ungerechtigkeit. Eine Welt, in welcher der Schmerz verschwunden wäre, und unter den Menschen dieser idealen Welt wollte ich die perfekteste sein, ohne Fehl und Tadel, ohne etwas, das mich aus der Festung herauslockte, in die ich mich nach dem Tod meines Vaters und dem Abdriften meiner Mutter zurückgezogen hatte.

Die Monate in deiner Wohnung – der berühmte Bauch des Walfischs, erinnerst du dich? Die Vorhänge gebauscht wie wehende Banner – hatten eine Bresche in meine Verteidigungsanlagen geschlagen, aber als du mit dem Ring in der Hand bei mir zu Hause auf-tauchtest, verwandelte sich die durch diese Öffnung eingedrungene Unruhe in Panik. Doch auch vor dem Ring hatte ich schon beschlossen, aus deinem Leben zu verschwinden. Ich hatte dieses Stipendium bekom-men und habe es dir nicht gesagt.

Ich wollte dich verletzen, wollte dich von mir fern-
halten, weil mir die Idee, dass jemand auf mich wartete, mich liebte, unerträglich war. Liebe bedeutete
das Risiko eines Verlusts, ein Risiko, dem ich mich
nicht aussetzen wollte. Ich war mir sicher, dass du
mich bald vergessen würdest. Dass du mich nicht nur
vergessen, sondern auch verabscheuen würdest.

Das war es, was ich wollte.

Da war die Sache mit Ivano, sicher, aber das war
eine Geschichte unter Jugendlichen, und der Kitt, der
sie zusammenhielt, war der Traum von einer besseren
Welt, gewiss nicht die Verwandtschaft zweier Seelen.

Wäre die Liebe eine Art von Elektrizität, würde ich
sagen, dass ich mit dir sofort eine andere Voltzahl
verspürt habe.

Verzeih mir, aber deswegen bin ich geflohen.

Die Zeit in Peking war für mich insofern ein Schlüs-
selerlebnis, als von dem Zeitpunkt an mein Leben eine
neue Richtung nahm. Die idyllische Welt, von der ich
geträumt hatte, gab es nirgendwo, die Energien, die
ich aufgewandt hatte, um einer gerechteren Gesellschaft zum Leben zu verhelfen, lagen träge zu meinen
Füßen. Ich wusste nicht mehr, was ich damit anfangen sollte, ich wusste nicht mehr, in welche Richtung
ich gehen sollte.

Auf dem Rückflug machten wir Zwischenlandung in
Hongkong, und auf diesem Flug habe ich Thomas ge-
troffen. Wir waren Sitznachbarn, er sprach mich an.
Damals kam er mir alt vor, dabei war er wenig über

vierzig. Er beeindruckte mich, weil in seinem Gesicht asiatische und europäische Züge so harmonisch miteinander verschmolzen waren. Wir sprachen Chinesisch miteinander, er stellte mir Fragen und schien meine unbeholfenen Antworten mit Interesse anzuhören. Er schien fasziniert von der Tatsache, dass ich aus Venedig kam (Mestre habe ich wohlweislich verschwiegen!), und eröffnete mir, dass einer seiner Träume war, vielleicht im Alter, dorthin zu ziehen. Er sagte das lachend, und da bemerkte ich, dass er am Kinn ein absolut unwiderstehliches Grübchen hatte.

Er erzählte mir, dass er in Hamburg geboren war – ebenfalls eine Stadt voller Wasser – und dass er zwischen Deutschland und Hongkong pendelte. Seine Mutter war Chinesin, sein Vater Deutscher, und seine Familie handelte seit Generationen mit kostbaren Stoffen.

Als wir in Hongkong landeten, schlug er mir vor, ein Weilchen in dieser Stadt zu bleiben, wenn ich etwas mehr über die chinesische Kultur erfahren wolle. Zu Hause habe er eine umfangreiche Bibliothek, sagte er, Bücher, die zu lesen mir in Peking niemals erlaubt würde. Dieser Vorschlag verwirrte mich. Das Letzte, was ich wollte, war, nach Hause zurückzukehren und mich mit meiner Mutter in dem Häuschen in Mestre einzuschließen. Ich sagte ihm, dass ich nicht viel Geld hätte. Er lud mich ein, bei ihm zu wohnen, und meinen Flug umzubuchen würde keine Schwierigkeiten machen.

Anstatt also wie vorgesehen den Flug Hong-kong–Dubai–Rom zu nehmen, stieg ich in ein Taxi und fuhr mit Thomas in seine Wohnung. Er stellte mir Faith vor, ein zierliches und stilles philippinisches Mädchen, das bei ihm wohnte. Da war ein schöner Bücherschrank, Thomas sagte, ich solle mich nur be-dienen, als ob es sich um eine Konditorei handelte. Etwas beunruhigt blickte ich mich um. Ich könne auf dem Sofa schlafen, sagte er, es sei sehr bequem. Kurz darauf servierte Faith uns das Abendessen: viele klei-ne Schälchen voll mit farbigen Gerichten.

Thomas erzählte mir von der philosophischen Tiefe des Taoismus, ich war so gefesselt von seinen Worten, dass ich fast zu essen vergaß. Er hatte einen kleinen Gong auf dem Tisch, mit dem er Faith rief. Ich fühlte mich ihr gegenüber verlegen, sie musste in meinem Alter sein.

Nach dem Abendessen setzten wir uns auf das Sofa, und Thomas sagte mir klassische chinesische Gedich-te auf. Vor dem Schlafengehen fragte er mich, ob ich je die Kalligrafie praktiziert hätte. Ich verneinte. Das sei eine wichtige Kunst, fuhr er fort, wenn ich wol-le, könne er mir darin Unterricht erteilen. In der Tat entstammte er mütterlicherseits einer Familie von Kalligrafen. Seine in China gebliebenen Verwandten waren alle ermordet worden, da die Kalligrafie als bürgerliche Kunst angesehen wurde. Wir unterhielten uns noch stundenlang, bevor Thomas sich zurückzog und mir eine gute Nacht wünschte.

Es war eine schlaflose Nacht für mich. Ich befand mich im zwanzigsten Stock eines Wolkenkratzers, in einer Stadt, wo ich niemanden kannte, mit nur wenigen Dollar in der Tasche. Noch dazu in der Wohnung eines Unbekannten. Warum hatte ich ihm vertraut?

Am nächsten Morgen, während Thomas für meine erste Unterrichtsstunde in Kalligrafie den Filz ausrollte, fiel mir die Antwort spontan ein. Weil ich von ihm fasziniert war. Er stand hinter mir, sagte mir, ich solle die Hand locker lassen und ruhig atmen, er synchronisierte seinen Atem mit meinem und führte den Pinsel behutsam in die richtige Richtung. Am Ende des Vormittags war der Raum voller weißer Blätter mit ungelenken schwarzen Schnörkeln darauf. Ich betrachtete sie traurig, aber er erklärte mir, ich solle nicht deprimiert sein, die Kalligrafie sei eine Kunst und verlange wie jede Kunst eine lange Lehrzeit. Dann legte er ein großes Blatt Reispapier auf den Filz und zeichnete mit anmutigen Bewegungen die Ideogramme für Mann und Frau darauf.

Mann und Frau, sagte er, der Ursprung von allem.

Diese Nacht schlief ich nicht auf dem Sofa, sondern in seinen Armen.

Was ich mir nie habe eingestehen wollen und was mich auch beim bloßen Niederschreiben in Verlegenheit bringt, ist, dass Amy in einer eleganten Wohnung im Peak-Tower von einem albernen Mädchen aus der Provinz und einem unverbesserlichen Verführer gezeugt wurde.

Unnütz, die Dummheit der Jugend leugnen zu wollen.

Ich fühlte mich wichtig, die Tatsache, dass ein so kultivierter Mann mir zuhörte, mir Fragen stellte, mich als seinesgleichen behandelte, erfüllte mich mit Stolz. Denn trotz meiner Allüren war ich nichts weiter als ein naives Mädchen, und diese Welt, die so weit von meiner entfernt war, versetzte mich in eine Art Rausch.

Thomas arbeitete meist zu Hause, er führte lange Telefongespräche auf Mandarin, Englisch und Deutsch, verschickte und empfing unentwegt Faxe. Hin und wieder neckte ich ihn, und er lächelte mir komplizenhaft zu. Manchmal führte er mich zum Abendessen in seine Lieblingslokale. Es machte ihm Spaß, mir das Essen auf den Stäbchen anzureichen, ohne mir zu sagen, was es war, und ohne zu fragen, ob es mir schmeckte. Einmal hat er mir sogar eine Heuschrecke zu essen gegeben.

Nach einer Woche rief ich meine Mutter an. Ich erreichte nur den Anrufbeantworter und hinterließ ihr, dass ich eine kleine Arbeit gefunden hätte und noch ein wenig in Hongkong bleiben würde, sie solle sich keine Sorgen machen. Ich war betört von Thomas' Charme, und in meiner jugendlichen Naivität war ich davon überzeugt, dass er von meinem beeindruckt war.

Eines Tages jedoch teilte er mir mit, dass er zwei Tage darauf nach Hamburg fahren würde. Ich hoffte, dass er sagen würde: »Komm mit mir, ich stelle dich meiner Familie vor«, er aber sagte mir, wenn ich nicht nach Italien zurückkehren wolle, könne er mir eine Arbeit verschaffen, er hatte Freunde, die an einem Touristenort ein schönes Restaurant betrieben.

»Kann ich nicht hierbleiben?«, fragte ich ihn.

»Nein, Faith kehrt zu ihrer Familie zurück, und die Wohnung bleibt leer.«

»Aber du kommst doch wieder?«

»Natürlich, Dummerchen!«, antwortete er mir mit einem flüchtigen Kuss.

Eine Woche später verließ ich seine Wohnung mit dem Rucksack auf den Schultern und einem Koffer in der Hand auf dem Weg zum Restaurant seiner Freunde. Wir verabschiedeten uns am Flughafen. »Ciao, mein Schatz«, sagte er, und ich sah seinen Rücken in der Menge der Fluggäste nach Europa verschwinden.

Am selben Abend kam ich in dem Restaurant in Bali an. Die Eigentümer waren freundlich, und in wenigen Tagen hatte ich gelernt, was es zu lernen gab.

Nach etwa vierzig Tagen bemerkte ich, dass meine Menstruation ausblieb. Erst dachte ich, das sei der Stress, aber die Veränderungen, die Tag für Tag in meinem Körper vorgingen, lenkten meine Gedanken bald in eine ganz andere Richtung.

Sobald ich mir sicher war, dass ich ein Kind erwartete, rief ich Thomas in Hamburg an. Das war nicht leicht, ich erreichte ihn erst nach drei Tagen. Es war viel Lärm im Hintergrund, die Verbindung war schlecht. Ich sagte ihm, dass ich ein Problem hätte.

»Verstehst du dich nicht mit meinen Freunden?«

»Nein, das ist es nicht. Eine andere Art von Problem.«

Nach einem Moment des Schweigens begriff er.

Er beruhigte mich, sagte, im nächsten Monat würde er nach Bali kommen und wir würden uns darum kümmern.

Ich war völlig vor den Kopf gestoßen. Ich hatte irgendeine emotionale Reaktion erwartet, aber er sprach nur von Problemlösungen. Ein paar Monate lang hatte sich vor meinem inneren Auge ein Film abgespielt. Der erfolgreiche, reife Mann ist beeindruckt von der jungen Frau, die er im Flugzeug trifft, ihre Liebe wächst von Tag zu Tag und wird ewig ... Dann hatte jemand einen Schuss auf die Leinwand abgefeuert und sie zerfetzt. Es war ein lauter Knall gewesen, die Wirkung sofortig, denn oft tritt die Wahrheit – das habe ich mit der Zeit gelernt – plötzlich und brutal zutage.

Ich hatte mich kaum anders benommen als die jungen Frauen in den Groschenromanen, die sich ohne Zögern dem erstbesten Verführer in die Arme werfen. Ich fühlte mich gekränkt in der hohen Meinung, die ich von mir selbst hatte, in meinem kritischen Bewusstsein, in meiner Intelligenz und war beunruhigt über das Leben, das ich in mir wachsen fühlte, ein Leben, das ich weder gesucht noch gewollt hatte und von dem ich nicht wusste, was mit ihm anfangen.

Aber die Natur ist erbarmungslos, sie denkt gar

nicht daran, unseren Wünschen zu folgen. Jeden Tag nahm dieses kleine Etwas an Volumen und Komplexität zu, und sein unerbittliches Wachstum verschlang all meine Zukunftspläne. In der Hoffnung, dieses kleine Ungeheuer möge kapieren, dass es unerwünscht war, mutete ich mir jede Form der physischen Strapaze zu. Ich hoffte, eines Tages in einer Blutlache zu erwachen und erleichtert aufatmen zu können. Ich wollte nicht abwarten, bis Thomas käme, ich wollte nicht, dass er mit seinem Geld das Problem löste. Ich wollte, dass es »zufällig« geschah, ich wollte sagen können: »Ich habe das Kind verloren«, und alles einem höheren Schicksal zuschreiben.

Ich verabscheute – du weißt es – den Begriff der Vorsehung. Ich sah die Welt als ein blutiges Tollhaus, und die Vorstellung, dass es da diese »Fee« gab, die mit ihrem Zauberstab alles von oben regelte, erfüllte mich mit Wut. Aber jetzt, wenn ich im Nachhinein an den gesamten Verlauf meines Lebens – unseres Lebens – denke, was war dein Erscheinen an jenem Tag in dem Restaurant, wenn nicht ein Gnadenerweis der so verhassten Fee?

Mit einem Mal warst du da, auf allen vieren am Boden, komplett betrunken, in dem Versuch, das davonrollende Obst einzusammeln.

Von der anderen Seite der Welt, aber es warst wirklich du, mein Kapitän.

Bei deinem Anblick fühlte ich mich augenblicklich in ein stürmisches Meer versetzt. Dass ich dich immer noch liebte, dass ich nur dich liebte, war mir im Nu klar, aber ich hatte mich so bemüht, mich dir verhasst zu machen, wie konnte ich sicher sein, dass meine Anstrengungen nicht erfolgreich gewesen waren? Gewiss hattest du mich aus deinem Leben gestrichen, hattest eine andere oder viele andere, und diese anderen hatten mich endgültig aus deinem Leben verdrängt.

»Das Herz hat seine Gründe, die der Verstand nicht kennt.« Wer hat das gesagt? Pascal? In diesem Augenblick begriff ich, dass es genauso war. Als ich dich sah, begriff ich, dass das Leben neu beginnen konnte.

Zwei Wochen später habe ich gekündigt und bin nach Italien zurückgekehrt. Meiner Mutter konnte ich meinen Zustand nicht verbergen. »Was immer du entscheidest, ich bin bei dir«, sagte sie zu mir, dann setzte sie hinzu: »Denk immer daran, gewöhnlich bringt Leben neues Leben mit sich.« Die gesetzliche Frist zur Lösung des Problems war bald herum. Ich ging mit meiner Mutter ins Krankenhaus. Als ich auf dem Bildschirm das kleine Wesen sah, das mit beharrlicher Regelmäßigkeit in mir pulsierte, hatte ich die Gewissheit, dass es kein zu lösendes Problem war, sondern eine winzige Person in all ihrer Einzigartigkeit, die auf die Welt zu kommen verlangte.

Ich sage das, doch will ich dir nicht verhehlen, dass die Monate der Schwangerschaft schwierig waren. Ich war besorgt, verängstigt, ich fühlte mich vollkommen unzulänglich als Mutter. Jeden zweiten Tag sagte ich mir, dass es vielleicht doch besser wäre, das Problem zu lösen. Meine Mutter strickte unterdessen unaufhörlich Strampelhöschen, sie hatte meine Wiege hervorgeholt und tröstete mich mit ihrem Motto: Das Leben bringt neues Leben mit sich.

Ich muss dir gestehen, dass ich mich jeden Tag meines Lebens als unzulängliche Mutter fühlte. Inwiefern ist diese Unzulänglichkeit verantwortlich für das, was dann zwischen Amy und mir geschah? Wäre es auch geschehen, wenn ich eine perfekte Mutter gewesen, wenn du ihr leiblicher Vater gewesen wärst? Das sind Fragen, auf die niemand eine Antwort weiß. Vielleicht sind wir unzulänglich, weil das Leben zu komplex ist für unsere schwachen Kräfte. Man müsste auf einen Berg steigen und in die Zukunft schauen können. Die Probleme, die auftauchen, die Wege, die sich verwirren. Aber vielleicht wäre auch das unnütz. Wenn wir vorausgesehen hätten, dass Marco eines Tages krank werden und sterben würde, was hätten wir da tun können? Wir sind unzulänglich dem Leben gegenüber, weil wir es im Angesicht des Todes sind. Wir geben uns Mühe, Pläne zu schmieden und Strategien zu entwerfen, und dann hört plötzlich alles auf. Welchen Sinn hat ein Vorher, wenn es kein Dann, kein Danach gibt?

Ich habe dir nie von den zwei Monaten erzählt, in denen ich nach dem Tod unseres Kindes allein war. Ich bewegte mich mit derselben hektischen Unruhe wie ein von seinem Herrchen verlassener Hund, ich schnüffelte herum, ging hierhin und dorthin in dem Versuch, einen Weg nach Hause zu finden. Ich schlief in schäbigen Pensionen und tränkte die Kissen mit meinen Tränen. Auch wenn es Sommer war, war mir doch immer kalt. Diese Kälte ging von unserem Kleinen aus, von seinem Körper ganz allein da im Grab.

Nach einem Monat des Herumstreunens traf ich in Bologna jemanden am Bahnhof. Nicht wie Thomas, keine Sorge, ich habe dich schon genug strapaziert. Wir hatten einander schon in der Bar bemerkt – auch das ist ein Geheimnis, auf einmal erkennt man sich –, und zufällig oder durch Schicksalsfügung saßen wir im Zug einander gegenüber. Er war seit ein paar Monaten in Pension und war unterwegs nach Arezzo, weil er den Franziskusweg gehen wollte. Im ständigen Wechsel von Licht und Dunkel der Tunnels auf der Strecke zwischen Bologna und Florenz überlegte ich, dass ich das auch tun könnte. Der heilige Franziskus war ein Rebell, deshalb war er mir immer sympathisch gewesen. Er suchte nach der Wahrheit in seinem Leben. Und traf das nicht auch auf mich zu? »Haben Sie etwas dagegen, wenn ich mich Ihnen anschließe?«, fragte ich ihn. »Überhaupt nicht«, antwortete er.

Wenige Tage später, als ich neben ihm auf stillen Wegen dahinging, entdeckte ich, dass auch sein Leben, wie das unsere, vom Verlust eines Kindes gezeichnet war. »Sie können sich glücklich schätzen«, sagte er zu mir, »weil Ihr Kind an einer Krankheit gestorben ist, während meines durch ein dummes Miss-

geschick ums Leben kam. Krankheiten sind unerbittlich, Missgeschicke lassen sich vermeiden, deshalb ist
es fast unmöglich, Frieden zu finden. Man hätte nur
etwas aufmerksamer sein müssen, dann wäre nichts
passiert.« Mit zwei Jahren war sein Sohn an einer
Kastanie erstickt, die am Abend zuvor vom Essen auf
den Boden gefallen war. Sie war schon geschält gewesen, und er hatte sie in den Mund gesteckt. Als die
Eltern bemerkten, dass er blau angelaufen war, hatten sie das Falscheste getan, das sie tun konnten: Sie
hatten ihm die Finger in den Hals gesteckt. Hätten sie
gewusst, wie man ihn retten konnte, hätte ihr Luca
überlebt, aber so war es nicht. »Der Tod ist immer
grausam«, bemerkte Pietro, »aber ein dummer Tod ist
das Grausamste und Unverzeihlichste überhaupt.«

Nach diesem Ereignis, erzählte er mir, war seine
Ehe zerbrochen, und nach einer Phase der unauf-
hörlichen Vorwürfe – »Wenn du nicht ... Wenn du
aber ...« – hatte sich eisiges Schweigen über sie herabgesenkt. Dann hatte seine Frau einen anderen
Mann getroffen, einen fröhlichen Typen, der sie immer zum Tanzen ausführte, und hatte ein neues Leben angefangen. »Für mich sind die Scherben übrig
geblieben, und seither ziehe ich rastlos umher, um sie
wieder zusammenzufügen.« Nach einer kurzen Pause
fuhr er fort: »Auch wenn ich mir fast sicher bin, dass
ich Frieden erst im Grab finden werde. Vielleicht ist
es unser Fehler, uns zu große Fragen zu stellen. Aber
wenn einem solche Dinge zustoßen, kann man gar

nicht anders, als sich zu fragen: Warum ich und nicht ein anderer? Die große Wegscheide, welche die Lämmer, die zum Schlachten gehen, von denen trennt, die friedlich zurückkehren in den Stall. Erst wenn du das panische Blöken im Schlachthaus hörst, wirst du gewahr, dass du in der falschen Gruppe bist. Aber dann ist es längst zu spät.«

Nach einer Woche trennte ich mich von ihm. Pietro wollte nach Rom, während ich die Wälder und den Zauber der kleinen, wie aus der Zeit gefallenen Dörfchen Umbriens nicht verlassen wollte. Ich hatte einen Schlafsack mit, und da es Sommer war, schlief ich mehr als einmal im Freien.

Ob ich Angst hatte?

Wie soll man Angst haben, wenn man den gestirnten Himmel als Decke über sich und rings umher die leisen nächtlichen Geräusche des Waldes hat? In gewisser Weise beruhigte dieser Frieden meine Gedanken, läuterte sie.

Ich kann dir den Grund nicht erklären, aber irgendwann spürte ich, dass das wirre Knäuel, das ich in mir fühlte, anfing, sich aufzulösen. Ich ging viel und sprach wenig, ich ließ zu, dass dieser Himmel und diese Stille in mich eindrangen. Und so bekam ich allmählich einen Faden zu fassen.

Während der Tage in Pietros Gesellschaft war mir zumindest eines klar geworden. Nach Marcos Tod haben wir uns nicht in das Gemetzel der gegenseitigen Schuldzuweisungen gestürzt. Es war eine stürmische

Zeit, sicher, aber in diesem Sturm sind wir nicht einer über den anderen hergefallen.

Wenn ich beschlossen habe, aufzubrechen, und dir dadurch noch mehr Schmerz zufügte, war es genau deswegen: um zu verhindern, dass sich in mir – und zwischen uns – gefährlicher Groll anhäufte. Warum das? Weil ich dich liebe, weil ich immer gewollt habe, dass unsere Beziehung für immer hält. Weil wir eine Tochter haben – für mich ist sie immer unsere gemeinsame Tochter gewesen –, und diese Tochter in der Welt verloren gegangen ist. Nur gemeinsam wird es uns vielleicht eines Tages gelingen, sie wiederzugewinnen. Im Grunde ist Amy unser Opferlamm: Während Marco in Frieden ruht, zieht sie voller Wunden durch die Welt.

Trug sie die schon immer in sich? Haben wir sie ihr zugefügt? Ist es Thomas' Schatten, der in ihrer Seele lebt? Wer kann das sagen? Eines der wenige Dinge, von denen ich immer überzeugt war – erinnerst du dich an meine Rebellion gegen meinen Namen, ich bin nicht Patrizia, ich bin Edith! –, ist dies: dass Kinder nicht den Eltern gehören, sondern nur sich selbst. Ihre Freiheit zu akzeptieren, ohne aufzuhören, sie zu lieben, ist das nicht vielleicht unsere Aufgabe? Unsere schwerste Aufgabe! Und die Geduld aufzubringen, auf sie zu warten. Ich werde warten, wir werden unser Leben lang darauf warten, dass Amy zurückkehrt, dass sie wieder die wird, die wir kannten, dass sie wieder bei uns ist, mit der Fröhlichkeit von einst.

Wenn ich heiterer zurückgekehrt bin, imstande, un-
ser Leben wiederaufzunehmen, so weil ich auf mei-
nem Weg auf eine verlassene kleine Kirche gestoßen
bin. In ihrem Inneren nisteten Schwalben, und über
dem, was vom Altar übrig war, stand der Spruch: Alba
fert lucem, der Morgen bringt Licht. Das Licht siegt
immer über die Finsternis. Diese Wahrheit steht mir
seit jeher vor Augen, aber erst in jenem Moment habe
ich begriffen, dass die Liebe stärker ist als der Tod und
dass der Tod erst dann wirklich in uns siegt, wenn
wir diese Gewissheit fahren lassen. In unserer phy-
sischen Erfahrung beschränkt, denken wir gewöhn-
lich, Liebe sei nur das, was wir in unserer zeitlichen
Dimension erleben. Wir haben Marco geliebt, haben
ihm das Leben geschenkt, und Marco ist nicht mehr,
aber was waren diese letzten Monate, wenn nicht ein
beständiger Fluss der Liebe? Und wie ist es möglich,
dass dieser Liebesfluss versiegt sein soll durch die
einfache Tatsache, dass Marco nicht mehr bei uns ist?

Durch den Frieden dieser Wälder streifend, Orte
berührend, durch die vor langer Zeit der junge Franz
von Assisi gekommen war, der durch seine Rebellion
höchste Freiheit erlangte, dachte ich, oder besser,
fühlte ich dies: Die Zeit ist nur ein Brosame der Ewig-
keit, und wenn wir von diesem Brosamen nicht auf-
blicken, gelingt es uns niemals, die Fülle eines Lebens
zu leben, das den Tod nicht fürchtet. Irgendwo im Uni-
versum strahlt die Liebe, die uns einte – mich, dich,
Amy und Marco, unser berühmtes Quadrat, erinnerst

du dich? –, hell wie ein Stern, und im Geheimnis dieses Lichts, das nichts Menschliches hat, werden wir für immer leben.

Jetzt weißt du, wenn auch in Ausschnitten, was in der Lebenszeit geschehen ist, in der wir nicht zusammen waren. Auch wenn du es nie zugegeben hast, ich bin mir sicher, dass Amys unbekannter Vater in all diesen Jahren für dich ein Motiv stillen und schmerzhaften Grolls gewesen ist. Ich habe nie wieder von Thomas gehört und hatte auch nicht den Wunsch, Verbindung zu ihm aufzunehmen, und sei es auch nur, um ihm mitzuteilen, dass er eine Tochter hat. Ich wäre bereit gewesen, mit Amy zu reden, wenn sie es gewünscht hätte – das war ihr Recht –, aber sie hat diese Tür stets geschlossen gehalten. Auch als die Zeit der großen Krisen anfing, auch als ich absolut entschlossen war, ihr die Wahrheit zu sagen, hielt sie eigensinnig daran fest, sie verschlossen zu halten. Deshalb habe ich ihr, als sie volljährig wurde, einen Brief auf den Nachttisch gelegt. In diesen Zeilen erzählte ich ihr alles, ich schrieb ihr Namen und Nachnamen ihres Vaters auf und wo sie ihn finden konnte. Ob sie den Brief gelesen hat? Wer weiß! Womöglich hat sie Thomas aufgesucht, lebt jetzt glücklich mit ihm irgendwo auf der Welt und hat die achtzehn Jahre unseres gemeinsamen Lebens mit einem dicken schwarzen Strich ausgelöscht, wie sie früher ihren unbekannten Vater verdrängt hat.

Letzte Woche, als du mir beim Tischabräumen

halfst, habe ich bemerkt, dass deine Hände nicht mehr sind wie früher. Die Venen treten mehr hervor, und hier und da sind dunkle Flecken aufgetaucht. Jetzt beim Schreiben habe ich die meinen angesehen, und obwohl ich zehn Jahre jünger bin, musste ich feststellen, dass ich dir auf demselben Weg folge. Wir sind alt geworden, wir werden gemeinsam alt. Diese Überlegung schenkt mir große Gelassenheit.

Wenn ich dich geheiratet hätte, als du mich das erste Mal darum gebeten hast, wäre unsere Beziehung wahrscheinlich nach ein paar Jahren kaputtgegangen, ebenso, wenn ich eingewilligt hätte, unsere Situation »zu legitimieren«, als ich mit Marco schwanger war. Während ich jetzt mit wiedergefundener kindlicher Freude nichts anderes erwarte. Die Dinge leben in ihrer Wahrheit, wenn sie die Zeit haben, innerlich zu reifen, nicht, wenn man ihnen einen Namen verpasst. Jetzt habe ich verstanden, dass es ein gutes Geschick ist, das über uns waltet, ein Geschick, das uns erst in der Geburt hervorbringt und uns dann auf geheimnisvolle und andere Weise im Tod neu erzeugt. Ohne diese Idee des Fließens, ohne diese Idee der Gabe ist es, glaube ich, nicht möglich, ein Leben zu leben, das diesen Namen verdient. Das Leben könnte auch nicht sein, aber es ist eben da. Wir könnten sein wie Mars, wie der Mond, wie Saturn – Gesteinsmassen, die im leeren Raum schweben und ihre Bahn ziehen, und doch sind wir lebendige Geschöpfe auf dieser kleinen, misshandelten, wunderbaren Erde.

Wir sollten Zeugnis eines solchen Wunders ablegen. Und Zeugnis ablegen, das bedeutet, nicht aufgeben, nicht aufhören zu staunen, nicht zulassen, dass die Gespenster, die die kleinen alltäglichen Tode um uns herum verursachen, die Oberhand über unsere Tage gewinnen.

Ein Letztes, mein lieber, geliebter Andrea. Wenn man nach all diesen Höhenflügen unterm Strich nachrechnen will, so kann ich, glaube ich, sagen, dass du derjenige bist, der mehr gegeben hat, daher kann ich dir nur danken und dir versprechen, dass ich von morgen an versuchen will, die Rechnung auszugleichen. Zu der Zeit, als ich dich traf, rief das Wort »Liebe« in mir das höhnische Gelächter der Jugend hervor. Ich war überzeugt, dass es die Liebe nicht gibt. Ich habe mich geirrt. Was war die Beziehung zwischen uns und diejenige, die wir zum Leben hatten, wenn nicht eine große Liebesgeschichte?

Deine Edith, die das Glück suchte und es bei dir gefunden hat.

PS: Meinst du nicht, dass ich in den Schuhen, die wir ausgesucht haben, auf dem Gang zum Altar stolpern könnte? Stell dir vor! Zum Glück weiß ich, dass du nah bist, mich rechtzeitig auffangen und verhindern wirst, dass ich falle.

Als ich ausgelesen hatte, faltete ich die Blätter sorgfältig zusammen, und bevor ich sie in die Tasche steckte, küsste ich sie, wie man geliebte Dinge küsst. Unter mir sah ich dichte weiße Kumuluswolken, darüber eine Sonne, die auf den Tragflächen gleißte.

Ich setzte die Sonnenbrille auf.

Die Wolken rissen auf, und ich sah die letzten Ausläufer der Alpen auftauchen. Ich erinnere mich, wie wir in unserem Bett in Venedig über die Atmosphäre und die Stratosphäre sprachen. Deine tausend Fragen. Wie viele Typen von Wolken gibt es? Woraus bestehen sie? Du weißt ja nicht, wie sehr mir diese deine unersättliche Neugier fehlt.

Die Stimme des Flugkapitäns kündigte eine kurze Turbulenz an, wer stand, setzte sich, unter meiner Sonnenbrille stahl sich eine Träne hervor. Das Leben ist zu kurz, dachte ich, bevor das Flugzeug zu hüpfen begann.

30

Erinnerst du dich nicht an mich?

Ich habe in einem kleinen Hotel in Kreuzberg, dem Viertel, wo Amy wohnt, ein Zimmer reserviert.

Einen Tag lang habe ich Tourist gespielt. Als junger Mann bin ich mal in Berlin gewesen, als die Stadt noch durch eine Mauer in zwei Hälften geteilt war, die U-Bahnhöfe von bewaffneten Soldaten bewacht. Jetzt ist alles anders, und ich hatte Mühe, mich auf den glitzernden, modernen Prachtstraßen zu orientieren, wo sich überall Autohäuser für Luxuswagen breitmachen, auch in der ehemals sozialistischen Zone. Ich bin lieber bald ins Hotel zurückgekehrt, um mich auf die Begegnung mit Amy vorzubereiten.

Am nächsten Morgen war ich schon zeitig bei ihr in der Straße. Zum Glück gab es unweit von Amys Haustür eine kleine Bar mit verglaster Veranda. Ich bestellte einen Kaffee und tat so, als würde ich Zeitung lesen. Beim Überfliegen der Schlagzeilen spürte ich, wie ein Teil des Deutschen, das ich als Kind gelernt hatte, wieder auftauchte. Nach ein paar Stunden verließ ich die Bar und ging ein wenig die Straße auf und ab, bevor ich zum Mittagessen wieder in dasselbe Lokal trat. Durch die Haustür, wo Amy wohnte, war niemand ein oder aus gegangen. Das Gebäude wirkte verwaist. Später am Nachmittag, als ich fast schon verzweifeln wollte, sah ich sie mit einer großen Supermarkttüte in der Hand von der Straßenecke heraufkommen. Obwohl Frühling war, trug sie einen sehr knappen schwarzen Staubmantel. Sie war mager, die Haare zu einem Pferdeschwanz zusammengebunden, und wirkte älter, als sie war.

Ich ging ihr entgegen.

Sobald sie mich erblickte, ließ sie die Tüte zu Boden fallen. Kein »ciao« oder »guten Tag«, nur ein schroffes: »Was machst du denn hier?«

Dieselbe »brutale« Direktheit, die dir auch immer eigen war.

»Ich muss mit dir reden.«

»Warum ist sie nicht mitgekommen?«

»Eben über sie muss ich mit dir reden. Können wir reingehen?«

»Lieber nicht. Ich bring den Einkauf hoch und komme wieder runter.«

Als sie wiederkam, liefen wir schweigend hintereinanderher. »Gehen wir in einen Park hier in der Nähe«, sagte sie. Das Nasenpiercing trug sie noch immer, diverse andere an den Ohren waren hinzugekommen. Wir setzten uns bei einer Döner-Bude, hinter der Theke liefen auf einem Bildschirm laute Videoclips mit türkischen Sängern, und wir bestellten zwei Bier. Während sie das Glas hob, bemerkte sie meinen Ehering.

»Habt ihr geheiratet?«, fragte sie ungläubig.

Ich nickte.

»Altersschwäche?«

»Nein, Liebe.«

Gleichgültig zuckte sie mit den Schultern. »Also, was wolltest du mir sagen?«

»Etwas sehr Wichtiges. Seit Monaten versuche ich es dir zu sagen, aber meine Briefe kamen immer wieder zurück.«

»Wer hat dir die Adresse gegeben?«

»Deine Freundin Matilde.«

»Tolle Freundin.«

Ich versuchte, ihre Hand zu nehmen, aber sobald ich sie streifte, zog Amy sie zurück.

»Ich muss dir etwas sagen ...«

»Das sagtest du bereits. Warum machst du es so lang? Glaubst du, ich habe Angst?«

»Deine Mutter ist von uns gegangen ...«

Sie lachte kurz auf. »Hat sie dich nach der Hochzeit verlassen?«

»Nein, sie ist tot.«

Ich sah, wie ihr Gesicht versteinerte.

»Machst du Witze?«

»Leider nicht.«

Wir schwiegen lang. Im Gebüsch rings um uns stimmten die Amseln ihren Werbungsgesang an, und auf dem Bildschirm hinter dem Tresen tanzte eine kurvenreiche Sängerin zu unverständlichen Texten.

In diesen langen Minuten begann die Versteinerung,

die von Amy Besitz ergriffen hatte, sich zu lösen, zuerst wich die Starre aus ihren Augen, dann folgte der Körper nach, der Mund kräuselte sich, wie wenn sie als Kind weinen wollte. Tränen liefen ihr über die Wangen, erst einige wenige, dann reichlich und rückhaltlos.

»Ist das meine Schuld?«, stammelte sie.

»Es ist niemandes Schuld.«

»Wann? Wie?«

»Vor sechs Monaten. Genau wie Großmutter Ines.«

»Werde ich auch so sterben?«

»Keiner kann wissen, wie und wann er sterben wird.«

»Das ist alles so verrückt.«

»In gewisser Weise ja. Aber gegen diese Verrücktheit gibt es ein Gegenmittel.«

»Welches?«

»So zu leben, als ob es den Tod nicht gäbe.«

»Aber es gibt ihn.«

»Wenn du liebst, setzt du ihn außer Kraft.«

»Liebe gibt es nicht«, entgegnete sie aufgebracht.

»Deine Mutter hat dich geliebt, sonst hätte sie dich nicht auf die Welt gebracht.«

»Sie hat meinen Freund angezeigt, sie hat ihn ins Gefängnis gebracht.«

»Nein, damit hat sie nichts zu tun. Sie hat niemanden angezeigt. Sie wollte nur nicht, dass du wegen Drogen dein Leben wegwirfst.«

Allmählich begann Amys Körper zu zittern, erst unmerklich, dann, als wurde sie von einem Erdbeben erschüttert.

»Besser, ich bringe mich um!«, flüsterte sie und schlug die Hände vors Gesicht. »Besser, ich bringe mich um. Ich habe nur Mist gebaut im Leben.«

Ich strich ihr übers Haar. »Sag so was nicht. Deine Mutter hat dir immer verziehen.«

»Warum hat sie das getan?«

»Weil sie dich liebte, weil sie eine empfindsame und intelligente Person war, weil sie dir glich und wusste, dass das Leben nie einfach ist.«

»Ich bin ein Scheusal«, wiederholte sie immer wieder, »ich bin ein Scheusal!«

»Weißt du, was? Wirkliche Scheusale bemerken nicht, dass sie welche sind.«

Sowie das Schluchzen etwas nachließ, holte ich die Keksdose aus der Tasche.

»Schau mal. Als wir von Venedig auf die Insel gezogen sind, hat deine Mutter die kostbarsten Dinge aus deiner Kindheit hier hereingelegt.«

»Sie ist leicht.«

»In der Tat wiegen Milchzähne und Fotos nicht viel.«

Als Amy den Brief fand, der unter den Aufnahmen von Eiskunstlaufwettbewerben und Ausflügen in die Lagune verborgen war, schob sie ihn von sich.

»Ich habe nicht den Mut, ihn zu lesen.«

»Soll ich ihn dir vorlesen?«

Sie nickte und rutschte auf der Bank zu mir her, legte ihren Kopf auf meine Schulter, wie sie es als Kind gemacht hatte.

Meine geliebte, allerliebste Amy,

du weißt, wie viel Unordnung immer um mich he-
rum ist, wie ein in Expansion begriffenes Universum,
deshalb habe ich beschlossen, die liebsten Andenken
an dich in dieser Dose zu sammeln. Vielleicht findest
du, das ist bloß sentimentaler Kram. Du bist zu jung,
um zu wissen, dass das, was uns Menschen von un-
seren geliebten Tieren unterscheidet, die Erinnerung
ist. Mit der Erinnerung modellieren wir die Zeit, sie
verleiht uns Wurzeln. Und je mehr Erinnerung, desto
mehr Wurzeln. Je mehr Wurzeln es gibt, umso schwie-
riger ist es, sich im Laufe des Lebens zu verlieren.

Ich weiß nicht, wohin der Sturm dich getragen hat,
in den wir geraten sind, aber bei jedem Erwachen am
Morgen, jedem Einschlafen am Abend hoffe und bete
ich, dass du an einem Ort sein mögest, von dem aus
es eine Rückkehr gibt ...

Mit ruhiger Stimme las ich den Brief zu Ende.

Um uns herum war unterdessen die Sonne untergegangen. Die Fußball- und die Badmintonspieler waren
aus dem Park verschwunden, wie auch die Mütter mit
den Kinderwagen, vereinzelte Jogger gab es noch. Nach
der Lektüre des Briefs blieben wir noch so sitzen. Amy
löste sich erst aus der Umarmung, als ein Schäferhund
in unserer Nähe zu bellen begann.

»Entschuldige, ich muss gehen«, rief sie plötzlich, und
ihre zerbrechliche Gestalt verschwand in der Abend-
dämmerung.

Ich blieb drei weitere Tage in Berlin, und drei weitere Male haben wir uns getroffen. Amy hält sich mit Mini-jobs über Wasser und teilt die Wohnung mit einer Gruppe ebensolcher Hungerleider. Aus Bologna, erzählte sie, war sie nicht nach Berlin gegangen, sondern nach Hamburg, auf der Suche nach ihrem wahren Vater. Nachdem sie den Brief gelesen hatte, den du ihr zum Achtzehnten geschrieben hattest, war sie zu der Überzeugung gelangt, dass sie bei und mit ihm ein neues Leben anfangen, das »Gefängnis« auslöschen könnte, welches das Leben am Lido für sie gewesen war.

Doch so war es nicht.

Das Treffen mit Thomas hatte nicht die erhofften Früchte getragen. Nach langem Drängen war es ihr gelungen, in seiner großen Villa an der Außenalster empfangen zu werden. Er hatte überhaupt keine Lust, seine Zeit mit einem Mädchen mit Nasenpiercing zu vergeuden. Als Amy deinen Namen erwähnte, Edith, war er etwas nachdenklich geworden, dann hatte er gesagt: »Kann sein. Wenn du wüsstest, wie viele Freundinnen ich in diesen Jahren gehabt habe!« Dann hatte er sie mit eisiger Förmlichkeit zur Tür begleitet. »Jedenfalls«, hatte er hinzugesetzt, »wenn es eine Erbschaftsfrage ist, komm nächstes Mal mit einem DNA-Test, und wenn nötig, übergeben wir die Sache meinen Anwälten. Ich bin sicher niemand, der sich seiner Verantwortung entzieht.«

Nach diesem Treffen war sie ein paar Tage wie ein Zombie am Hamburger Hauptbahnhof herumgelungert,

hatte dort schließlich mit einigen Gleichaltrigen Freundschaft geschlossen und war mit ihnen nach Berlin gegangen, wo das Leben billiger ist.

»Warum hast du uns abgelehnt? Warum bist du nicht
heimgekommen?«, fragte ich sie.

»Weil ich euch hasste, weil ich mich hasste, weil ich
mein Leben versaut hatte. Aus Stolz, und auch, weil ich
euch zeigen wollte, dass ich ohne euch zurechtkomme.«

Am letzten Tag begleitete sie mich zum Flughafen.

»Bist du glücklich hier?«, fragte ich sie.

»Nein.«

»Warum kommst du nicht zurück? Du hast ja nun ge-
zeigt, dass du ohne uns auskommst.«

Untröstlich schüttelte sie den Kopf. »Ich kann nicht.«

Vor der Sicherheitsschleuse für die Abflüge wandte
ich mich nach ihr um. Reglos stand sie da, eine geöff-
nete Hand zum Gruß erhoben und die Andeutung eines
Lächelns auf den Lippen. Auch ich winkte ihr, bevor ich
durch die Kontrolle ging.

Ich habe die ganze Reise über geschlafen und fuhr
mit einem Satz hoch, als die Maschine in Fiumicino auf
der Landebahn aufsetzte.

In weniger als einer Woche hat der Garten eine erstaun-
liche Verwandlung durchgemacht, alles, was blühen
kann, blüht, das Gras der Wiese ist hoch und wild ge-
schossen, als ob das Haus seit Monaten verlassen gewesen wäre. Die Bienen summen glücklich herum, fast
trunken von der Fülle an Nektar und Pollen.

»Ihr habt mir gefehlt!«, sagte ich, als ich mit dem Koffer in der Hand an ihnen vorbeiging.

Am nächsten Tag zog ich den Anzug an und verbrachte den ganzen Vormittag damit, ihren Gesundheitszustand zu überprüfen. In jedem Bienenkasten wuselte eine solche Menge, dass es mir schwer vorstellbar schien, sie könnten in meiner Abwesenheit geschwärmt sein. Es war so gut wie unmöglich nachzuvollziehen, was sich in diesem Durcheinander abspielte, auf dem Treppchen war ein schwirrendes Kommen und Gehen, ein fleißiges Be- und Entladen.

Im Unterschied zu den Ameisen, die in einer bestimmten Kaste geboren werden und für immer darin bleiben, wechseln die Bienen im Lauf ihres Lebens ständig Rolle und Aufgabe, wie du mir einmal erklärt hast. Sie fangen an als Straßenkehrerin, dann werden sie Babysitter für ihre Schwestern, werden zuständig für Lieferung und Vorratshaltung, strenge Hüterin des Hauses, und erst im letzten Abschnitt ihres Lebens fliegen sie hinaus auf die Erkundung der äußeren Welt, lernen, hinabzutauchen und in der Tiefe der Blütenkelche zu tanzen.

Ihr lebt zwanzig Tage, dachte ich, während ich den Bienenkasten wieder schloss, wir leben Jahrzehnte und Jahrzehnte, aber wie ihr sind wir gezwungen, immer wieder neu zu lernen, vielleicht seid ihr uns deshalb so sympathisch.

Ein paar Wochen lang kam keine Nachricht aus Berlin. Letztes Wochenende trafen die ersten heroischen Badegäste auf der Insel ein. Ende der Traurigkeit, sagte ich mir, als ich sie aussteigen sah, diesen Sommer kaufe ich mir ein kleines Boot und fahre hinaus, um mit den Delfinen zu sprechen.

Eines Morgens bekam ich eine Nachricht.

Ich habe zu viel Mist gebaut.
Ich weiß nicht mehr weiter.

Das Schöne am Leben ist,
dass man immer neu anfangen kann.

Wenige Tage zuvor hatte ich beim Aufräumen die Zeichnung gefunden, die Amy am Lido gemacht hatte. Ich habe sie hervorgeholt und fotografiert. Zu Mittag schickte ich sie ihr.

Erinnerst du dich nicht mehr an mich?

Nachmittags arbeitete ich im Garten. In der Dämmerung ging ich ins Haus. Das Handy lag auf dem Küchentisch. Die Antwort war gekommen.

Onkel-Papi, der die Ertrinkenden rettet.

Ich habe einen Rettungsring für dich.
Komm!

Ich bin nicht mehr allein.

Dann kommt!
Onkel-Papi erwartet euch.

Kurz darauf ging ich schlafen.

Ich erinnere mich an keinen Traum, und doch hatte ich am Morgen noch bei geschlossenen Augen das Gefühl, in eine unerklärliche strahlende Helligkeit getaucht zu sein. Ich hatte einen Arm nach deiner Seite ausgestreckt, auf dem Kissen, als ob du noch hier neben mir wärst.

Ich trank eine Tasse Kaffee und ging dann in den Geräteschuppen.

Die Schaukel war noch genau dort, wo ich sie zuletzt gesehen hatte.

Ich öffnete die Schachtel, kontrollierte die Festigkeit der Ringe und Seile, dann nahm ich die Leiter, stieg hinauf und befestigte die Schaukel an dem alten Baum vor der Küche.